Das Buch

»Ich könnte wohl wegla
aufrecht auf die Bretter
könnte mir eine Arbeit s
wohnen, wie die Mädche
ten. Nescafé auf der Koch
chen Käse für den eigenen ..., und die
eine Wand geranienrot anstreichen und eine andere kornblumenblau und die anderen weiß, wie sie es daheim hatte tun wollen, aber ihre Mutter hatte es nicht erlaubt.« Melanie ist fünfzehn. Ihr Leben war bisher behütet und sorglos, die Sommer sonnig und ohne Ende. Nach dem Tod ihrer Eltern muß sie bei der Familie eines Onkels in den Londoner Slums leben. Er ist Puppenmacher, ein finsterer und bösartiger Patriarch, der seine junge Frau und deren Brüder drangsaliert. Melanie ist abgestoßen und fasziniert zugleich von dem wilden, melancholischen Leben, das diese Menschen führen. Besonders die animalische Anmut des rothaarigen Finn zieht sie immer mehr an. »In einem langsamen und schmerzhaften Prozeß des Erwachsenwerdens lernt Melanie, sich zu wehren und den Mut zur gewalttätigen Befreiung aufzubringen. Die Autonomie des Ichs wiederzuerlangen, ist sicherlich die Botschaft des Romans, speziell an Frauen.« (Ursula Escherig im ›Tagesspiegel‹, Berlin)

Die Autorin

Angela Carter wurde am 7. Mai 1940 in Eastbourne/England geboren. Sie arbeitete als Journalistin, reiste um die Welt, war zwei Jahre in Japan, lehrte an verschiedenen Universitäten und lebte in London, wo sie 1992 starb. In deutscher Sprache liegen vor: ›Sexualität ist Macht. Die Frau bei de Sade‹ (1981), ›Blaubarts Zimmer. Märchen aus der Zwischenwelt‹ (1982), ›Die infernalischen Traummaschinen des Doktor Hoffman‹, ›Nächte im Zirkus‹ (1984), ›Helden und Schurken‹ (1989), ›Schwarze Venus‹, ›Nichts heilig. Feministische Ansichten‹ (1990).

Angela Carter:
Das Haus des Puppenmachers
Roman

Deutsch von Joachim Kalka

Klett-Cotta
im
Deutschen
Taschenbuch
Verlag

Von Angela Carter
sind im Deutschen Taschenbuch Verlag erschienen:
Die infernalischen Traummaschinen
des Doktor Hoffman (10850)
Nächte im Zirkus (11048)
Nichts heilig (11165)
Schwarze Venus (11227)

Ungekürzte Ausgabe
März 1992
Deutscher Taschenbuch Verlag GmbH & Co. KG,
München
© 1967 Angela Carter
Titel der englischen Originalausgabe:
›The Magic Toyshop‹ (William Heinemann Ltd., London)
© 1988 der deutschsprachigen Ausgabe:
Ernst Klett Verlag für Wissen und Bildung GmbH,
Stuttgart · ISBN 3-608-95531-3
Umschlaggestaltung: Celestino Piatti
Umschlagbild: Elvira Bach
Satz: IBV Satz- und Datentechnik, Berlin
Druck und Bindung: C. H. Beck'sche Buchdruckerei,
Nördlingen
Printed in Germany · ISBN 3-423-11533-5

1

In jenem Sommer, als sie fünfzehn war, entdeckte Melanie: Sie war aus Fleisch und Blut. O mein Amerika, du Neue Welt! Sie brach zu einer Traumfahrt auf und erforschte sich ganz, erstieg ihre eigenen Höhenzüge, drang in die feuchte Üppigkeit der geheimen Täler vor, ein anatomischer Cortez, Vasco da Gama, Livingstone. Stundenlang starrte sie sich nackt im Spiegel ihres Kleiderschrankes an; sie folgte mit dem Finger der zarten Architektur ihres Brustkorbs, wo das Herz unter dem Fleisch flatterte wie ein Vogel unter einem Tuch, und sie zog die lange Linie vom Brustbein hinab zum Nabel (der eine geheimnisvolle Höhle war) und rieb die Handflächen an den knospenden Flügeln ihrer Schulterblätter. Und dann wand sie sich hin und her, schlang die Arme um sich, lachte, und manchmal schlug sie ein Rad oder machte einen Handstand vor überraschter Begeisterung, daß sie nun kein kleines Mädchen mehr war.

Sie probierte verschiedene Posen aus, mit Requisiten. In präraffaelitischer Manier kämmte sie ihr langes schwarzes Haar, daß es von einem Mittelscheitel herabströmte, und betrachtete sich versonnen, eine Feuerlilie aus dem Garten unter dem Kinn und die Knie zusammengepreßt. À la Toulouse-Lautrec zog sie sich das Haar liederlich ins Gesicht und setzte sich auf einen Stuhl, Beine breit, zu ihren Füßen eine Schüssel Wasser und ein Handtuch. Sie fühlte sich immer besonders verrucht, wenn sie für Lautrec posierte, obwohl sie Tagträume spann, in denen sie zu seiner Zeit lebte (sie war eine Ballettratte oder ein Modell gewesen und fütterte am Fenster ihres Dachstübchens in Paris einen Sperling mit Brosamen). In diesen Phantasien half sie ihm und liebte ihn aus Mitleid, war er doch ein Zwerg und ein Genie.

Sie war zu dünn für einen Tizian oder einen Renoir, aber mit einem Stück um den Kopf geschlungener Netzgardine und der Halskette aus Zuchtperlen, die sie zur Konfirmation bekommen hatte, gelang ihr eine selbstgefällige blasse Cranach-Venus. Nachdem sie ›Lady Chatterley‹ gelesen hatte, pflückte sie heimlich Vergißmeinnicht und steckte sie sich ins Schamhaar.

Oder sie probierte mit der mal so, mal so drapierten Gardine Negligés für die Hochzeitsnacht – sie verpackte sich als Geschenk für einen Phantombräutigam, der in einem Badezimmer irgendwo in der Zukunft noch rasch duschte und sich die Zähne putzte, in den Flitterwochen in Cannes. Oder Venedig. Oder Miami Beach. Sie beschwor ihn mit solcher Leidenschaft, die Raum-Zeit-Schranke zwischen ihnen zu überspringen, daß sie beinahe seinen Atem auf der Wange spüren konnte und seine rauhe Stimme sagen hörte: »Liebling...«

Bereit für ihn, enthüllte sie ein langes marmorweißes Bein bis zum Schenkel hinauf (und vergaß ihren Tagtraum plötzlich, um im Spiegel das Spiel ihrer Muskeln zu beobachten, wenn sie das Bein beugte und streckte); dann zog sie das Netz fester und betrachtete prüfend den halbverhüllten Umriß ihrer kleinen harten Brüste. Deren Größe war enttäuschend, aber es würde schon gehen.

All dies geschah hinter der verschlossenen Tür ihres pastellfarbenen, unschuldigen Zimmers, wo der Teddybär (in dessen geschwollenem Bauch ihr gestreifter Schlafanzug steckte) sie mit funkelnden Knopfaugen vom Kopfkissen aus beobachtete und ›Lorna Doone‹, das Gesicht nach unten, im Staub unter dem Bett lag. Dies tat Melanie in jenem Sommer, als sie fünfzehn war, sofern sie nicht beim Abwasch half oder auf ihre kleine Schwester aufpaßte, damit sie sich beim Spielen im Garten nichts tat.

Mrs. Rundle glaubte, Melanie würde auf ihrem Zimmer lernen. Sie sagte, Melanie solle doch mehr an die frische Luft gehen, sie sei ja ganz blaß. Melanie erwiderte, sie habe schon genügend frische Luft, wenn sie Besorgungen für Mrs. Rundle mache, und außerdem lerne sie doch bei offenem Fenster. Mrs. Rundle war damit zufrieden und sagte nichts mehr.

Mrs. Rundle war dick, alt und häßlich, und war in Wirklichkeit nie verheiratet gewesen. Das »Mrs.« hatte sie eigenmächtig an ihrem fünfzigsten Geburtstag, als Geschenk an sich selbst, angenommen. Sie fand, diese Anrede verleihe einer Frau eine gewisse Würde, wenn sie in die Jahre kam. Außerdem hatte sie schon immer verheiratet sein wollen. Im Alter verschwimmen Erinnerung und Phantasie ineinander: Mrs. Rundles Bewußtseinsgrenzen fingen bereits an, sich zu verwischen. Manchmal saß sie in ihrem warmen Kaminsessel, wenn die Kinder alle im Bett waren, und erfand träumerisch Gewohnheiten und Benehmen des Gatten, den sie nie bekommen hatte, bis sie sein Gesicht im Dampf der letzten Tasse Tee heraufnebeln sah und ihn vertraut grüßte.

Sie hatte haarige Leberflecke und ein immenses Gebiß. Sie sprach mit der unwirklichen altmodischen Würde einer Herzogin in einem Varietéstück. Sie war die Haushälterin. Sie hatte ihren Kater mitgebracht; sie fühlte sich ganz zu Hause. Sie kümmerte sich um Melanie, Jonathon und Victoria, während Mama und Papa in Amerika waren. Mama leistete Papa Gesellschaft. Papa war auf einer Vortragsreise.

»Orgasleise!« krähte Victoria, die fünf war, und schlug mit dem Löffel auf den Tisch.

»Iß schön deinen Auflauf, Kleines«, sagte Mrs. Rundle. Unter Mrs. Rundles strengem Regiment kam jede Menge Auflauf auf den Tisch. Sie machte ihn einfach oder aufwendig, mit oder ohne Rosinen und Sultaninen. Sie variierte das Grundrezept mit Marmelade, Datteln, Feigen, Johannisbeergelee und Apfelkompott. Sie erwies sich dabei als bemerkenswerte Virtuosin. Manchmal gab es kalten Auflauf zum Tee.

Melanie lernte ihn fürchten. Sie hatte Angst, zuviel davon zu essen und dick zu werden, so daß niemand sie jemals lieben würde und sie als Jungfrau sterben müßte. Eine gargantueske Melanie, vom Auflauf aufgebläht wie eine Wasserleiche, ging durch ihre Träume, und sie erwachte schweißgebadet. Sie schob den fatalen Auflauf mit dem Löffel auf ihrem Teller herum und schaufelte heimlich den größten Teil zu Jonathons Portion hinüber, wenn Mrs. Rundle ihnen den breiten Rücken zukehrte. Jonathon aß mechanisch weiter. Jonathon aß hauptsächlich aus reiner Geistesabwesenheit.

Jonathon aß wie eine blinde Naturgewalt und rückte durch Berge von Essen vor wie ein Panzer durch eine Häuserwand. Er aß, bis es nichts mehr zu essen gab; dann hörte er auf, legte Messer und Gabel oder Gabel und Löffel säuberlich zusammen, wischte sich den Mund mit seinem Taschentuch ab und stand auf, um zu seinen Modellschiffen zu gehen. In jenem Sommer, als Melanie fünfzehn war, war Jonathon zwölf und ganz davon in Anspruch genommen, Modellschiffe zu bauen.

Er war klein, stupsnasig und blond, ein Junge mit grauem Flanellblazer und Schülermütze, am einen oder anderen Knie immer eine Schramme, von der sich gerade der Schorf löste.

Er baute seine Schiffe aus Modellkästen, und wenn er sie mit höchster Genauigkeit bemalt, zusammengesetzt und getakelt hatte, stellte er sie überall im Haus auf Regalbretter und Kaminsimse, wo er sie im Vorübergehen anstarren konnte. Er baute nur Segelschiffe.

Er baute ein Modell des Dreimasters »Beagle«, ein Modell der »Bounty«, der »Victory«, der »Thermopylae«. Seine Hände waren in jenem Sommer immer klebrig von Leim. Seine Augen hatten einen entrückten Blick, als sähe er nicht die wirkliche Welt, sondern die blauen Ozeane und die Palmeninseln, wo seine Schiffe, einmal vom Stapel gelaufen, immerwährend in Träumen segelten. Ein Fliegender Holländer der Phantasie, durchzog Jonathon auf keiner Karte verzeichnete Meere unter den gebreiteten Schwanenflügeln seiner Segel, die Füße auf schwankenden, salzgetränkten Planken, nie festes Land betretend. Er ging mit einem leichten seemännischen Wiegen, aber niemand bemerkte es.

Und niemand bemerkte, daß er die anderen nicht sah, denn seine Augen waren hinter runden, flaschenglasdicken Brillengläsern verborgen. In den Dingen dieser Welt war er extrem kurzsichtig. Mit seiner Brille und der Schülermütze und den verschrammten Knien glich er so sehr Norman und Henry Bones aus der Abenteuerreihe der ›Zwei kleinen Detektive‹, daß die Eltern, durch sein Aussehen getäuscht, ihm das Bücherregal mit Kinderkrimis vollstopften, die ungeöffnet verstaubten.

Im frühen Sommer stahl Melanie ein halbes Dutzend dieser unberührten Bücher, schmuggelte sie mit einem preiswerten Tagesticket in die Stadt und verkaufte sie in einem Antiquariat. Mit dem Erlös besorgte sie sich einen Satz falsche Wimpern. Aber die falschen Wimpern brachten sie zum Weinen, als sie versuchte, sie anzukleben, und sie wollten nicht haftenbleiben, sondern glitten durch ihre Finger und fielen auf die Frisierkommode wie böse pelzige Raupen mit einem unheimlichen Eigenleben. Stumm klagten sie Melanie an: Diebin, Diebin! Sie waren tückisch; der Sünde Sold. Schuldbewußt verbrannte Melanie sie im selten benutzten Kamin ihres Zimmers. Es war ihr klar, daß sie sich nicht tragen ließen, weil sie das Geld dafür gestohlen hatte. Sie hatte in jenem Sommer ein gut ausgeprägtes Schuldbewußtsein.

Victoria hatte keines. Sie hatte eigentlich gar kein Bewußtsein. Sie war eine rundliche goldene Taube, die gurrte. Sie räkelte sich in der Sonne und zerpflückte Schmetterlinge, wenn es ihr gelang, sie zu fangen. Victoria war eine Lilie auf dem Felde, sie arbeitete nicht, auch spann sie nicht, doch war sie nicht schön. Mrs. Rundle sang ihr alte Lieder vor, sang, wie die Lichter im Hafen mir sagten, du gehst nun fort, und daß die Rosen nun blühen in Frankreich, doch keine so schön wie du. Und Victoria lachte auf ihrem Knie und haschte mit ihren eckigen kleinen Fäustchen nach Mrs. Rundles Kater. Mrs. Rundles Kater war fett und hochnäsig. Wenn er saß, hatte er Form und Größe eines runden Pelzhockers. Vielleicht fütterte ihn Mrs. Rundle mit Auflaufresten.

Er saß auf Mrs. Rundles Hausschuhen (gelber Filz mit roten Bommeln), und Mrs. Rundle sang für Victoria und strickte.

»Was stricken Sie?« fragte Victoria.

»Einen Pullover.«

»Pulnober«, verunstaltete Victoria zufrieden das Wort.

»Warum ist er schwarz, Mrs. Rundle?« fragte Melanie, die sich Orangensaft mit Eiswürfeln aus dem Eisschrank holte und auf sommerbloßen Füßen durch die Küche angetappt kam.

»In meinem Alter«, sagte Mrs. Rundle seufzend, »gibt es immer jemand, für den man Schwarz tragen muß. Wenn nicht gleich, dann eher früher als später.« Der Vokal des letzten Wortes klang endlos in die Länge gezogen, wie plattgewalzt – speeeeeeeter. »Du holst dir noch den Tod, mein Schatz, barfuß auf dem Steinboden.«

Die Eiswürfel zitterten in Melanies Glas.

»Haben Sie viele tote Leute gekannt?« fragte sie.

»Mir reicht's«, sagte Mrs. Rundle und begann abzuketten.

»Ich finde den Tod unvorstellbar«, sagte Melanie langsam, nach dem richtigen Wort tastend.

»Das ist in deinem Alter nur natürlich.«

»Singen!« befahl Victoria und schlug mit ihren Dauerlutscherfäusten auf Mrs. Rundles schwarzseidenes Knie. Mrs. Rundle erhob gehorsam ihre Stimme.

Melanie dachte an den Tod wie an einen Keller, in dem man ohne Licht eingesperrt war.

Was wird mit mir geschehen, ehe ich sterbe? dachte sie. Nun, ich werde erwachsen. Und ich werde heiraten. Ich hoffe, daß ich heirate. Ach, wie entsetzlich es wäre, wenn ich nicht heiraten würde. Wenn ich doch schon vierzig wäre und alles vorbei und ich wüßte, was mit mir geschieht.

Sie steckte sich Margeriten in die langen Haare und betrachtete sich im Spiegel, als sei sie eine Photographie in ihrem eigenen einstigen Photoalbum. »Ich mit fünfzehn.« Und dann die Photos von den Kindern in Pfadfinderuniformen und Indianerkostümen, und die Hunde, und Schnappschüsse zukünftiger Sommerferien. Eimerchen und Schäufelchen am Strand. Sand in den Schuhen. Torquay? Würde es Torquay sein? Bornemouth? Oder Scarborough-mit-der-gesunden-Seeluft? Und niemals Venedig, beispielsweise? Und die Hunde, würden das Foxterrier oder Corgis sein – oder noble Afghanen mit Falkenprofilen oder ein Paar weiße Windhunde an goldener Kette?

Sie sagte zu dem Margeritenmädchen mit den großen braunen Augen: »Es soll nicht normal sein. Normal will ich's nicht. Nein. Etwas Besonderes.« Sie meinte ihre Zukunft. Eine Margerite fiel ihr aus dem Haar auf den Fußboden wie ein leise spöttisches Zeichen des Himmels.

Inzwischen lebten sie in einem Haus auf dem Land, für jedes Kind ein Zimmer und noch einige übrig, und ein Shetlandpony auf der Wiese und ein Apfelbaum, der den Mond vor Melanies Zimmer in seinen Fingerzweigen hielt, daß sie ihn sehen konnte, wenn sie im Bett lag – einem Bett mit einer Dunlopillo-Matratze und einem gepolsterten weißen Kopfteil. Sie schlief in gestreiften Laken.

Das Haus aus rotem Backstein mit edwardianischen Giebeln stand allein auf ein, zwei Morgen Grund und Boden; es roch nach Lavendel, Möbelpolitur und Geld. Melanie war mit dem Geruch von Geld aufgewachsen und nahm nicht wahr, wie er ihre Atemluft durchdrang, aber sie wußte, daß sie Glück hatte, eine silberne Haarbürste zu besitzen, ein eigenes Transistorradio und ein Kostüm aus steifer, schöner Rohseide, das die Schneiderin ihrer Mutter gemacht hatte und das sie sonntags zur Kirche anzog.

Ihr Vater sah es gern, wenn sie sonntags gemeinsam in die Kirche gingen. Er las manchmal den Bibeltext, wenn er gerade da war. In Salford geboren, genoß er es, ein wenig den Grundherrn zu spielen, jetzt, da er nie mehr an Salford zu denken brauchte. In jenem Sommer gingen sie mit Mrs. Rundle zur

Kirche, die fromm war. Sie nahm ihr eigenes Gebetbuch mit, schwarz und dick, aus dem alte gepreßte Blumen und Farnrispen rieselten, wenn sie es unachtsam in die Hand nahm. Victoria saß ihr zu Füßen in der Kirchenbank, haschte nach dem dürren Grün, das aus Mrs. Rundles Gebetbuch fiel, und gurrte. Manchmal gurrte sie recht laut.

Ist Victoria zurückgeblieben? fragte sich Melanie. Werde ich zu Hause bleiben müssen und Mama helfen, sie zu betreuen, und nie ein eigenes Leben haben?

Victoria, wie Mrs. Rochester in ›Jane Eyre‹, ein furchtbares Geheimnis in einem Hinterzimmer, leer lächelnd, mit Bauklötzen, einfachem Spielzeug und hölzernen Puzzles spielend, ihr unanständiges Babygesicht an das Treppengeländer pressend, um enervierte Gäste anzugurren.

Jonathons Lieblingschoral war »Ewiger Vater, der du stark uns rettest«. Wenn der Pfarrer, ein blasser Mann, der angelte und blasse Scherzchen über den Menschenfischer machte, vorbeikam, um – wie er es ihrem Vater versprochen hatte – sich ein wenig um sie zu kümmern, zerrte Jonathon an seinem Gewand und forderte, daß nächsten Sonntag »Ewiger Vater, der du stark uns rettest« gesungen würde.

»Wir werden sehen«, sagte der Pfarrer, dem es beim starren Glanz von Jonathons Brillengläsern unbehaglich wurde.

Den ganzen Sonntagmorgen während des Frühstücks und des Anziehens zitterte Jonathon vor unterdrückter Erregung. Aber meistens wurde der Choral dann doch nicht gesungen. Die Hoffnung erstarb in dem Augenblick, wenn er die Choralnummern an der Wand der Kirche angeschlagen sah. Dann ging Jonathon an Bord des Teeklippers »Cutty Sark« oder der »Bounty« und stach mit einer frischen Brise in den sich blähenden Segeln in See und fuhr über das blaue, blaue Meer, Rache sinnend. Der Pfarrer hatte ihn verraten. Kielholen. An den Besanmast binden, den ganzen Tag, nackt in der Tropenhitze. Ihm die neunschwänzige Katze zu schmecken geben.

Melanie betete: Lieber Gott, mach, daß ich heirate. Oder die Liebe kennenlerne. Sie hatte aufgehört, an Gott zu glauben, als sie dreizehn war. Eines Morgens erwachte sie, und Er war fort. Sie ging ihrem Vater zuliebe in die Kirche, und sie betete so, wie sie sich auch etwas wünschte, wenn sie eine Sternschnuppe sah. Mrs. Rundle betete erstaunlicherweise: Lieber Gott, mach, daß ich mich so daran erinnere, daß ich verheiratet war, als wäre ich wirklich verheiratet gewesen. Denn sie wußte, daß sie Gott nicht durch das »Mrs.« hinters Licht führen konnte, das sie sich selbst zugelegt hatte. Oder gib mir doch wenigstens, fuhr sie fort, die Erinnerung an Sex. Nur formulierte sie es weniger direkt. Mrs. Rundle verlor gelegentlich während des Gottesdienstes den Faden, weil sie überlegte, wie der Braten und die Kartoffeln daheim in der Röhre zurechtkommen mochten, aber sie entschuldigte sich immer, wenn sie sich zurückwandte zu Gott.

Weder Jonathon noch Victoria beteten, da es nichts gab, worum sie hätten beten wollen. Victoria riß die Fransen von den Kniekissen und aß sie.

Melanie war fünfzehn, war schön, und war noch nicht einmal mit einem jungen Mann ausgegangen, während zum Beispiel Julia mit vierzehn schon verheiratet und um der Liebe willen tot gewesen war. Sie hatte das Gefühl, alt zu werden. Mit den Händen ihre bloßen Brüste umfassend, deren Spitzen rosa waren wie die zuckenden Nasen weißer Kaninchen, dachte sie: Körperlich habe ich jetzt meinen Höhepunkt erreicht und kann von jetzt ab nur noch verlieren. Oder vielleicht reifen. Aber sie mochte nicht denken, daß sie nicht schon vollkommen sein könnte.

Eines Nachts konnte Melanie nicht schlafen. Es war später Sommer, und der rote geschwollene Mond blinkte im Apfelbaum und hielt sie wach. Das Bett war heiß. Es juckte sie. Sie drehte und warf sich hin und her und versuchte mit Hieben, ihr Kissen bequem zu machen. Ihre Haut prickelte vor wacher Gereiztheit, und ihre Nerven waren irritiert, als kreischten hundert Messer mißtönend über hundert Tellerränder. Endlich hielt sie es nicht mehr aus und stand auf.

Das Haus lag schlafensschwer, aber Melanie war hellwach. Sie spürte eine seltsame Erregung, als einzige auf zu sein, während alle schliefen; sie stellte sich vor, wie ein Schwarm von Zs – zzzzzzz – aus den Mündern der drei Schläfer hervorging und, ein Bienenschwarm, verträumt durch das Haus summte. Sie schlenderte müßig in das leere Zimmer ihrer Eltern. Schuhe warteten unter dem Bett geduldig auf die Rückkehr der Füße ihrer Mutter, eine leere Tabaksdose auf dem Nachttisch darauf, daß ihr Vater zurückkam und sie wegwerfen würde. Der Raum war vom Mond vollständig erleuchtet; die weiße Überdecke auf dem niedrigen breiten Bett glänzte im Mondlicht mit sattem Schein. Ihre Eltern schliefen in diesem Bett, das geräumig und luxuriös war wie das eines Filmstars.

Über das Herz aus Korbgeflecht gelehnt, das den Fuß des Bettes bildete, versuchte Melanie sich vorzustellen, wie ihre Eltern sich liebten. Das schien in einer so heißen Nacht etwas sehr Gewagtes. Sie strengte sich an, die Umarmungen in diesem Bett zum Bild werden zu lassen, aber ihre Mutter schien immer ihr schwarzes Stadtkostüm anzuhaben, und Papa trug das haarige Tweedjackett mit den ledernen Ellenbogenflecken, das, mit seiner Pfeife zusammen, sein Markenzeichen war. Die Pfeife würde in seiner Brusttasche stecken, während sie es machten. Melanie versuchte – aber es gelang ihr nicht –, sich die Nacktheit ihrer Eltern vorzustellen. Wenn sie an ihre Mutter und ihren Vater dachte, schienen ihre Kleider Bestandteil der Körper, wie Haare oder Fingernägel.

Besonders ihre Mutter war eine äußerst bekleidete Frau, am ganzen Körper bekleidet, nie ohne Strümpfe, ganz gleich, wie das Wetter war, immer mit Handschuhen und Hut, ausgehbereit. Ein breiter brauner Samthut mit einer Rose aus schwarzem Band blendete sich ein in Melanies Bild ihrer Mutter, die sich lieben ließ. Melanie erinnerte sich, wie sie als kleines Mädchen von ihrer Mutter in den Arm genommen worden war: Stets waren sie in der Umarmung durch irgendwelche Gewebe getrennt geblieben – Wolle, Baumwolle oder Leinen, je nach Jahreszeit. Ihre Mutter mußte schon bekleidet auf die Welt gekommen sein, mit einer eleganten, sorgfältig drapierten Nabelschnur, ausgewählt nach einem Artikel in einer modischen Illustrierten: »Was trägt der elegante Embryo dieses Jahr?« Und Papa – Papa war immer derselbe: Tweed und Tabak, nichts als Tweed und Tabak und Schreibmaschinenfarbband. Aus diesen Elementen war er zusammengesetzt.

Das Hochzeitsphoto ihrer Eltern hing über dem Kaminsims, wo die vertrauten Gegenstände im Mondlicht exotisch und seltsam aussahen. Die vergoldete Rokokouhr zum Beispiel, die ihren Eltern die Zeit zeigte und fünf Minuten vor drei an dem Tag stehengeblieben war, der ihrer Abreise nach Amerika folgte. Niemand hatte sich die Mühe gemacht, sie wieder aufzuziehen. Neben der Uhr stand eine mexikanische Keramikente, bunt, lustig und doof, der blaue Rücken mit gelben Blumen gefleckt. Ihre Mutter hatte sie gekauft, weil sie ein Photo der Ente in einer Wochenendbeilage gesehen hatte. Melanie ging zum Kaminsims hinüber, nahm die Tonente in die Hand, stellte sie wieder hin und hob den Blick zu der Hochzeitsphotographie.

Am Tag ihrer Hochzeit trat ihre Mutter in einem Rausch von Kleidung auf. So extravagant und leidenschaftlich hatte sie sich gekleidet, daß die wehenden Säume Melanies Vater beinahe ganz verdeckten. Man konnte nur sein verlegenes Grinsen sehen, von einem Hauch Tüll verwischt, und Melanie konnte nicht feststellen, ob er wirklich – wie sie vermutete – selbst an seinem Hochzeitstag das Tweedjackett mit den Lederflecken trug, weil er es nicht ausziehen konnte. Ihre Mutter aber ging in einem Feuerwerk von Satin und Spitzen auf, gekleidet wie für ein mittelalterliches Bankett.

Das vorne tief ausgeschnittene Kleid ließ sehen, daß um ihren Hals ein altmodisches Medaillon mit einem Liebespfand hing; die weißen Ärmel stießen breit wie Schwanenflügel seitlich hervor, und von einer schmalen Taille aus floß das Kleid in eine lange weiße Schleppe hinab, die für die Aufnahme vor der Braut drapiert worden war, daß das Kleid sich in sich selbst wie in einem Teich zu spiegeln schien. Ein Kranz künstlicher Rosen war tief in ihre Stirn gedrückt, und eine Tüllfontäne entsprang ihm und umgab ihn und schäumte an ihrer Taille vorbei. Sie trug einen Strauß weißer Rosen in den Armen, als hielte sie ein kleines Kind. Ihr Lächeln war sentimental und ekstatisch, jung und rührend.

Sie war von Verwandten umringt, von denen man nicht mehr sehr viel gesehen hatte, seit Papa solchen Erfolg mit dem Roman und dann mit der Biographie und darauf mit dem Film und so weiter gehabt hatte. Tante Gertrude mit zu straffer Dauerwelle, die unbeholfenen Füße in zu engen Schuhen, eine glänzende Kunstlederhandtasche haltend, als wären es die Wochenendeinkäufe vom Krämer. Melanie erinnerte sich an Tante Gertrudes Veilchenpastillenküßchen von den wenigen Weihnachtsfesten der ganzen Familie her, als Großvater (der die Kamera mißtrauisch anstarrte, als wollte sie seine Seele verschlingen) noch am Leben war. Lebwohl, Großvater. Lebwohl, Tante Gertrude. Und Lebwohl, Onkel Harry, Brillantine im Haar, Tante Rose am Arm. Tante Rose mit Rougewangen. Die runden Rougeflecken stachen auf der Photographie schwarz ab. Sie hätte ein Schornsteinfeger sein können, der als Glücksbringer in das Gruppenbild gebeten worden war. Lebwohl, Onkel Philip.

Im Gegensatz zu den anderen lächelte Onkel Philip nicht in die Kamera. Er hätte aus einer anderen Gruppe in dieses Bild geraten sein können, aus einem feierlichen Logentreffen oder dem Begräbnis eines Handelskammervorsitzenden oder sogar aus einem Veteranentreffen lange Jahre nach dem amerikanischen Bürgerkrieg. Er trug einen flachen, hochgekrempten schwarzen Hut, wie ihn Spieler auf Mississippidampfern in den Western tragen, und eine zur Fliege gebundene schnürsenkeldünne schwarze Krawatte. Sein Anzug war schwarz, die Hose eng, das Jackett lang. Doch der Gesamteindruck war nicht der von Eleganz. Unter dem schwarzen Hut schien sein Haar weiß oder zumindest von sehr hellem Blond. Ein Walroßschnurrbart verbarg den Mund. Es war unmöglich, sein Alter zu schätzen. Doch schien er eher alt als jung. Die Hände hatte er vor sich auf dem Silbergriff eines Ebenholzstöckchens verschränkt. Sein Gesicht war leer – ein Ausdruck solcher Leere, daß er nicht einmal mehr gelangweilt schien. Mutters einziger Bruder. Ihr einziger lebender Verwandter, denn all die anderen waren Vaters Familie. Und er schaffte nicht einmal ein Lächeln bei der Hochzeit seiner Schwester. Dies ließ ihn rücksichtslos erscheinen.

Melanie hatte Onkel Philip nie gesehen. Einmal, als sie noch ein kleines Mädchen war, hatte er ihr einen Springteufel geschickt; eine groteske Karikatur ihres eigenen Gesichts grinste ihr von dem Kopf, der aus der Schachtel herausfuhr, entgegen. In jenem Jahr hatten die Eltern ihm eine von ihren gedruckten Weihnachtskarten geschickt, auf denen man sie selbst und Melanie (Jonathon war noch nicht geboren) an den Fenstern der schicken kleinen Stadtwohnung sitzen sah, die sie vor kurzem gekauft hatten, beinahe in Chelsea. Ihr Vater fing an, sich einen Namen zu machen und Geld zu verdienen. Und als Antwort kam dieses gräßliche Spielzeug. Der Springteufel ängstigte Melanie sehr. Sie hatte bis ins neue Jahr hinein jede Nacht Alpträume, in denen er vorkam, ab und an noch bis Ostern. Ihre Mutter warf den Springteufel weg. Die Eltern waren sich einig, daß das Geschenk unüberlegt und geschmacklos war. Onkel Philip bekam keine Karten mehr. Der lose Kontakt brach ganz ab.

Photographien sind Zeitfetzchen, die man in der Hand halten kann; dieses Bild war ein Stück von Mutters bester und schönster Zeit. Hier war ihre lächelnde und jugendliche Mutter, wie aufgespießt von der Kamera und für immer unter Glas aufbewahrt, wie ein Schmetterling in einer Vitrine. Melanie, die das Photo betrachtete, fand, daß Onkel Philip eigentlich kein Recht hatte, in diesem Fragment der glücklichen Zeit ihrer Mutter miteinbeschlossen zu sein. Er war eine Farbe, die nicht paßte, oder besser gar keine Farbe. Er nahm eine gänzlich andere Zeit ein. Er sah aus, als sei er auf dem Weg zur Hochzeit von einem Phantom aufgehalten worden, von dem Alten Seefahrer vielleicht, und in eine Dimension versetzt worden, wo weiße Rosen und Konfetti keine Rolle mehr spielten.

Nun, dachte Melanie, ich nehme nicht an, daß ich ihn je sehen werde.

Sie betrachtete das Brautkleid genauer. Es schien eine seltsame Kostümierung, nur, um die Jungfräulichkeit zu verlieren. Sie fragte sich, ob ihre Eltern wohl miteinander geschlafen hatten, ehe sie heirateten. Sie hatte das Gefühl, daß sie nun wirklich erwachsen wurde, wenn sie über so etwas nachzudenken begann. Papa war wohl ein wenig Bohemien gewesen, trotz seiner Familie, und außerdem hatte er seine eigene Wohnung gehabt. Ein Zimmer in Bloomsbury, Kaffee auf einer Kochplatte zubereitet, Gespräche über freie Liebe, D. H. Lawrence, dunkle Götter. Hatte er schon seine lächelnde Braut den dunklen Göttern geopfert? Und hätte sie in diesem Fall immer noch gelächelt, da sie doch ihre Mutter war? Und hätte sie sich in jungfräuliches Weiß gekleidet? Wie war das mit den Briefen in diesen Frauenzeitschriften, die Melanie sich heimlich von Mrs. Rundle auslieh?

»Mein Freund sagt, er will mich verlassen, wenn ich ihm nicht alles in der Liebe gebe, aber ich will ehrlich in Weiß heiraten.«

Symbolisches und tugendsames Weiß. Weißer Satin zeigt jede Druckstelle, weißer Tüll knittert bei der Berührung einer Fingerspitze, weiße Rosenblätter fallen vom Hauch eines Atems ab. Tugend ist zerbrechlich. Es war ein wundervolles Brautkleid. Trug sie es – fragte sich Melanie einen Moment lang – in ihrer Hochzeitsnacht?

Ihre Mutter war eine sentimentale Frau. In einem Koffer, besternt mit Aufklebern aus fernen Ländern, lag unter einem Stück indischer Stickerei, das es reizend verbarg, ihr Brautkleid, ein gehüteter Schatz, in blaues Seidenpapier gehüllt, damit der Satin weiß blieb. Wofür bewahrte sie es auf? Wollte sie darin aufgebahrt werden oder mit ihm in den Himmel gehen? Aber im Himmel wurden keine Ehen geschlossen noch geführt.

Melanie zog die Stirn im Mondlicht kraus; sie trug ihren prosaischen gestreiften Schlafanzug, aus dem sie diesen Sommer herausgewachsen war, so daß die Hosenbeine die halbe Wade hochgerutscht waren. Sie befühlte ein paar von den Parfumflakons auf der Frisierkommode ihrer Mutter. Ein Porzellanbäumchen für Ringe stand bereit (aber die Ringe waren alle an den Fingern ihrer Mutter in Amerika, ließen sich das Empire State Building zeigen, den Grand Canyon und Disneyland); und dazu gab es eine passende Porzellanschale für Nadeln: zwei lagen darin und ein zerbrochener Hemdenknopf. Auf einer gerahmten Photographie hielt Victoria einen wuscheligen Spielzeughund, ganz offensichtlich ein Studiorequisit des Photographen, das Victoria ebenso offensichtlich zu zerreißen plante. So ein Bild, dachte Melanie, kann nur eine Mutter rührend finden. Sie fragte sich, ob sie wohl selbst für das reizlose Aussehen ihrer Kinder blind sein würde, falls diese sich als reizlos erweisen sollten. Abwesend tupfte sie sich etwas schales Chanel hinter die Ohren und duftete sofort so sehr wie ihre Mutter, daß sie in den Spiegel blickte, um sich zu vergewissern, daß sie noch Melanie war.

Ihr Gesicht war verschlafen und mondenweiß. Die Haare waren für die Nacht zu einem Knoten hochgebunden, und sie zog ihn auf, daß das Haar über den Rücken hinabfiel. Sie probierte verschiedene Frisuren aus – ins Gesicht, straff zurückgekämmt à la Ballerina, alles asymmetrisch auf eine Seite getürmt, und dachte dabei an das weggeschlossene Brautkleid.

Ob es mir paßt?

Die ganze Zeit, während sie sich das überlegte, beobachtete sie sich selbst; geistesabwesend knöpfte sie die Schlafanzugjacke auf und übte ein paar Posen, falls sie je als Modell oder Tänzerin gehen wollte. Der Spiegel von Mutters Frisierkommode war breiter, wenn auch kürzer, als ihrer. Aber die ganze Zeit dachte sie: Soll ich? Soll ich nicht? Sie öffnete eine Schublade und fand in einer Ecke einen puderverklebten Penny.

»Kopf heißt ja«, sagte sie zu den Schatten. Kopf sagte ja. Sie holte tief Atem und fing an, den großen Koffer von der Wand wegzuzerren, um an die Messingschließen zu kommen. Sie kam sich schlimm vor, wie eine Grabschänderin, aber die Münze war gefallen, es war entschieden. Der Deckel knarrte auf. Eine Menge loses Seidenpapier, oben in den Koffer gepackt, erhob sich mit trägem Rascheln nach so vielen ungestörten Jahren und schwebte ein paar Zoll hoch in der Luft, einen Augenblick wie von Geisterhand frei getragen. Sie schob alles beiseite.

Der Kranz kam zuerst, in Papier gewickelt. Künstliche Rosen und ein paar Rispen Maiglöckchen, die auf der Photographie nicht zu erkennen waren, und hie und da eine Perle, um den Tau anzudeuten. Einige der Rosenblätter waren geknickt und schief; eine Rose war völlig zerquetscht, wie ein Dada-Exponat. Melanie rückte sie alle sorgsam zurecht und drehte den Kranz in den Händen hin und her. Ein Brautkranz. Und sie legte ihn auf das Bett.

Sie faltete ganze Morgen von Tüll auseinander, genug, daß ein kompletter gotischer Parnaß von Cranach-Venussen sich damit das Haupt hätte umwinden können. Melanie war gefangen, eine Makrele im Netz; der Schleier wehte um sie, blendete ihre Augen, sein Geruch stieg ihr in die Nase. Sie drehte sich nach da, nach dort, aber verhaspelte sich nur noch mehr. Sie kämpfte mit ihm, rang und besiegte ihn schließlich – sie verlor die Geduld und türmte ihn auf das Bett, wie es gerade kam, unter den Kranz. Es war jetzt Zeit für das Kleid.

Das Kleid war sehr schwer. Der schlüpfrige Satin hatte einen Schimmer wie die silberne Teekanne, die nie den Glasschrank im Wohnzimmer verließ, nur, wenn sie poliert wurde. All das Mondlicht im Zimmer strömte in seinen reichen, geheimnisvollen Falten zusammen. Melanie riß sich den Schlafanzug vom Leib und kletterte in das Kleid hinein. Es fühlte sich sehr kalt an. Es kroch über sie hinweg, kalt wie eine träge Eiswasserdusche, und sie erschauerte und hielt den Atem an.

Es war zu groß. Ihre Mutter hatte in der üppigen Blüte einer gutgepolsterten Jugend geheiratet – zwei magere Melanies hätten jetzt gemeinsam das Brautkleid zu einer siamesischen Zwillingshochzeit tragen können. Melanie erinnerte sich, einmal von der Hochzeit von siamesischen Zwillingen gelesen zu haben. Die würden ein sehr großes Bett gebraucht haben. Ein Vierfachbett.

Sie war bitter enttäuscht, daß das Kleid ihr zu groß war. Sie stolperte und strampelte in weißem Satin. Sie stieß den Saum mit den Füßen vor sich her, zurück zur Frisierkommode, um dort ein paar Nadeln zu holen und sich das Kleid aufzustecken. Aber im Spiegel sah sie, daß es gleichgültig war, ob das Kleid zu groß war.

Ihr Gesicht unter dem herabströmenden schwarzen Haar war vom emporgeworfenen Schimmer des Kleides erhellt und verwandelt, das wie die Tracht elisabethanischer Jungfrauen die Wölbung ihrer Brust streifte. Sie bewegte sich in einem prunkvollen Zelt, das ihre eigene Schlankheit seltsam hervorhob und sie wie ein Kandelaber erleuchtete. Sie wußte, sie würde mit dem Schleier nicht fertigwerden, aber den Kranz ergriff sie und setzte sich ihn rasch auf den Kopf. Die kleinen Perlen glänzten wie Augen, oder wie die Tränen von Fischen, was sie angeblich auch sind. Aber die Perlen ihrer Mutter waren künstlich. Trotzdem erglänzten sie.

Und bin ich so schön? dachte sie erstaunt unter den Perlen und Blumen.

Sie öffnete den Kleiderschrank ihrer Mutter und betrachtete sich prüfend in dem hohen Spiegel. Sie war immer noch ein schönes Mädchen. Sie ging in ihr Zimmer zurück und besah sich nochmals in ihrem eigenen Spiegel, um zu sehen, ob das einen Unterschied machte, doch wieder war sie schön. Mondlicht, weißer Satin, Rosen. Eine Braut. Wessen Braut? Aber heute nacht war sie sich selbst genug in ihrer Pracht und brauchte keinen Bräutigam.

»Sieh mich an!« sagte sie zu dem Apfelbaum, der seine ruhigen Früchte in der ländlichen Stille der Nacht dicker reifen ließ.

»Sieh *mich* an!« rief sie leidenschaftlich dem kürbisrunden Mond zu, der jovial und breitgesichtig lächelte, wie das Bild, das ein Kind vom Mond hat.

Ein frischer kleiner grasduftender Windstoß blies durch das offene Fenster und strich ihr über den Nacken, regte ihr Haar. Unter dem Mond dehnte sich die Landschaft wie ein fernes und verwunschenes Land, ein Orient von unsterblichem Getreide, nicht gesät und nicht geschnitten, terra incognita, vom Fuße keines Mannes betreten, von seiner Hand unberührt. Jungfräulich.

Ich werde in den Garten hinuntergehen. In die Nacht.

Rasch die Treppe hinab, die Röcke um den Leib gerafft –

Obacht, die knarrende Stufe! Sie zerrte atemlos an den Riegeln der Haustür, brach sich einen Fingernagel ab. Still, leise, oder Mrs. Rundle kommt herunter und schwingt den Schürhaken, den sie neben dem Bett liegen hat, um nachts gegen Einbrecher gewappnet zu sein. Nachts. Melanie öffnete die Tür und ging in die Nacht hinaus, und die löschte das, was Melanie bei Tage war, sogleich aus wie einen Docht zwischen zweien ihrer schwarzen Finger.

Die Blumen umgaben den Garten mit mitternächtlichem, unergründlichem Duften, und das Gras kräuselte sich und murmelte mit jener leisen Stimme, zu der sich das Schweigen steigert. Die Stille war wie das Ende der Welt. Sie war allein. In ihren Flügeldecken aus weißem Satin war sie die letzte, die einzige Frau. Sie zitterte vor Erregung unter dem tiefen, blauen, hohen Himmelsbogen.

Solch ein runder Mond. Bäume, bis zum Äußersten ihres Fassungsvermögens beladen mit einer träumenden Fracht von Vögeln. Das tauige Gras leckte an ihren Füßen wie die nassen Zungen kleiner zutraulicher Tiere; das Gras schien länger und schmiegsamer als am Tage. Ihr Kleid zog hinter ihr her; sie ließ eine glitzernde Spur zurück. Die stille Luft war wunderbar klar. Beschattete Dinge – ein Zweig, eine Blume – hoben sich mit dunkler Schärfe ab, wie durch Wasser gesehen. Sie ging auf langsamen, lautlosen Füßen durch die Unterwassernacht. Sie atmete bebend durch den Mund und schmeckte schwarzen Wein.

Die Fliederbüsche regten sich. Ein kleines pelziges Nachttier huschte vor ihr über den Rasen und verschwand hastig krabbelnd in einem Haufen gemähten Grases; das Tier, was immer es gewesen sein mochte, hatte nicht mehr Körperlichkeit als windverwehte Blätter.

»Ich hätte nie gedacht, daß die Nacht so sein würde«, sagte Melanie laut, mit schwacher Stimme.

Sie zitterte vor Erregung. Warum? Wie? Außer sich, war sie sich dessen nicht bewußt, es war nicht wichtig. Große Wolkenbänke türmten sich am Himmel auf und zergingen, und hier und dort leuchtete ein Stern. Die Welt, die nur dieser Garten war, war so leer wie der Himmel, endlos wie die Ewigkeit.

In der Schule im Religionsunterricht hatte die Lehrerin die Ewigkeit erläutert. Miss Brown, die lispelte und eine Brille hatte und nach Zitronenseife roch, jonglierte mit der Kreide und sprach kühn von der Ewigkeit, wenn die Kinder danach fragten. Die Ewigkeit, sagte sie, war wie der Raum, insofern sie immer weiter und weiter ging, und Gott irgendwo darin, wie (dachte Melanie mit sieben Jahren) die in den Plumpudding eingebackene Sixpence-Münze, drumherum Galaxien als Rosinen, und vielleicht mit dem einsamen Wunsch nach anderen Sixpence-Stücken. Wie einsam Gott sein muß, dachte Melanie, als sie sieben war. Als sie fünfzehn war, stand sie verloren in der Ewigkeit, in einem verrückten Kleid, den immensen Himmel betrachtend.

Der ihr zu groß war, wie das Kleid. Sie war zu jung dafür. Die Einsamkeit packte sie an der Kehle, und plötzlich konnte sie es nicht mehr ertragen. Panik überfiel sie. Sie war verloren in dieser fremden Einsamkeit, Entsetzen brach in den Garten ein, und sie war wehrlos, betrunken von schwarzem Wein.

Schluchzend fing sie plötzlich zu rennen an, stolperte über die Röcke. Zu viel, zu früh! Sie mußte zurück zur Haustür, in die umschlossene, behagliche Dunkelheit drinnen, zurück zum Geruch von Menschen. Zweige zerrten drohend an ihren Haaren und schlugen ihr ins Gesicht. Das Gras schnürte sich zu Schlingen, ihr die Knöchel umzuknicken. Der Garten wandte sich gegen Melanie, als sie Angst vor ihm bekam.

Die weiße Stufe vor der Haustür bot Asyl. Sie sank darauf hin. Mrs. Rundle schrubbte und rieb diese Stufe einmal in der Woche, fegte sie einmal am Tag mit ihren vertrauten, arbeitsharten, heimelig-häßlichen Händen. Melanie legte ihre pochende Wange gegen den kühlen Stein, und er rieb ihr ehrliches, im Laden gekauftes Scheuerpulver wie ein Kastenzeichen ins Gesicht. Aber die Tür war zu. Sie war hinter ihr ins Schloß gefallen. Sie hatte keinen Schlüssel. Sie war ausgesperrt. Sie hatte sich selbst ausgesperrt.

Sie verzweifelte beinahe, als ihr klar wurde, daß sie nicht durch die Tür konnte. Und obendrein hatte sie sich die Füße verletzt, als sie auf dem Kiesweg gerannt war, ohne es da zu bemerken – nun sah sie, daß ihre Füße zerschrammt und blutig waren und daß kleine Blutfleckchen, schwarz im Mondlicht, am Saum des Kleides ihrer Mutter saßen. Aber das Schlimmste war, vor dem Haus zu sitzen und nicht hinein zu können. Sie klammerte sich trostsuchend an den Stein.

Ich muß mich zusammennehmen. Was soll ich jetzt tun?

Sie hatte ihr eigenes Fenster offengelassen. Sie könnte vielleicht auf den Apfelbaum klettern und von dort schließlich in ihr Zimmer, und das Fenster zwischen sich und der Wüstenei der Ewigkeit draußen zuschlagen. Aber dazu mußte sie die Zuflucht der Stufe verlassen und sich wieder hinauswagen. Doch entweder in den Apfelbaum oder bis zum Morgen hier warten! Bis Mrs. Rundle herunterkam, um Frühstück zu machen. Und dann müßte sie Mrs. Rundle erklären, wie es kam, daß sie die ganze Nacht aus dem Haus ausgesperrt gewesen war, im Brautkleid ihrer Mutter.

Sie hatte den Apfelbaum bestiegen, als sie acht war, und wieder mit zwölf. Und jetzt, da sie fünfzehn war? Aber den Apfelbaum oder gar nichts – selbst wenn sie dazu um das Haus herum nach hinten gehen mußte, was dort auch lauern mochte. Welche Ungeheuerlichkeiten. Was für riesenhafte, reglose, wartende Wesen mit weich klaffenden Mäulern, deren Fleisch aus demselben Stoff war wie die Nacht.

Sie wußte: Sie waren da, sie warteten nur darauf, daß Melanie stolperte und hinfiel. Sie regten sich in dem nebelhaften Raum jenseits der Augenwinkel. Melanie versuchte, geradeaus zu schauen, um sie nicht durch Zufall in ihr Blickfeld zu rufen. Sie hielt sich so nahe am Haus wie nur möglich und wanderte achtlos durch Blumenbeete; das Haus bot einen gewissen Schutz. Ihr Blut pochte in den Ohren; das Geräusch hätte das rauhe Atmen der Ungeheuer ringsherum sein können. In der Stille dieser Nacht schien kein Monster aus Film, Comic oder Alptraum zu bizarr, um möglich zu sein.

»Sei nicht albern«, redete sie sich zu. »Da ist nichts. Gar nichts.« Aber dies »Nichts!« hallte in ihrem Kopf, und sie erschrak vor den Echos. In solcher Angst erreichte sie endlich ihre Leiter, ihren Baum, ihren Freund, dessen knorrige alte Äste mit Früchten reich beladen waren. Doch diese Früchte schienen heute nacht, da sie sich so fürchtete, gefährliche Giftäpfel, als hätte sich selbst der Baum, ihr Spielgefährte, gegen sie gewandt und sei kein Trost für sie.

In den alten Tagen hätte sie nur ein paar Augenblicke gebraucht, um auf einen Baum zu steigen. Aber sie hatte das Klettern aufgegeben, als sie begonnen hatte, sich das Haar lang wachsen zu lassen und nicht mehr jeden Tag in den Sommerferien kurze Hosen zu tragen. Seit sie dreizehn war und ihre Periode eingesetzt hatte, hatte sie das Gefühl gehabt, mit sich selbst schwanger zu gehen, den langsam reifenden Embryo der erwachsenen Melanie in sich zu tragen – für eine Zeit, deren Dauer bis zur Neugeburt ihr nicht ganz klar war. Und während dieser Zeit auf einen Baum zu steigen, könnte eine Fehlgeburt zur Folge haben, sie würde für immer in die Kindheit gebannt bleiben, ein kleiner Racker mit Ponyfrisur. Doch wer keine Wahl hat, der muß.

Wie kann ich aber mit diesem Kleid auf den Baum klettern? In lange Stoffbahnen gehüllt, deren Satin zerreißen und sich verwirren und schmutzig werden würde, unweigerlich, wenn sie nach Halt- und Stützpunkten im Baum tastete und sich durch die Zweige kämpfte. Sie würde sich ins Geäst verwickeln und nicht mehr vor noch zurück können. Man würde Männer mit Leitern und Stricken von der Farm holen müssen, um sie am Morgen zu befreien, tot oder lebendig. Sei nicht töricht. Lebendig. Am Leben, um die ganze Würdelosigkeit der Aktion zu kosten. Also mußte sie das Kleid ausziehen und ganz nackt in die tückische und trügerische Nacht hineinklettern. Es gab nichts, was sie sonst hätte tun können.

Sie wurde sich nun einer Zone tieferer Schwärze auf einem niedrigen Ast bewußt, eines Mittelpunkts, wo die Dunkelheit zusammengeronnen schien, wie eins der Ungeheuer ihrer überreizten Phantasie; es regte sich. Ein schriller Aufschrei formte sich in ihrer Kehle. Grüne Augen blitzten, und die Schwärze maunzte. Sie schüttelte den Kopf vor Erleichterung. Es war Mrs. Rundles Kater. Sie hatte Gesellschaft. Sie kraulte ihm die Ohren, und er surrte und pochte vor begeistertem Schnurren – ein häusliches Geräusch, unerwartet und beruhigend. Es war, als hätte jemand ihr ein kleines Feuer angezündet. Solange die Katze schnurrte, hatte Melanie den Mut, aus dem Kleid zu schlüpfen. Sie zog ihr langes Haar um sich, denn die Nacht, die nun am Ende des Sommers ihrem eigenen Ende entgegenging, war kalt geworden.

Sie rollte das Kleid zu einem Bündel zusammen und schob es in die Gabel des Baumes. So konnte sie es mit hinaufnehmen und wieder in den Koffer legen, und niemand würde je wissen, daß es noch einmal getragen worden war, wenn man nicht das Blut am Saum sah, und das war nur ein bißchen Blut. Die Katze legte den Kopf zur Seite und richtete ihren pailletenglitzernden Blick auf das Bündel; sie streckte die Pelzpfote aus und streichelte das Kleid. Die Pfote war mit listig gekrümmten Fleischerhaken besetzt. Sie hatte einen grausamen Strich. Man hörte etwas zerreißen.

»O Gott!« sagte Melanie laut. Die Katze hatte einen langen Riß ins Kleid gemacht. Sie schlug nach ihr; das Tier sprang vom Baum, plumpste auf den Rasen und verschwand. Sie war wieder allein, und der Mond begann den Himmel hinabzugleiten. Bald würde er untergehen, und vollkommene Dunkelheit würde sie auslöschen. Sie betete: Bitte, lieber Gott, laß mich sicher wieder in mein eigenes Bett zurückfinden. Außerdem kreuzte sie die Finger, was Glück brachte.

Sie war sich ihrer Schutzlosigkeit und Nacktheit entsetzlich bewußt. Sie spürte eine neue, endgültige Art von Nacktheit, als hätte sie sogar die Haut ausgezogen und stünde nun mit nichts bekleidet da, nackt in der allerletzten Nacktheit ihres Skeletts. Beinahe war sie überrascht, das Fleisch ihrer Finger zu sehen; warum waren die Hände selbst nicht wie Handschuhe abgestreift, daß nur noch die Knochen blieben?

Ein Apfelregen ging nieder, als sie prüfend am untersten Ast zog. Aber er war stark genug, sie zu tragen. Sie holte tief Atem und schwang sich empor. Die Rinde prägte sich ihren Schienbeinen, ihren Schenkeln, ihrem Bauch ein und zerkratzte sie, als sie sich in die knorrigen Arme des Baumes warf.

Sie mußte sich jeden Griff, jeden Aufstieg unter schmerzlichen Anstrengungen erkämpfen. Einmal brach ein Ast aufstöhnend unter ihrer vertrauensvollen Fußsohle, und sie baumelte verzweifelt zwischen Himmel und Erde, trat blind mit den Füßen um sich auf der Suche nach etwas Festem, Sicherem in einer Welt aus rauschenden Blättern und Schatten. Ständig purzelten die Äpfel, wenn sie sich weiterbewegte, und der sinkende Mond blinkte zwischen Blättern hervor, die ihr boshaft mit ledrigen Händen in die Augen und den keuchenden Mund stachen. In einem fremden Element rang sie um jeden Atemzug. Die kleinen Zweige kratzten ihre Wangen und weichen Brüste. Sie schien mit dem ganzen Baum zu kämpfen. Der Schweiß strömte über ihren Leib. Und das Kleid wollte mitgeschleppt werden wie die schwere Last eines erschöpften Pilgers.

Sie wußte nicht, wie lange sie sich hinaufkämpfte, aber endlich erblickte sie ihren Fenstersims über dem Kopf, eine Vision des Lands der Verheißung. Doch lag er hoch über den letzten stabilen Ästen, und irgendwie mußte sie sich und das Kleid gefährlich hinaufschwingen. Gott sei Dank war das Fenster weit offen und ließ sie den Teddybären sehen, ›Lorna Doone‹ und die silberne Haarbürste. Schwankend, die Muskeln gespannt, sich auf die Lippen beißend, stieg sie in einer Gischt von Blättern nach oben.

Nach zwei falschen Ansätzen, mit denen sie sich, schwindlig und zitternd, beinahe aus dem Baum auf den ungastlichen Erdboden drunten gestürzt hätte, warf sie das Kleid empor. Es breitete sich aus, schlug ihr mit weißen Flügeln ins Gesicht, senkte sich wie ein Riesenalbatros einen bebenden Augenblick gegen den Fensterrahmen und fiel hinein und verschwand. Und sie warf sich dem Kleid hinterher, mit dem Gesicht voran auf den Fußboden ihres Zimmers krachend.

Sie war voll blauer Flecken, schmutzig, und sie blutete aus hundert kleinen Schrammen. Sie lag auf dem cremefarbenen indischen Teppich und schluchzte vor Erleichterung, endlich wieder festen Boden unter sich zu spüren. Als sie aufstehen konnte, hinkte sie zum Fenster und schwang die Faust drohend gegen den Mond. Den Teddy umklammernd kroch sie unter die Decken ins Herz ihres Bettes und schlief sofort ein.

Am Morgen sah sie, daß das Kleid in Fetzen war.

Sie breitete es aus. Es überdeckte ihr schmales Bett, aber es war zerrissen. Der Baum hatte vollendet, was die Katze begonnen hatte. Der Rock hing in drei abgetrennten Bahnen herunter, und die in Streifen und Stücken baumelnden Ärmel hingen nur noch mit ein paar Fäden am Mieder. Außerdem war das Kleid dreckig, mit dem Grün des Baums und ihrem eigenen roten Blut verschmiert. Sie hatte viel mehr geblutet, als sie gewußt hatte. Sie betastete das Kleid, starr vor Entsetzen.

Und der Kranz? Sie hatte den Kranz vergessen! Mußte ihn noch auf dem Kopf getragen haben, als sie den Baum erkletterte, aber er war nirgendwo im Zimmer. Sie ging ans Fenster. Der Kranz hing hoch an einem der obersten Äste zwischen Äpfeln, die zu weit droben waren, als daß man sie hätte pflücken können. Er war wie ein weißes Vogelnest. In den Perlen fing sich die frische Morgensonne. Und da mußte der Kranz nun bleiben, falls man nicht die Feuerwehr holte.

Toast- und Speckgeruch wehte aus der Küche herauf. Das Leben ging weiter.

»O du Närrin!« sagte Melanie erbittert zu sich im Spiegel.

Ihr Haar war mit Apfelbaumblättern verfilzt. Sie bürstete und kämmte sie heraus, daß sie auf den Boden fielen, und riß sich dabei in ihrem Zorn lange Haarsträhnen aus. Es tat ihr gut, den Schmerz zu spüren. Sie war gedemütigt, gezüchtigt, ein dummes Kind, das früher oder später sein Mondenabenteuer gestehen mußte, das so katastrophal geendet hatte.

Sie trug die Ruine des Kleides zum Koffer zurück, quetschte es hinein, wie es gerade ging, und preßte es unter dichten Lagen Seidenpapier hinunter. Wenn ihre Mutter heimkam, würde sie es ihr sagen, unter vier Augen. Und vielleicht würde der Kranz bis dahin niemandem auffallen. Denn er hing sehr hoch oben im Baum, und Mrs. Rundle war kurzsichtig, und Jonathon war nahezu blind, und Victoria schaute nie nach oben.

»Kann ich den guten Speck von Melanie haben?« fragte Victoria. Und Jonathon aß ihren Toast. Melanie konnte nichts essen; ein Gewicht von Schuld und Scham schien sich auf ihren Magen gesenkt zu haben. Als der Tisch abgeräumt war, ging sie auf ihr Zimmer und holte ihre Schulbücher hervor, als wären die Hausaufgaben ein Mittel, die Götter gnädig zu stimmen. Sie hatte ›Lorna Doone‹ den ganzen Sommer lang vernachlässigt; jetzt machte sie sich ausführliche Notizen bei der Lektüre.

Mrs. Rundle und Victoria gingen in den Laden im Dorf, und Jonathon ging mit, um sich einen neuen Modellsatz zu kaufen. Das leere Haus dröhnte und hallte um Melanie; sie fühlte das seltsame Gegen-Leben eines Hauses voller verlassener Räume, und ihr Nacken prickelte, wenn sie ein zufälliges Klopfen oder Knarren hörte. Es war ein sonniger Morgen, und die Äpfel vor dem Fenster glänzten vor Gesundheit. Ein Apfel am Morgen/ Mit dem Arzt keine Sorgen. Die Wespen würden nun schon beschäftigt sein und sich in den reichen Fund Fallobst am Fuße des Baumes hineinbohren. Sie haßte Wespen. Sie konnte den Gedanken an die Wespen, die sich unter ihrem Fenster gütlich taten, kaum ertragen.

Um halb elf, in der schläfrigen Mitte des heißen Morgens, schallte ein donnerndes Pochen durch das Haus, so laut und unerwartet, daß der Füller in ihrer zusammenzuckenden Hand einen Klecks im Heft machte. Sie ging hinunter. Mrs. Rundles Kater war behäbig auf Fliegenjagd in der Diele. Er war ein Zeuge ihrer Torheit; er hatte seine Pfote im Zerstörungswerk der letzten Nacht gehabt. Sie trat nach ihm, als sie vorbeiging, und er fauchte sie an.

Ein Postbote mit einem Telegramm in der Hand stand vor der Tür. Sobald sie ihn sah, wußte sie, was das Telegramm enthielt, als wären ihm die Worte auf die Stirn gedruckt. Der Morgen verschwand einen Augenblick lang in Schwärze. Als er wieder Morgen war, stand der Bote immer noch da und wartete auf sein Trinkgeld. Glücklicherweise lag ein Sixpence-Stück auf dem Tischchen in der Diele, Wechselgeld vom Milchmann, denn Melanie selbst hatte kein Geld da. Die Katze saß auf der dritten Stufe und blinzelte. Der junge Mann ging. Sie hörte sein Motorrad in der Ferne knattern.

»Es ist meine Schuld«, sagte sie zu der Katze. Ihre Stimme schwankte wie Gras im Wind. »Es ist meine Schuld, weil ich ihr Kleid angezogen habe. Wenn ich ihr Kleid nicht verdorben hätte, wäre alles gut. O Mama!«

Ihr Magen krampfte sich zusammen. Sie ging nach oben auf die Toilette und erbrach sich. Die ganze Zeit umklammerte sie das ungeöffnete Telegramm. Als sie den Umschlag ansah, übergab sie sich wieder. Sie ging auf ihr Zimmer. Sie traf sich im Spiegel, weißes Gesicht, schwarze Haare. Das Mädchen, das seine Mutter getötet hat. Sie nahm die Bürste und warf sie nach ihrem Spiegelgesicht. Der Spiegel zerbrach. Dahinter war nichts außer dem kahlen Holz des Kleiderschranks.

Sie war enttäuscht – sie wollte den Spiegel sehen, ruhig und intakt, und das ruhige Zimmer im Spiegel abgebildet, aber sich selbst daraus verschwunden, zerbrochen. Sie schritt über die Scherben hinweg zum Fenster und schaute hinaus auf den Brautkranz im Baum.

Ich werde ihn holen und wieder wegpacken. Ich muß. Dann kommt sie vielleicht zurück.

Aber sie wußte, wenn sie auf den Sims hinausstieg, würde sie bestimmt stürzen. Und außerdem, wie konnten die Toten zurückkehren?

»Ach, Mama!«

Sie ging ins Schlafzimmer ihrer Eltern, um sie an ihrem Hochzeitstag anzusehen. Das Brautkleid war fort, und die Frau war fort, und der Mann war fort, der Mann, der schüchtern ein wenig hinter seiner Braut stand und die Augen zusammenkniff, weil ihn die Sonne blendete.

»O Mama! O Papa!«

Die Tränen begannen ihr übers Gesicht zu laufen. Sie nahm die Photographie, zog sie sorgfältig aus ihrem Rahmen – wobei sie das Telegramm zwischen den Zähnen hielt – und zerriß sie dann und warf die schneeflockenrieselnden Fragmente in den Kamin. Dann zerbrach sie den Rahmen. Anschließend fing sie an, das Zimmer zu verwüsten.

Sie zog Schubladen auf und öffnete Schränke und warf den Inhalt zuhauf, die Dinge mit ihren starken Händen angreifend. Sie wühlte die Finger in Schachteln und Dosen und Flaschen mit Kosmetika und Parfüm, beschmierte sich und die Möbel und Wände. Sie zerrte Matratze und Kissen vom Bett und hieb und trat auf sie ein, bis die Sprungfedern klirrend durch den Brokatbezug brachen und die Kissen in einem feinen Dunst von Flaumfederchen barsten. Das Telegramm steckte immer noch zwischen ihren Zähnen und färbte sich langsam dunkel von ihrem Speichel. Sie sah und hörte nichts und verbreitete Zerstörung wie ein Automat. Flaum klebte an den Tränen und den Cremeflecken auf ihren Wangen.

Mrs. Rundle kam mit Victoria nach Hause; beide schleckten an einer Eistüte wegen der Hitze. Mrs. Rundle setzte die schon vorgeschälten Kartoffeln auf und deckte den Tisch. Jonathon brachte in beiden Armen seine neue Modellbauschachtel heim. Er hatte sich den Satz für die »Cutty Sark« gekauft. Hinter den Brillengläsern leuchteten seine Augen vor gespannter Erwartung.

»Essen ist fast fertig, Jonathon«, sagte Mrs. Rundle behaglich.

Er setzte sich gehorsam zu Tisch, die Schachtel auf den Knien; sie war kostbar, und er würde sie nicht loslassen. Victoria spielte mit den Papiertüten vom Einkauf. Das Essen kam auf den Tisch, und die beiden Kinder fingen an. Mrs. Rundle fragte sich, wo Melanie wohl sein mochte. Sie würde ihr Mittagessen brauchen, hatte sie doch nicht gefrühstückt. Jonathon und Victoria aßen hungrig – Mrs. Rundle wollte sie nicht stören.

»Melanie!« rief Mrs. Rundle vom Fuß der Treppe aus hinauf.

Keine Antwort.

War das Mädchen auf ihrem Zimmer, vielleicht über ihren Büchern eingeschlafen? Vom Treppensteigen ein wenig schnaufend, fand Mrs. Rundle das Zimmer leer und zerbrochenes Spiegelglas über den Boden verstreut. Seufzend betrachtete sie die Bescherung.

Sie hat aus Versehen ihren Spiegel zerbrochen und versteckt sich, weil sie's nicht zu beichten wagt, sagte sich Mrs. Rundle weise.

Auf dem Treppenabsatz draußen hörte sie überrascht ein leises Wimmern. Sie folgte dem unerwarteten Laut. Sie fand Melanie mit untergeschlagenen Beinen auf einem Haufen zerfetzter Nachthemden sitzen. Ein penetranter Gestank nach Chanel No. 5 kam von einem Scherbenhügel einstiger Parfümflaschen. Melanie saß mit verzerrtem Gesicht da. Mit Lippenstift und Mascara bedeckt, war ihr Gesicht eine abstrakte Maske aus Rot und Schwarz, und aus ihrem geöffneten Mund ergoß sich ein wortloser Strom der Klage. Mrs. Rundle hatte zu ihrer Zeit schon vieles gesehen und nahm die Dinge, wie sie kamen.

Sie mußte Melanies heiße, verspannte Finger auseinanderbiegen, um ihr das Telegramm abzunehmen. Melanie beachtete Mrs. Rundle überhaupt nicht. Mrs. Rundle zog die Lesebrille aus der Schürzentasche, polierte die Gläser und las das Telegramm. Sie schüttelte langsam den Kopf. Sie legte die Arme um Melanie, doch Melanie war unbeweglich wie Holz und wimmerte. Also ließ sie sie in Ruhe und stampfte mit schwerem Schritt hinunter.

»Jonathon«, sagte Mrs. Rundle, »lauf zum Doktor. Deiner Schwester ist es nicht gut.«

»Ich hab meinen Nachtisch noch nicht gegessen«, sagte Jonathon vernünftig.

»Der bleibt im Ofen warm.«

»Will meinen Nachtisch GLEICH!« schrie Victoria, denn sie sah, daß es heute etwas Besonderes gab: Apfelkuchen. Mrs. Rundle schnitt ihr ein dickes Stück ab und goß Eierrahm darüber. Sollten sie nur essen, solange sie's konnten. Sie aß ihren eigenen Kuchen langsam, zeremoniell, wie bei einem Leichenschmaus. Sie wußte aus Erfahrung, daß ein voller Bauch in schlechten Zeiten eine Hilfe ist. Dann gab sie dem Kater eine Untertasse voll Kartoffeln mit Soße.

»Du und ich, wir werden uns bald nach einem neuen Quartier umschauen, Pussy«, sagte sie zu ihm. Der Kater schnurrte, während er fraß, und schwenkte den Schwanz.

2

Melanie schwamm wie ein blinder und gehörloser Fisch in einem Meer der Betäubung, wo es nicht Zeit noch Erinnerung gab, nur Träume. Der Sommer wurde zum Herbst, ehe sie wieder auftauchte und blaß auf ihrem Bett lag und sich erinnerte. Als sie stark genug war, ging sie an einem frühen Morgen hinaus und begrub das Brautkleid anständig unter dem Apfelbaum. Ihre Brust fühlte sich hohl an, als hätte sie ihr Herz begraben; aber sie konnte sich noch bewegen und sprechen.

»Du mußt ihnen eine kleine Mutter sein«, sagte Mrs. Rundle. Mrs. Rundle nähte allen schwarze Armbänder an die Mäntel, auch Victoria. Mrs. Rundles Mantel war ohnehin schwarz; sie war stets auf das Zuschlagen des Todes vorbereitet. Sie war enttäuscht, ja beleidigt, daß die Überreste nicht zu einem Begräbnis nach Hause gebracht worden waren. Weil es kaum nennenswerte Überreste gab. Trotzdem.

Melanie trug nun ihr Haar in steifen Zöpfen, wie eine Squaw. Sie flocht sie so fest, daß es weh tat, und sie zerrten an Haar und Haut, bis es sich anfühlte, als wollte der weiße Scheitel aufspringen und das Hirn flösse hervor. Es war eine Buße. Sie kaute am stachligen Ende eines Zopfs und trat einem Küchenstuhl gegen das Bein. Aus der offenen Tür drangen die murmelnden Stimmen der Gehilfen des Auktionators in die Diele.

Alles sollte verkauft werden. Geld war keins mehr da. Papa hatte kein Geld gespart, weil er gedacht hatte, er könne immer wieder welches verdienen. Die Kinder existierten in einem Vakuum von Tag zu Tag. Es gab immer noch zu essen für sie, und Mrs. Rundle war immer noch da. Sie war ein Fixpunkt. Melanie blieb nun an ihrer Seite und half hier und dort im Haus. Sie wollte nicht allein sein. Der Spiegel war zerbrochen, und sie haßte die zufälligen kurzen Blicke auf ihr eigenes Gesicht beim Zähneputzen oder beim Vorbeigehen am Garderobenständer. Aber Mrs. Rundle, die Glucke, schaute sich nach einer neuen Stelle um, und das Haus sollte nun über ihre Köpfe hinweg verkauft werden und die Möbel auch.

»Eine kleine Mutter«, wiederholte Melanie. Sie mußte Jonathon und Victoria eine Mutter sein. Doch schienen Jonathon und Victoria die Gegenwart einer Mutter kaum zu vermissen. Sie hatten ihre eigenen privaten Welten. Jonathon arbeitete angestrengt an seinem neuen Modell weiter. Victoiria plapperte wie ein Bächlein und haschte nach Sonnenstäubchen. Keins von beiden erwähnte die Eltern oder schien sich im klaren darüber, daß ihr gegenwärtiges Leben an sein Ende kam – Victoria zu jung, Jonathon zu beschäftigt. Wenn Interessenten kamen, um sich das Haus anzuschauen – was immer häufiger der Fall war –, zogen sie sich zurück, bis wieder alle weg waren.

»Die ganze Last liegt auf mir«, sagte Melanie.

Mrs. Rundle strickte an einem langen Strumpf. Für Jonathon, ein Abschiedsgeschenk. Sie war an der Ferse.

»Sie haben mir gesagt, ich soll es dir sagen«, sagte sie. »Die Anwälte. Weil ich nahestehend bin. Ich hab abgewartet.«

»Was meinen Sie?«

»Ihr werdet zu eurem Onkel Philip gehen.«

Melanies Augen wurden groß.

»Dein Onkel Philip nimmt euch alle drei auf. Und es wär auch nicht recht, wenn eine Familie getrennt wird.« Sie schniefte mit Nachdruck.

»Aber wir haben ihn ja nie gesehen. Er war Mamas einziger Bruder, und sie haben sich auseinandergelebt.« Sie grub den Namen aus ferner Vergangenheit aus; eine beiläufige Bemerkung vor langer Zeit. »Der Name war Flower. Mama war eine Miss Flower.«

»Der Anwalt sagt, er ist ganz Gentleman.«

»Wo wohnt er denn?«

»In London, wo er schon immer gewohnt hat.«

»Also gehen wir nach London.«

»Das wird schön, gerade wenn du erwachsen wirst. Ganz London für dich. Theater. Bälle.« Aus Illustrierten und Romanen kam ihr die Erinnerung: »Soireen.«

»Wovon lebt er? Früher einmal war er Spielzeugmacher.«

»Und ist es immer noch. Er ist verheiratet. Die lenkende Hand einer Frau wird nicht fehlen.«

»Ich wußte nicht, daß er verheiratet ist.«

»Heutzutage«, sagte Mrs. Rundle mißbilligend, »herrscht ein solcher Mangel an Familienbeziehungen! Nicht einmal die Frau des eigenen Onkels kennen, man stelle sich vor.

Sie ist schließlich deine Tante!« Ihre Stricknadeln blitzten stählern.

»Es wird alles ganz neu und seltsam sein.«

»So ist das Leben«, sagte Mrs. Rundle. »Ich werde euch alle vermissen und oft an die Kleine denken, wie sie zum Mädchen heranwächst. Und du zu einer jungen Dame.«

Melanie senkte den Kopf, und die Zöpfe baumelten vor ihrem Gesicht. »Sie waren so gut.«

»Ich helfe natürlich noch beim Packen.«

»Wann« – sie schluckte – »wann gehen wir weg?«

»Bald.«

Oktober, kühler, dunstiger, goldener Oktober, wenn das Licht süß und schwer ist. Sie standen auf der Stufe vor der Haustür und warteten auf das Taxi, schwarze Bänder um die Arme und Koffergriffe in den Händen, gestrandete Passagiere eines Wracks, die ein paar planlos zusammengeraffte Habseligkeiten gerettet haben und bestürzt auf die unruhige See hinausschauen, der sie sich anvertrauen müssen.

Vielleicht sehe ich dieses Haus nie wieder! dachte Melanie. Es war ein enormer Augenblick, dieser Abschied von dem alten Heim, so enorm, daß sie ihn kaum fassen konnte und nur ein unklares Bedauern empfand. Der Kranz mit den Rosen hing immer noch im Apfelbaum, schon ein wenig wetterzerzaust.

Mrs. Rundle gab ihnen einem nach dem anderen feuchte Abschiedsküsse. Auch sie verließ heute das Haus. Sie trug ihren guten schwarzen Tuchmantel und die säuberlich gestopften Handschuhe und die stämmigen, praktischen Schnürstiefel. Ihre Katze schlief in einem Korb neben dem Koffer. Ihr neuer Arbeitgeber würde sie mit dem Auto abholen kommen. Die Beziehung zu den Kindern war schon zu Ende. Sie gehörte zu einem anderen Haus, zu anderen Leuten.

»O je«, sagte Melanie plötzlich. »Die Schule!« Der Anblick des Koffers erinnerte sie daran; bis jetzt war ihr der Gedanke nicht gekommen. Aber sie und Jonathon sollten eigentlich schon wieder in der Schule sein, und Victoria hätte demokratischerweise in der ersten Klasse der gemischten Dorfgrundschule anfangen sollen.

»Euer Onkel Philip wird sich um all das kümmern«, sagte Mrs. Rundle. »Schau zu, daß du auf der Reise gut aufpaßt auf sie und kauf ihnen Süßigkeiten und Comics für den Zug.« Sie wühlte unter den Aspirinfläschchen und Haarnadeln und den Rollen mit verdauungsfördernden Pfefferminzbonbons im Walbauch ihrer schwarzen Kunstledertasche. »Hier, nimm.« Eine Pfundnote als Abschiedsgeschenk.

Dann kam das Taxi. Der Taxifahrer, der Eisenbahner, der an der Sperre die Fahrkarten prüfte, die anderen Reisenden auf dem Bahnsteig – bemerkten sie einen Unterschied an diesen Kindern, nickten sie traurig und wissend beim Anblick der schwarzen Bänder, und lächelten sie ermutigend und mitfühlend? Melanie schien es so, und sie erstarrte beim ersten Hauch von Mitleid zu Eis, sammelte all ihre Kräfte, um kühl und überlegen zu bleiben.

Eine kleine Mutter.

Ich bin verantwortlich, dachte sie, als sie im Zug saßen und Victoria die Polster von den Sitzen hob, um zu schauen, was darunter lag, und Jonathon das Diagramm der Takelage eines Schoners studierte. »Ich bin nicht mehr frei.«

Ein schwarzer Kübel elender Stimmung goß sich über Melanies Haupt aus. Ein Teil von mir, dachte sie, ist abgetötet worden, ein zarter, knospender Teil – das mit Margeriten bekränzte junge Mädchen, das zurückbleiben würde, um in dem alten Haus umzugehen, in den Spiegeln zu erscheinen, wenn der neue Besitzer sein eigenes Gesicht erwartete, in dunklen Nächten weiß aus dem knorrigen Kern des Apfelbaums hervorzuleuchten. Man hatte ihr etwas amputiert; sie konnte sich noch nicht daran gewöhnen, daß etwas vorbei und verschollen war, verschollen wie ihre Eltern, deren Fragmente über die Wüste von Nevada verstreut waren. Ein routinemäßiger Inlandsflug. Eine außerplanmäßige Sturmbö. Ein Maschinenschaden. Zwei Engländer unter den Toten. Mit großen Bedauern teilen wir den Tod eines bedeutenden Literaten mit. Sowie seiner Frau.

Mama.

Nein: Mutter. Nun, da sie tot ist, gib ihr den ehrenvollen Namen: Mutter. Mutter und Vater sind tot, und wir sind Waisen. Auch das Wort »Waisen« hatte einen ehrenvollen Klang. Melanie hatte noch nie eine Waise kennengelernt, und nun war sie selbst eine. Wie Jane Eyre. Aber mit Bruder und Schwester, um die sie sich kümmern mußte, denn sie hatten niemand mehr außer ihr.

»London! London!« rief Victoria jedesmal, wenn der Zug –

ein langsamer, zögerlicher, bukolischer Zug – seine Fahrt verlangsamte und stehenblieb, entweder an einer verschlafenen kleinen Bahnstation, wo Bärenklau an den Schienen entlang schäumte, oder einfach nirgendwo, auf freiem Feld.

»Die erkennen uns nicht am Bahnhof in London«, sagte Jonathon plötzlich. »Wir haben einander nie gesehen.«

»Sie werden drei Kinder, die allein fahren, leicht genug erkennen«, sagte Melanie.

Der Zug war eine Art Purgatorium, eine Wartezeit, zwischen der bekannten und abgeschlossenen Vergangenheit und der unausdenklichen Zukunft, die noch nicht begonnen hatte. Es war eine lange Fahrt. Jonathon starrte aus dem Fenster in eine Landschaft, welche nicht die war, die Melanie sah. Victoria schlief schließlich ein und sah die langsamen Anfänge Londons nicht und erwachte auch nicht, als der Zug endlich unter den hohen Bögen des hallenden Endbahnhofes hielt. Melanie war steif und elend vom langen Sitzen und schmutzig vom Ruß. Sie fühlte sich seltsam kalt und schwindlig, aber sie biß sich entschlossen auf die Lippen und suchte das Gepäck zusammen.

»Jonathon«, sagte sie, »du mußt Victoria nehmen.«

Er überlegte und hielt dabei ein spezielles Paket vorsichtig in den Händen.

»Ich würde lieber das Modell tragen, an dem ich gerade arbeite, damit ihm nichts passiert«, sagte er bedächtig. Es wurde ihr klar, daß es keinen Sinn hatte, zu argumentieren.

»Dann nehme ich sie, und wir holen einen Gepäckträger.«

Victoria war ein großer schwerer Kloß von einem Kind, und Melanies Arme schmerzten unter ihrem Gewicht. Hilflos von der Menge umhergestoßen, spähte Melanie den Bahnsteig entlang. Es waren keine Gepäckträger frei. Und wo war Onkel Philip?

Dann zogen zwei junge Männer ihren Blick auf sich, die an eine Plakatwand gelehnt dastanden und aus Pappbechern Tee tranken, mit langsamen, ländlichen Bewegungen, ohne jede Hast. Ihre Ruhe war anziehend. Sie schufen sich ihre eigene Umgebung. Obwohl hinter ihnen eine Bierflasche sechs Fuß hoch aufragte, über die in roten Lettern die Bemerkung DAS GETRÄNK FÜR MÄNNER! lief, ließen sie vor dem Ganzen eine stille und steinige Landschaft entstehen, wo immer ein Wind mit einem Hauch von Regen blies und wenige

Vögel sangen. Es waren rauhe, doch sanfte Männer. Sie waren vom Land – in einem Sinne, in dem dies auf Melanie nicht zutraf, wenn sie auch eben erst von den grünen Feldern gekommen war und die Männer ihr ganzes Leben in London verbracht haben mochten. Es waren Brüder.

Offensichtlich Brüder, wenn auch erstaunlich verschieden – zwei verschiedene Gewänder, einst aus demselben Tuch zugeschnitten. Der jüngere war vielleicht neunzehn, nur ein paar Zoll größer als Melanie; ziemlich langes, helles, rotes Haar hing ihm über den Kragen einer dunkelblauen, irgendwie militärisch aussehenden Jacke mit Schulterklappen und Messingknöpfen. Er trug verblichene, abgewetzte Kordhosen, sehr eng und deshalb voll straffer Falten. Seine Kleider sahen aus wie Strandgut aus dem Armenfonds einer Gemeinde. Sein Gesicht war das des Einfältigen Iwan im Märchen: hohe Backenknochen, schräge Augen. Sein rechtes Auge schielte ein wenig, so daß sein Blick verquer und verwirrend war. Er atmete durch den schlafflippig offenstehenden Mund, der rosafarben war wie eine Blüte. Er grinste über einen geheimen Witz oder über gar nichts. Er bewegte sich mit seltener, geschmeidiger Anmut und hob den Becher mit einer rasch aufflammenden, poetischen Geste zum Mund.

Sein Gefährte war derselbe Mann, älter und zu Stein geworden. Größer, mit breiteren Schultern, unbeholfen zusammengesetzt, mit einem zerklüfteten, reglosen Gesicht. Ein Mann, der einen niederschlagen konnte – er trug einen marineblauen Nadelstreifenanzug mit ausgefransten Hosenaufschlägen und ein beige-braunes Hemd von der Sorte, an der man den Schmutz nicht sehen soll. Die Nadel an seiner braunblauen Krawatte hatte die Form einer Harfe. Er hatte eine halbgerauchte, ausgedrückte selbstgedrehte Zigarette, die sich in Papierfetzchen und Tabakbrösel aufzulösen begann, hinter dem Ohr stecken.

Sie tranken ihren Tee, ohne miteinander zu reden. Sie hielten sich ganz still, obwohl das ganze Getöse des Bahnhofs um sie her wirbelte. Sie bewohnten ihr Schweigen und gaben nichts preis.

Als der jüngere mit seinem Tee fertig war, schleuderte er den Becher mit einem lyrischen, runden Schwung wie ein Diskuswerfer über die Plakatwand und wischte sich den Mund mit dem Handrücken ab. Er schien den Zug prüfend zu inspizieren, mit langsamem verquerem Blick seine ganze Länge streifend. Seine Augen waren von einem merkwürdigen Graugrün. Sein Blick von der Farbe des atlantischen Ozeans ging wie eine Welle über Melanie hinweg; sie tauchte darin unter. Sie wäre völlig durchnäßt gewesen, wäre er Wasser. Er berührte den Arm des anderen Mannes; sofort ließ der seinen Becher fallen, und beide kamen auf sie zu. Und wenn der eine sich bewegte wie der Wind in den Ästen, war die Bewegung des anderen wie das Einstürzen eines Turmes, ein furchterregendes, unzusammenhängendes Voranschreiten, bei welchem er mit jedem Schritt unaufhaltsam nach vorn zu fallen schien, um sich dann mit einem Ruck starr aufzurichten und einen Augenblick lang auf dem Absatz zu schwanken, ehe der nächste Schritt ihn wieder aus der Balance stürzte. Der Jüngere lächelte und breitete die Arme zum Willkommen aus; der andere zeigte kein Lächeln. Melanie wußte, daß sie zu ihr kamen, und fuhr zusammen.

Sie war bestürzt, diese Fremden auf sich zusteuern zu sehen, während sie doch einen alten Mann mit einem Cowboyhut und einem Schwarz-Weiß-Photographiengesicht erwartete. Vage Erinnerungen an Zeitungsartikel über Männer, die auf den großen Bahnhöfen Londons herumlungerten, um junge Mädchen zu unmoralischen Zwecken zu entführen, gingen ihr durch den Kopf. Aber der junge Mann sagte: »Du bist wohl Melanie.«

Also kannten sie ihren Namen, und es war alles in Ordnung. Sie sah seinen Mund sich bewegen; er sprach immer noch, aber der Pfiff einer Lokomotive verschlang seine Worte, die er mit einer ganz leisen Stimme sagte.

»Ich bin Melanie«, sagte sie. »Ja.«

»Laß mich dir das Kind abnehmen, Melanie.« Er sprach mit einem schwachen, aber erkennbaren irischen Singsang. Sie mußte sich nahe zu ihm neigen, um zu hören, was er sagte. Sie gab Victoria erleichtert weiter und beugte und streckte ihre erschöpften Arme.

Jonathon kam vom Zug herüber, einen mit ihrem Gepäck beladenen Träger hinter sich.

»Er ist direkt ins Abteil gekommen und hat gesagt: ›Sie brauchen wohl noch ein Paar Arme, Sir‹«, erklärte Jonathon. Und fügte staunend hinzu: »›Sir‹ hat er zu mir gesagt! Mensch!«

»Das ist Jonathon«, sagte Melanie. »Und Victoria ist die Kleine.«

»Mein Name ist Finn«, sagte der junge Mann. »Und das ist Francie. Finn und Francie Jowle. Es freut mich, daß du hier bist.«

Mit unerwarteter Förmlichkeit gaben die Brüder Melanie und Jonathon die Hand, wenn auch Finn dazu gefährlich mit Victoria jonglieren mußte.

»Aber wer seid ihr?« frage Melanie.

»Deine Tante Margaret ist unsere Schwester«, sagte Finn. »In gewisser Weise sind wir Onkel.« Er grinste, ein loses, füchsisches Grinsen, bei dem sich die Lippen von den Zähnen zurückzogen, die gelb und krummgewachsen waren.

»Aber ihr seid aus Irland!«

»Es gibt, soweit ich weiß, kein Gesetz, das es verbietet«, sagte Finn so sanft, daß sie sich schämte. Victoria regte sich in seinen Armen. Er sprach zu ihr, und sie vergrub ihr Gesicht an seiner dunkelblauen Brust und schlief noch tiefer weiter. Es war die abgelegte Uniformjacke eines Feuerwehrmannes, die er trug. Melanie spürte einen kleinen Schock der Verblüffung.

Sie gingen in unordentlicher Prozession zum Taxistand.

»Es ist ein sehr weiter Weg für ein Taxi, aber euer Onkel hat Francie das Geld gegeben und darauf bestanden«, sagte Finn. »Er würde«, fuhr er fort, »das Geld nicht *mir* anvertrauen, wohlgemerkt.« Er grinste wieder.

»Ich hab ein Pfund gehabt. Aber ich habe Milchschokolade und Traubennuß gekauft.«

»Ein ganzes Pfund für Schokolade?«

»Und Heftchen zum Lesen. Für die Fahrt. Eins, das hieß ›Steife Brise‹, für Jonathon und einen Sammelband Bildergeschichten für Victoria. Ich mußte sie doch beschäftigen.«

»Es ist trotzdem viel Geld«, sagte er.

Melanie saß neben ihn gequetscht, auf ihrer anderen Seite Francie, schweigend und monolithisch. Jonathon saß auf dem Klappsitz gegenüber. London glitt vorbei, aber Melanie sah es nicht an.

»Jowle?« fragte sie vorsichtig.

»Jowle.«

»Es klingt eigentlich«, sagte sie, »nicht wie ein irischer Name.«

»Vielleicht nicht. Aber so heißt er.«

Dann herrschte Schweigen, und nun nahm Melanie den Geruch der Männer wahr. Einige Augenblicke lang war ihr sein Ursprung nicht klar, so fern war ihr der Gedanke, die Brüder könnten derart schmutzig sein. Eng an die beiden gepreßt füllte der Geruch ihr die Nase, bis Melanie beinahe zu ersticken glaubte – vor Entsetzen dazu, denn sie hatte noch nie in der Nähe von Männern gesessen, die rochen. Ein aggressiver, tierhafter Geruch stieg von beiden auf; zusätzlich stank Finn nach Farbe und Terpentin, neben dem Geruch nach Slum und Armut. Und Francies Kragen, sah sie jetzt, hatte einen Schmutzrand; sein Hals war dreckig. Finns Hals konnte sie wegen seiner Haare nicht sehen.

All ihre fünfzehn wohlgekämmten und saubergeschrubbten Jahre stiegen in ihr auf, eine endlose Perspektive von Bädern und Shampoos und sauberer Unterwäsche, eine Prozession reichlich gefüllter Badewannen, in denen sie sich gewaschen hatte, eine glitschige Parade von Seifenstücken, die sie an ihrer Haut zu Nichts zerrieben hatte. Sie versuchte die Erinnerung an seifenschaumiges heißes Wasser heraufzubeschwören, um Schutz gegen diesen Geruch zu finden, doch es war vergeblich. Die Taxifahrt wollte kein Ende nehmen; nie wieder würde sie an die frische Luft kommen. Der Zähler tickte unerbittlich, Shilling um Shilling. Jonathon beobachtete ihn eine Weile bewundernd, als imponiere ihm seine Dreistigkeit, soviel Geld zu verlangen.

»Ist es noch sehr weit?« fragte Melanie leise mit gepreßter Stimme.

»Noch weiter«, sagte Finn abwesend. Woran dachte er? Sein Profil war wild und exzentrisch; eine Hakennase, Augen, die nun von schweren Lidern überschattet waren.

»Noch weiter«, wiederholte er.

»Es wird langsam dunkel«, sagte sie, denn das Licht zog sich nach und nach aus den Straßen zurück, und Jonathons Gesicht zerfloß und löste sich im Dunkel des Taxis auf.

»Und wird noch dunkler werden«, antwortete Finn. Seine Stimme wurde plötzlich wärmer. Die Fragen und Antworten hatten einen gewissen rituellen Charakter, als wäre Melanie durch Zufall auf die geheimen Formeln gestoßen, die sie sicher über die Schwertklingenbrücke in die Burg von Corbenic geleiten würden. Francie wandte den Kopf, formte seinen fest geschlossenen Mund zum archaischen Lächeln einer frühgriechischen Terracotta-Statuette. Ein schaler Geruch wehte aus seinem sich verschiebenden Jackett hervor.

»Und du weißt –«, sagte Finn, »wegen deiner Tante?«

»Nun, ja – Margaret. Eure Schwester.«

»Aber hat man dir –« Er hielt inne. Die beiden Brüder tauschten im Dämmerlicht einen rätselhaften Blick; ihre Augen blitzten weiß herüber, hinüber.

»Sie ist stumm«, sagte Francie. Es war das erste Mal, daß er gesprochen hatte. Seine Stimme war tonlos und rauh. Er fing an, eine Melodie zu summen, distanzierte sich, drehte sich mit geschickten Bewegungen eine Zigarette. Er brauchte dazu seine Hände nicht zu sehen.

»Stumm?« fragte Melanie irritiert.

»Kein Wort kann sie sprechen«, sagte Finn. »Ach, sie hätten's dir sagen sollen. Eine schreckliche Last; es kam an ihrem Hochzeitstag, wie ein Fluch. Ihr Schweigen.«

Francie hielt im Drehen seiner Zigarette inne und runzelte die Stirn, als hätte sein Bruder zuviel gesagt, aber Melanie bemerkte es nicht. Die neue Tante war für sie ein Schatten gewesen, ein nebuloses Anhängsel des spielzeugmachenden Onkels. Nun nahm sie Gestalt an, weil sie einen charakteristischen Zug besaß: Stummheit.

»Wie furchtbar!« sagte sie entsetzt.

»Wir stehen uns sehr nahe, wir drei«, sagte Francie. »Es ist gut, wenn Brüder und Schwestern sich nahe sind.« Sein Tabak hatte einen würzigen Kräutergeruch, als ob er sehr gesund wäre.

»Eine großartige Köchin«, sagte Finn, der diese Eigenschaft seiner Schwester wie zum Ausgleich mitteilte. »Was für Kuchen!«

»Macht sie oft Auflauf?« fragte Jonathon.

»Selten«, sagte Finn nach einem Augenblick des Nachdenkens.

»Gut!« sagte Jonathon. Also mußten ihm doch Mrs. Rundles endlose Aufläufe aufgefallen und am Ende zuwider geworden sein.

Das Taxi stieg lange, kahle, graue Straßen empor, in denen hie und da zerrupfte Oktoberbäume traurige Blätter in einen immer stärker werdenden, schafwollweißen, fransigen Nebel fallen ließen. Melancholischer, glückloser Süden von London.

»Wir sind beinah daheim«, sagte Finn, und Melanie konnte plötzlich ein Schluchzen nicht unterdrücken. Finn legte ihr die Hand aufs Knie und sagte leise: »Wir haben auch hier gelebt, die meiste Zeit, seit unsere Eltern gestorben sind.«
»Dann sind wir alle Waisen!«
»Im selben Boot, jawohl!«
»Boot!« wiederholte Jonathon verzückt.

Sie kamen zu einem keilförmig angelegten Platz hoch oben auf einem Hügel, dessen auffälligen Mittelpunkt ein verspieltes Toilettenhäuschen bildete, reich mit zu krausen Ornamenten geformtem viktorianischem Schmiedeeisen verziert. Darüber senkte sich eine müde Sykomore herab, deren Stamm mit weißen Flecken übersät war, wie von einer Hautkrankheit befallen. Die Läden ringsum waren alle hell erleuchtet. In einer Obst- und Gemüsehandlung lagen auf grün in den Schaufenstern aufgehäuftem künstlichem Gras Haufen von glühenden Orangen, eingefangene kleine Wintersonnen; tastende, gefleckte Büschelhände von Bananen; riesenhafte, zerknittert-grüne Rosen, die sich bei näherem Hinsehen als Wirsinghäupter herausstellten; rote Bete, mit Nelken, Zimt und Essig zu kochen. Eine Metzgerei, wo ein ergrauter Mann mit blauer Schürze und blutbespritztem Strohhut zwischen zwei pendelnden Lammseiten hindurch die Hand nach Würsten auf einer Marmorplatte ausstreckte; ein Zuckerbäcker, schon mit Pralinen in festlichem Papier voll Stechpalmen und Rentieren im Fenster, mit Knallbonbons für den Weihnachtsabend und einem Nikolaus aus Krepp, der mit den Wunderkerzen, Feuerwerkskörpern und Kanonenschlägen für den Guy Fawkes Day am 5. November um den Platz stritt.

Noch mehr Läden. Ein Trödler, wo eine zusammengefallene, blasse Frau an einem Paraffinofen saß und strickte, umgeben von zerbrochenem Gerümpel – Krüge, Kerzenhalter, ein paar Bücher, ein durchgesessener Stuhl, eine angeschlagene Brotkapsel aus Emaille vollgestopft mit kaputten Untertassen. Eine neue Möbelhandlung mit einer Couchgarnitur in fransigem Plüsch, daneben eine toffeeglänzende Hausbar. Die Läden waren alle in den Erdgeschossen hoher Häuser untergebracht und hatten verschnörkelte altmodische Aufschriften, mit Ausnahme des Möbelgeschäfts, das in defektem Neonschriftzug blinkte: ALLES FÜR DAS SCHÖNE HEIM.

»Lassen Sie uns hier raus«, sagte Finn vor der Toilette zum Taxifahrer. Francie bezahlte und zog die Scheine von einer dicken, wenn auch schmierigen Rolle Banknoten herunter.
»Aber wo ist das Haus von Onkel Philip?« fragte Melanie.
»Sein Laden. Wir wohnen über dem Laden. Drüben.«
Zwischen einem in Konkurs gegangenen und mit Brettern zugenagelten Juweliergeschäft und einem Krämer, der sein Schaufenster voll Sunshine-Cornflakes-Schachteln gepackt hatte, lag eine dunkle Ladenhöhle, so schwach erleuchtet, daß man sie zuerst gar nicht bemerkte, wie sie ihren Kopf unter den aufragenden Mietskasernen einzog. In der Höhle konnte man den undeutlichen Umriß eines Schaukelpferdes und das schärfere Scharlachrot seiner Nüstern erkennen und die steifen Gliedmaßen von Marionetten, die in Kleidern von üppiger, feierlich dunkler Farbe an ihren Fäden baumelten. Doch der braune Lack des Pferdes und die pflaumenfarbenen und purpurnen Puppen verschwammen zu so dunklem Dämmer, daß man kaum etwas sehen konnte.
Über der Eingangstür hing ein Schild: SPIELZEUG PHILIP FLOWER MARIONETTEN, dunkelrote Buchstaben auf schokoladenbraunem Grund. An der Türe angeheftet, unter einem Pappschildchen, auf dem in sauberer Kursivschrift geschrieben stand: »geöffnet«, hing eine kleinere Visitenkarte mit dem Text: »Francie K. Jowle. Irische Fiedel. Reels und Jigs usw. ›Ein Stück echtes Irland‹. Zu allen Veranstaltungen. Mäßige Preise.« Dazu ein Kleeblatt und mit Bleistift dazugeschrieben: Bitte drinnen nachfragen.
Finn schob die Tür auf, die einen Augenblick an einer dikken Fußmatte stockte, als ließe sie die Neuankömmlinge nur widerwillig eintreten. Eine Klingel klapperte mit schrillem Zorn über ihnen, und ein grellrosa Sittich flog von seiner Stange neben der Ladentheke auf und kreischte herausfordernd. Aber eine dünne Kette hielt ihn am Fuß fest, und bald sank er flatternd zurück. Hinter dem langen Ladentisch aus glänzend poliertem rotbraunem Holz stapelten sich auf Regalbrettern Kartons über Kartons und bunte Packen in seltsamen Formen. Doch das Licht war so trüb wie im Fenster, das durch einen staubigbraunen Samtvorhang vom Ladeninneren getrennt war. Außer dem Sittich war niemand im Laden. Auf dem Tisch lagen ein Schreibblock und ein Filzstift.
»Natürlich«, dachte Melanie. »Damit Tante Margaret den

Leuten etwas verkaufen kann – sie schreibt die Preise auf, weil sie ja stumm ist.«

Das Wort »stumm« hallte wie eine Glocke in ihrem Kopf.

»Wir nennen den Vogel Joey«, sagte Finn. »Er paßt auf den Laden auf, sozusagen.«

»Nichts verkauft«, schnappte der Sittich. Victoria hob den schläfrigen Kopf und staunte ihn an. Finn trug sie immer noch ohne ein Zeichen der Ermüdung. Er mußte trotz seines schmalen Körperbaus stark sein.

Eine Tür ging auf, und aus dem anderen Raum fiel plötzlich ein so helles unerwartetes Licht herein, daß es ihren Augen weh tat. Tante Margaret. Das Licht, das durch ihr unordentlich aufgetürmtes Haar schien, ließ es so erglühen, daß man meinte, man könnte sich die Hände daran wärmen. Sie war eine Rothaarige, röter noch als Finn und Francie. Ihre Augenbrauen waren rot, als wären sie über den Augen mit festen Strichen roter Tinte angemalt, aber ihr Gesicht war farbleer; in den Wangen oder den schmalen Lippen zeigte sich kein Blut. Sie war so dünn, daß der Anblick fast weh tat. Die für die Familie typischen hohen Backenknochen traten scharf und hager hervor, und ihre schmalen Schultern stachen wie knochige Flügel durch das Gewebe ihres Pullovers.

Wie Mrs. Rundle trug sie Schwarz – einen formlosen Pullover und einen zerknautschten Rock, schwarze Strümpfe (der eine mit einem großen Loch an der Ferse), ausgetretene schwarze Schuhe, die scharf auf den Boden klatschten, wenn sie hin und her ging. Sie lächelte ein nervöses, hungriges Lächeln und breitete die Arme zum Willkommen aus, wie Finn es getan hatte. Finn legte ihr Victoria in die Arme, und sie seufzte und liebkoste das kleine Kind mit der krampfhaften, ungeübten Umarmung einer Frau, die wider ihre Sehnsucht keine eigenen Kinder bekommen hat. Melanie fragte sich, wie alt sie sein mochte, doch es ließ sich nicht sagen – sie mochte jedes Alter zwischen fünfundzwanzig und vierzig haben.

»Geht nach hinten durch mit eurer Tante«, sagte Finn zu Melanie und Jonathon. »Francie und ich bringen die Sachen auf eure Zimmer.«

In der kleinen Wohnstube hinten griff ein Kohlenfeuer, von den engen Grenzen eines schmalen schwarzen Rosts noch wilder angefacht, mit gelben Flammen den Kamin hinauf. Ein Elektrokessel, an der Wand eingestöpselt, dampfte auf einem Blechtablett, von wartenden Tassen umringt. In der Ecke stand ein großes vergoldetes Vogelbauer, darin eine Anzahl ausgestopfter Vögel mit glänzendschwarzem Gefieder, gelben Schnäbeln und scharfen kleinen Augen; sie waren beunruhigend lebensecht, und einen Augenblick lang dachte Melanie, sie seien wirklich lebendig. Es gab einen einzigen durchgesessenen, behaglichen Ledersessel von hohem Alter, an dessen Rücken ein gesticktes Schondeckchen herunterrutschte, und ein paar Stühle mit geraden Lehnen und Korbsitzen. An der Wand war eine große Schreibtafel angenagelt, die ein Fach für die Kreide hatte. Auf der Tafel stand: »Herzlich willkommen, Melanie, Jonathon und Victoria« in weißer Kreide, von blauen Schnörkeln eingerahmt. Melanie mußte schlucken; es war eine rührende und von Herzen kommende Begrüßung.

Tante Margaret nahm ein Stück Kreide und schrieb: »Zieht eure Mäntel aus und macht es euch bequem. Ich muß mich um den Laden kümmern, deshalb bleiben wir eine Weile hier unten.« Melanie bemerkte, daß der Zeigefinger der Frau mit tief in die Poren geriebenem Kreidestaub bedeckt war. Sie wäre eine redselige Frau gewesen, wenn sie es vermocht hätte. Dann setzte sie Victoria in den großen Sessel und begann den Tee zuzubereiten. Es gab auch große Sahnetörtchen aus einer Papiertüte, zwei für jedes Kind.

»Unsere letzte Mahlzeit war das Frühstück«, sagte Jonathon. »Würstchen und Speck. Natürlich war das noch zu Hause.«

»Wir waren zu Hause«, sagte Victoria. An ihrer Wange waren Sahne- und Marmeladespuren. »Kein Zuhause mehr«, sagte Victoria. Ihr Mund öffnete sich zu einem runden O der Klage, das ein auf- und abwogendes Panorama von partiell zerkautem Sahnetörtchen sehen ließ. Tante Margaret griff wieder nach ihrer Kreide, rieb die Tafel rasch mit der Faust sauber und schrieb hastig: »Hier ist jetzt euer Zuhause!«

»Sie kann nicht lesen«, sagte Melanie. Victoria heulte. Tante Margaret sah sich nach etwas um, was das Kind ablenken könnte, und huschte in die Ecke, wo das Vogelbauer stand. Sie drückte einen Hebel unten am Käfig herab. All die Vögel begannen auf und ab zu hüpfen und zu zwitschern, die Schnäbel öffnend und schließend. Sofort verzaubert, strahlte Victoria; vor den Augen der anderen wurde das elendigliche

O zu einem breiten Honigkuchenpferdgrinsen. Sie klatschte in die Hände. Die Vögel hüpften und sangen vielleicht zwei Minuten lang, dann kam der Mechanismus an sein Ende, und die Vögel hüpften langsamer und schwerfälliger, das Gezwitscher dehnte sich zu einem Stöhnen. Sie waren erschöpft. Victoria begann zu schmollen. Tante Margaret bediente wieder den Hebel, und die Vögel wachten auf und hüpften herum, munter wie zuvor.

»Was für ein wunderliches Gerät!« sagte Melanie.

Die Frau huschte zur Tafel und teilte ihr mit: »Dein Onkel hat das gemacht.«

»Er muß sehr klug sein.«

»Es ist eine Bestellung. Es ist schon bezahlt. Eigentlich sollte ich es nicht spielen lassen.« Ihre weiße Stirn legte sich in besorgte Falten.

Tante Margaret ähnelte selbst einem Vogel, mit ihren raschen Bewegungen hin und her und einer bestimmten Geste, bei der sie mit dem Kopf nickte wie ein Sperling, der Krumen aufpickt. Ein schwarzer Vogel mit rotem Kopf und ohne Lied. Der Sittich im Laden, der das melodische Geräusch des Automaten gehört hatte, begann laut zu schwatzen: vehement hervorgestoßene, bedeutungslose Silben, als ringe er vor Zorn nach Worten, weil die Spielzeuge ihn verspottet hatten. Das Haus war immer noch voller Vögel.

Die Brüder kamen herein, um ihren Tee zu trinken, und lächelten ihre Schwester an. Die drei brauchten keine Worte, um sich einander mitzuteilen. Sie fuhr Finn leicht durch sein struppiges Haar und legte die Wange an Francies Revers. Sie liebten einander, und wer es sah, war ihnen gleich. Ihre Liebe war beinahe mit Händen zu greifen in dem kleinen Zimmer, warm wie das Feuer, stark und besänftigend wie süßer Tee. Und Melanie fühlte sich bei ihrem Anblick bitterlich allein und ungeliebt. Aber Finn ging zu ihr hin und gab ihr noch ein Sahnetörtchen, das sie froh als ein Zeichen der Freundschaft annahm, obwohl sie keinen Hunger mehr hatte.

»Aber du darfst dir nicht den Appetit fürs Abendessen verderben«, sagte er, »denn es gibt Kaninchenpastete. Und wenn je eine Frau Kaninchenpastete machen konnte, dann unsere Maggie. Stimmt's nicht, Francie?«

Francie lächelte sein archaisches Lächeln, und Tante Margaret lachte lautlos.

»Kaninchenpastete werden wir essen, und die Knochen lassen wir dem Hund«, sagte Finn nachdenklich.

»Oooh, ist ein Hund da?« rief Victoria und hüpfte auf und nieder.

»Sie hätte schon immer gern einen Hund gehabt, aber Mama – Mutter wollte es nicht. Sie sagte, alle Kinder wollten Hunde, und dann würden sie sich nicht um sie kümmern. Oder Katzen, und dann dasselbe.«

»Nun, Victoria hat jetzt zumindest einen Anteil an einem Hund«, sagte Finn.

Sie tranken noch eine Tasse Tee. Jonathon interessierte sich nicht für das Zimmer oder die Anwesenden. Er saß da, den Blick auf große Brecher gerichtet, die auf ein Korallenatoll irgendwo in der Weite des Pazifik zurollten. Eine Flasche wurde ihm vor die Füße gefegt und kugelte in eine Pfütze zwischen den Felsen. Er schlug sie entzwei. Eine Botschaft lag darin. Überrascht las er sie. Sie brachte ihn auf eine Frage. Aus weiter Ferne stellte er sie: »Wann sehen wir unseren Onkel?«

»Morgen«, sagte Finn bereitwillig. »Er ist heute unvorhergesehenerweise zu jemand bestellt worden, und deshalb haben Francie und ich euch abgeholt.«

Warum war Finn der einzige, der redete? Nun, Tante Margaret konnte nicht und Francie wollte nicht. Es war Finn, der Melanie und Jonathon ihre Zimmer zeigte. Jonathon bekam eine hohe, luftige Dachstube, frisch geweißt, wo ein kleines Bett stand mit eisernem Bettgestell und einer Überdecke, die aus verschiedenen Strickteilen zusammengenäht war, wie in der schlechten Zeit. Das Fenster, das aus dem Dach hervorsprang, sah über die weite Kurve eines großen Tals, voller Lichter, ein hinreißendes, nachtblühendes Großstadtblumenbeet.

»Am Tag kann man St. Paul's sehen«, meinte Finn.

»Es ist beinah«, sagte Jonathon, »wie ein Krähennest. Der Ausguck auf einem Schiff. Nur mit einem Bett.«

In seiner Aufregung nahm er die Brille ab und polierte die Gläser an seinem Taschentuch, das nicht mehr sauber war. Werden wir hier jeden Tag ein sauberes Taschentuch haben, ganz selbstverständlich? fragte sich Melanie besorgt. Jonathons Augen, schutzlos, blinzelten heftig, nicht an die frische Luft gewöhnt. Er fing sofort an, seine Sachen auszupacken.

Er liebte sein Zimmer. Sie ließen ihn bei seiner Arbeit. Nun war Melanie mit Finn allein.

Sie und Victoria sollten ein Stockwerk unter Jonathon in einem langen, niedrigen Raum schlafen, tapeziert mit dicken roten Rosen. Auf Melanie wartete ein blinkendes Messingbett mit einem bauchigen weißen Nachttopf darunter. Auf dessen Boden hatte sich Staub angesammelt; er war schon lange nicht mehr in Gebrauch gewesen und diente wahrscheinlich nur dekorativen Zwecken. Melanie schwor sich, ihn nie zu benutzen. Es gab einen nach Mottenkugeln riechenden Schrank für die Kleider. Es gab eine hellblau gestrichene Kommode, zur Zierde mit Blumenbildchen beklebt, die man aus Samentütchen ausgeschnitten hatte. Es gabe einen Druck von »Das Licht der Welt« in einem Bambusrahmen über dem Kaminsims. Es gab keinen Spiegel. Die Glühbirne hing in einem kugelrunden japanischen Lampion, blau mit einem sich rundherum windenden grünen Tintenfisch, so daß das Licht kalt und grellbunt war. Auf der Fensterbank stand eine Geranie, die noch rosa Blüten trug. Die Vorhänge waren aus blau-weißem Kattun. Melanie schaute aus dem Fenster hinaus und sah weit drunten einen kleinen von Mauern umschlossenen städtischen Gartendschungel, ganz ineinander verschlungenes Gebüsch im Dunkeln.

»Entschuldige«, sagte sie und machte den Koffer auf, um ihren Bären herauszuholen. Sie fühlte sich besser, als er auf dem Kissen lag. Sie hatte zehn Jahre lang mit dem Teddy zusammengelebt.

Finn zündete sich eine Zigarette an und flackte sich gegen die Kommode, die unter seinem Gewicht ein wenig zur Seite rutschte. Sie wünschte, er würde nun gehen.

»Ein schöner Bär«, sagte er beiläufig. Seine Stimme war kaum lauter als das leise Rauschen des fernen Londoner Verkehrs, das durch das Fenster drang.

»Etwas aus den alten Tagen«, sagte sie und grub ihre Finger in Teddys nachgiebiges Fell.

»Aber bist du nicht schon zu alt für Plüschtiere, Melanie?«

»Ich bin fünfzehn. Das heißt, sechzehn im Januar.«

»Januar. Nun, du bist schon ein schönes großes Mädchen für dein Alter.« Er grinste wieder, mit schlaffen Lippen. Seine schielenden Augen glitten und schlüpften umher wie Quecksilber auf einem Teller. Sie konnte seine Zungenspitze zwischen den Zähnen sehen. Er klopfte die Zigarettenasche auf den Boden. Die Drehung seines Handgelenks war ein melodischer Akkord, vollkommen, harmonisch. Melanie hatte plötzlich Schwierigkeiten zu atmen.

Es war, als hätte er seine Männlichkeit wie einen leuchtenden Mantel um sich geschlagen. Er war ein rötlichgelber Löwe, zum Sprung geduckt – und sie das Opfer? Sie erinnerte sich an den aus Büchern und Gedichten erschaffenen Liebhaber, von dem sie den ganzen Sommer lang geträumt hatte; er zerfiel wie Papier (das er war) vor dieser unverschämten, beiläufigen, erschreckenden Männlichkeit, die das Zimmer mit ihrem Geruch füllte. Sie haßte sie, aber sie konnte die Augen nicht von ihm abwenden.

»Du hast schönes Haar«, sagte er. »Schön. Schwarz wie Guinness. Schwarz wie die Achselhöhle eines Mohren.«

Sie dachte: Nun streckt er seine herrische Tatze aus und spielt ein wenig mit mir, und alles in seiner absurden Feuerwehrjacke.

»Warum hast du dir das Haar so hingequält, Melanie? Warum die Zöpfe?«

»Darum«, sagte sie.

»Du weißt doch, daß das keine Antwort ist. Du verdirbst dir selbst dein hübsches Aussehen, mein Kleines. Komm her.«

Sie bewegte sich nicht. Er drückte die Zigarette auf dem Fensterbrett aus und lachte.

»Komm her«, sagte er wieder, leise.

Also ging sie hin.

Er legte ihr die Hände auf die Schultern und sah ihr lange prüfend ins Gesicht; nickte, als billige er es, und fing an, ihr Haar zu lösen. Glühend hielt sie den Atem an. Sie war noch nie einem jungen Mann so nahe gewesen. Der Geruch nach Farbe kämpfte mit seinem Körpergeruch und siegte; er war beinahe überwältigend. Er schüttelte ihr das Haar locker, nahm seinen eigenen Kamm aus der Tasche (ein schwarzer Kamm mit einigen Zahnlücken, mit roten Haaren durchsetzt) und kämmte es durch. Er konzentrierte sich. Er hatte, wie sie sah, aufgehört, mit ihr zu spielen. Die Atmosphäre um ihn hatte sich geändert, war nicht mehr so aufgeladen, war nachgerade gewöhnlich. Er frisierte sie einfach, ordnete ihr Haar wie ein richtiger Friseur. Aus geheimen Gründen, die sie bemerkte, ohne sie zu begreifen, empfand sie das als bittere Beleidigung.

»Jetzt siehst du hübsch aus«, sagte er beifällig, mit der Handfläche noch einmal über ihren Kopf fahrend, damit das Haar glänzte. »Wir können zum Abendessen gehen, und du wirst die Schönheit des Abends sein.«

Sie aßen an einem runden Mahagonitisch mit steifem weißem Tischtuch, in einem Eßzimmer voll schwerer Möbel. Man konnte sich vor all den großen Stühlen und Schränken kaum bewegen. Die alten braunen Tapeten mit ihrem Muster aus Laub hatten feuchte Flecke. Eine fußballgroße Glaskugel, in deren konvexer Oberfläche sich alles verzerrt widerspiegelte, lag in einer hölzernen Obstschale auf dem Sideboard, inmitten einer stummen Versammlung von Flaschen: Ketchup, Salatsauce, »H. P. Sauce, Daddy's Favourite Sauce« und »Okay Fruit Sauce«, alle mit angetrockneten Rinnsalen an den Seiten. Tante Margaret trug eine ovale, goldengebackene Pastete aus der Küche herein, die appetitlich dampfte.

Francie sprach ein merkwürdiges Tischgebet: »Fleisch zum Fleische. Amen.«

Dann aßen sie, und der Hund lag unter dem Tisch. Er schob seine feuchte Schnauze reihum auf die Knie, um sich einen Bissen zu erbetteln. Es war ein weißer Bullterrier mit rosa Augen.

»Hat der Hund einen Namen?« fragte Melanie.

»Manchmal«, sagte Finn. »Es ist ein alter Hund.«

Es war wie im Ballett, Finn beim Essen zuzuschauen, aber Francie wischte die Soße mit dem Brot auf und kaute Knochen ab, die er in den Fingern hielt. Er war auch ein geräuschvoller Esser, als liefere er seinem Bruder die Orchesterbegleitung. Das Essen war reichlich und köstlich. Es gab Weißbrot und dunkles Brot, gelbe Röschen bester Butter, zwei Sorten Marmelade auf dem Tisch (Stachelbeere, Aprikose) und Rosinenkuchen auf dem Sideboard, wenn sie dann mit dem Kaninchen fertig sein würden.

Tante Margaret goß frischen Tee aus einer braunen Keramikkanne ein, die mit ihrem Sonntagsschulausflugs-Format so schwer war, daß sie sie mit beiden Händen halten mußte. Sie tranken den Tee sehr stark, und alle nahmen viel Zucker. Tante Margaret präsidierte der Tafel mit zufriedener Ruhe und forderte sie mit beredten Handbewegungen und Blicken auf, doch noch zu essen. Die Kinder aßen hungrig und entspannten sich langsam während des Essens. Sie muß, dachte Melanie, lieb sein, wenn sie so gut kocht.

Als die Pastete schließlich die Plätze mit dem Kuchen auf dem Sideboard getauscht hatte und alle noch eine Tasse eingeschenkt bekommen hatten, kam der Hund, der mit keinen Abfällen vom Mahl mehr rechnete, unter dem Tisch hervor, stand auf drei Beinen, um sich am linken Ohr zu kratzen, schüttelte sich und scharrte winselnd an der Tür. Finn machte sie auf, und der Hund ging schwanzwedelnd hinaus.

»Er geht abends auf seinen kleinen Spaziergang. Um den Block rum. Rasch mal pinkeln. An den Ecken schnüffeln, um zu sehen, was es Neues gibt. Nach Hause. Ins Bett.«

»Wie kommt er wieder herein?« fragte Melanie. Es schien ein sehr selbstgenügsamer Hund zu sein.

»Die Hintertür ist nie zu, und hinter dem Garten führt ein Weg vorbei. Er kommt einfach rein.«

»Aber wenn nun Leute, Fremde – Einbrecher zum Beispiel, ins Haus kommen, wenn ihr die Tür immer aufstehen laßt?«

»Bei uns sind alle willkommen«, sagte Francie mit seiner vom mangelnden Gebrauch knarrenden Stimme.

Auch im Eßzimmer hing eine Tafel. Tante Margaret schrieb nun darauf: »Die Kleine sollte jetzt ins Bett.« Und Jonathon wollte auf seinem Zimmer an seinem Modell arbeiten. Die Stühle scharrten, als alle aufstanden. Melanie bot Tante Margaret an, mit dem Abwasch zu helfen, doch die schüttelte den Kopf. Keine Arbeit am ersten Abend. Also würde Melanie noch das eine oder andere auspacken und selbst zeitig zu Bett gehen. Sie zitterte vor Müdigkeit, und sie hatte ein wenig Angst vor diesen neuen Menschen, vor allem den Männern.

Tante Margaret kam in das Zimmer der Mädchen und zog Victoria unbeholfen aus, obwohl das Kind es sehr gut alleine konnte. Die stumme Frau betrachtete brütend das Kind mit einem nackten, mütterlichen Ausdruck, den Melanie so peinlich wie rührend fand. Sie entdeckte, daß Margaret ihren Block und ihren Filzschreiber überallhin mitnahm. Als sie Victorias gutgepolsterten Schenkel kniff (Victoria krümmte sich, kreischend vor Vergnügen), kritzelte sie für Melanie auf den Block: »Was für ein hübsches kleines Dickerchen!«

»Ja«, sagte Melanie. »Alle sagen es.«

»Fünf ist sie wohl?« schrieb Tante Margaret mit einem Anflug irischer Redeweise.

»Fünf Jahre und vier Monate!«

Tante Margaret packte Victoria ins Bettchen und beugte sich noch einen langen Augenblick darüber, als hätte sie jetzt gerne ein Schlaflied gesungen. Ihr rotes Haar war zu einem groben Knoten oben auf ihrem Kopf getürmt; sie verlor ihre Haarnadeln wie die Weiße Königin, die Alice hinter dem Spiegel trifft. Eine oder zwei klackten in das kleine Bett. Victoria seufzte und schloß die Augen. Haarnadeln fielen wie ein stählerner Regen.

»Wie schön es ist, einem kleinen Kind im Schlaf zuzusehen!«

»Ja«, sagte Melanie. »Das ist es wohl.« Sie wollte keine lange Unterhaltung mit dieser gesprächigen Stummen, sie wollte ins Bett und den Teddy umarmen. Tante Margarets schwarzgelockte Handschrift hüpfte und sprang auf dem Papier, weil Melanies Augen so müde waren.

Tante Margaret beugte sich rasch herab und küßte Victorias schon schlummernde Stirn. Dann gab sie Melanie einen Gutenachtkuß auf die Wange, wobei sie sie in eine steife, puppenhafte Umarmung schloß; ihre Arme waren zwei an einem Gelenk schwenkbare Stecken, ihr Mund kühl, trocken, papieren, ihr Kuß verspannt, mit zusammengepreßten Lippen, aber auf eine Art auch verzweifelt – eine angstvolle Bitte um Zuneigung. Sie huschte dann sogleich davon, und Melanie blieb zurück, verwundert ihre Wange befühlend.

Als sie nun im Bett lag, mit dem Teddy, das Licht aus, die Nacht hinter den zugezogenen Vorhängen ausgesperrt, weinte Melanie ein wenig, weil sie nicht in ihrem Bett mit dem gepolsterten Haupt und der gestreiften Decke lag. Aber ihr neues Bettzeug duftete nach Lavendel, und eine beruhigende altmodische Wärmflasche aus Stein lag am Fußende, in ein Stück alte Decke gewickelt, damit sie sich nicht die Zehen daran stieß, und Victorias sanftes Atmen war einschläfernd wie Bienensummen, und sie schlief mit trocknenden Tränen auf den Wangen.

Ihr Schlaf war wie ein ganz leichtes, schimmerndes Gewebe; als sie die Augen viel später wieder öffnete, war es ihr, als hätte sie überhaupt nicht geschlafen. Doch das Dunkel im Zimmer war tiefer geworden und die Wärmflasche kalt. Sie drehte sich lustvoll auf die Seite, gähnte; das Messingbett stöhnte unter ihr, und sie, noch nicht ganz erwacht, glaubte Musik zu hören. Ein Radio in der Ferne – aber es war doch sicher zu spät für ein Radio. Oder der Wind vielleicht, der in den Telegraphendrähten sang. Aber das war ein Geräusch auf dem Lande, hier war sie in London, im Haus ihres Onkels. Sie hob den Kopf, um der Musik zu lauschen.

Durch das Haus schwebte der schwache Klang einer Geige und noch eines anderen Instruments, einer Pfeife oder Flöte. Sie spielten so eng zusammen wie ein einziges Instrument, das wie Geige und Flöte zugleich klang. Sie hüpften die Tonleiter wie Bergziegen hinauf und hinab, tanzten zu ihrem eigenen pulsenden Rhythmus. Tanzmusik für einen komplizierten, introspektiven, selbstgenügsamen Tänzer. Musik im Hause. Francie K. Jowle, Fiedel. Aber wer spielte die Flöte? War es Finn?

Die Melodie endete. Sie kam nicht eigentlich an einen Schluß, sondern wurde einfach langsamer und vertröpfelte ins Schweigen, als wären die Spieler am Ende von ihr gelangweilt gewesen und hätten sie achtlos durch die Finger gleiten lassen. Eine Pause. Dann fing Francie allein zu spielen an, langsam, zärtlich.

Melanie setzte sich im Bett auf. Sie hatte das Gefühl, daß der Bogen über die Saiten ihres Herzens glitt. Ihr Kissen fiel unbemerkt zu Boden, und der Teddybär auch. Aber sie verschlang die Hände ineinander, um die herrliche, aufheulende Klage der Musik zu ertragen, die um alle verlorenen geliebten Dinge trauerte, die einen Kummer ausdrückte, den sie für zu tief gehalten hatte, als daß er einen Ausdruck finden könnte. Es überlief sie vor Mitleid.

Die Musik zog sie aus dem Bett. Sie wollte wissen, woher sie kam. Sie erhob sich, schob die Füße in ihre Schuhe, tastete sich zur Tür, öffnete sie und folgte der tönenden Spur die Treppe hinab. Zwei Stockwerke unter ihrem Zimmer lag die Küche auf der anderen Seite des Flurs, dem Eßzimmer gegenüber. Alle Lichter brannten noch. Die Musik kam hinter der geschlossenen Tür hervor. Sie wurde jeden Augenblick lauter. Melanie kniete sich hin und legte ihr Auge an das Schlüsselloch, um zu sehen, was sie sehen konnte.

Das erste, was sie erblickte, war der weiße Hund, von seinem Spaziergang zurück, der auf dem Fleckenteppich vor einem kleinen Elektroofen saß und mit dem Schwanz gemächlich, aber im Rhythmus auf den Boden klopfte, *bum... bummm...*, im Takt der langsam pulsierenden Melodie der Fiedel. Es war ein sensibler und musikalischer Hund. Dieser Anblick holte sie sogleich von ihrem hohen, tragischen Gipfel herunter, und der Gedanke machte alles irgendwie gemütlicher, daß sie diese Musik mit einem solch weisen und freundlichen Hund teilte.

Melanie veränderte ihre Haltung ein wenig, und Tante Margaret wurde durchs Schlüsselloch sichtbar. Sie saß oder hockte auf einem der geraden Stühle, lächelnd wie ein Engel, der gerade vom Himmel gefallen ist. Ihr Haar war offen und hing ihr auf die Schultern, ein brennender Busch. Melanie erriet, daß Finn es geöffnet hatte. Ihr Gesicht war wie dünne Milch, ein bläuliches Weiß gegen das flammende Haar. Sie hielt eine Ebenholzflöte mit silbernen Klappen auf dem Schoß und streichelte sie abwesend, während sie Francie lauschte.

Melanie rückte wieder ein wenig weiter und sah Francie, wie die Statue eines Geigers, nur die Hände lebendig. Seine Fiedel – mit einem weißen Schuppenfall von Kolophonium unter den Saiten – hatte er unter das Kinn geklemmt. Seine Finger auf den Saiten schwebten wie Schmetterlinge über ein Blumenbeet an einem heißen Sommertag. Das Gesicht war mürrisch, ernst und würdevoll.

Die langsame Melodie endete, und Melanie seufzte. Tante Margaret legte ihre Hände auf die von Francie; er senkte die Fiedel mit reglosem Gesicht. Sie sahen sich an und sagten einander ohne Worte etwas. Dann hob Tante Margaret die Flöte seitwärts an den Mund, voll Eifer, als dürste sie danach. Wieder eine Tanzweise. Der Schwanz des Hundes wurde schneller, bis es schien, als klopfte er eine rasche Staubwolke aus dem Fleckenteppich. Francie grinste und schloß sich ihr nach den ersten paar Takten an. Sein Bogen blitzte und glitzerte. Diesmal hörte Melanie ein seltsames klickendes Geräusch und veränderte ihre Stellung wieder, um zu sehen, was das war.

Finn spielte die Löffel. Melanie hatte noch nie jemand auf den Löffeln spielen sehen. Das Paar Dessertlöffel, Rücken an Rücken, fuhr rasch durch seine Finger und gab ein komplexes Stakkato von sich, das er aber nicht länger als ein paar Augenblicke lang durchhielt; dann verwirrten sich seine Finger, und die Löffel kamen klappernd zum Stillstand, und er schüttelte wütend den Kopf und fing von neuem an. Finn spielte die Löffel schlecht, selbst Melanie konnte das sehen. Er hatte seine Feuerwehrjacke ausgezogen und trug nur noch ein hochgeschlossenes kurzärmliges Unterhemd aus vergilbter Wolle, arg fleckig unter den Armen. Von seiner eigenen Unfähigkeit angewidert, ließ er die Löffel auf den Tisch fallen und stand auf. Die Musikanten schauten ihn erwartungsvoll an. Er kam in die Mitte des Raumes. Melanie schwenkte auf den Knien herum, um ihn im Auge zu haben. Er fing an zu tanzen.

Er löste das ganze Versprechen seiner körperlichen Anmut ein, wenn sein Tanz auch etwas stark Abstraktes hatte und keine großen Gesten kannte. Sein Gesichtsausdruck änderte sich nie. Sein Körper hing seltsam schlaff, die Arme baumelten lose an seinen Flanken; seine ganze Persönlichkeit schien in den geschwinden, geschickten Füßen konzentriert, die sich in komplizierten Variationen bewegten. Keine Note der Musik, der nicht eine Bewegung seiner beredten, lebhaften Füße entsprochen hätte. Die anderen sahen zu, während sie spielten, Francie mit kleinen Brummlauten der Ermunterung, Tante Margaret mit nickendem Kopf. Ihre Augen waren Sterne.

Und so verbrachten die roten Leute ihre Zeit und vergnügten sich, wenn sie glaubten, niemand sähe zu.

3

Wer hat denn die dichte Hecke roter Rosen zwischen üppig dunkelgrünem Laubwerk gepflanzt, mit, ach, solch grausamen Dornen?

Melanie schlug die Augen auf und sah Dornen zwischen Rosen, als erwachte sie aus der Nacht von hundert Jahren, Dornröschen, *la belle au bois dormant,* gefangen in einem seit einem Jahrhundert stetig sprießenden Garten. Aber es war nur ihre neue Tapete, die mit Rosen bedruckt war, wenn ihr auch die Dornen vorher nicht aufgefallen waren. Und der vertraute Herr Bär lag auf ihrem Kissen, und Victoria schlief auf dem Bauch in ihrem Bettchen, ein paar Meter entfernt, hinter weißgestrichenen Gitterstäben. Graues unsicheres Licht leckte durch die Vorhänge. Melanies Nasenspitze war eiskalt.

Sie schob ihr Gesicht gegen den Bauch des Teddys, der Wärme wegen. Das Fell roch pfeffrig. Sie erinnerte sich an gestern, ›Die letzte Mahlzeit im alten Heim‹, wie ein präraffaelitisches Gemälde – die drei Waisen und die bekümmerte Haushälterin melancholisch um den alten Tisch geschart, die alten Messer und Gabeln benutzend, die sie nie wieder gebrauchen würden. Was würde aus Messern und Gabeln werden, wer wollte sie wohl kaufen? Sie waren rostfreies Strandgut, die Strände von anderer Leute ungerührtem Leben entlanggespült. Wahrscheinlich würden sie weggeworfen werden. Sie saßen an einem Tisch, gedeckt mit einem karierten Tischtuch, und Fliesen klackten unter den Schuhen (Mama hatte die Fliesen aus Spanien mitgebracht), und es gab einen großen Kamin, mit altem Pferdeschmuck behängt und mit Kupferpfannen und in der Mitte der Boiler für das heiße Wasser, wo eigentlich ein großes Feuer hätte brennen sollen. Aber das machte nichts, so eine schöne altmodische Küche. Ihre Mutter war einmal in dieser Küche photographiert worden, mit einer spitzenbesetzten Schürze, beim Zubereiten eines Kuchenteigs. Die Photographien erschienen in einer Serie über die Gattinnen berühmter Männer, wer sie waren, wie sie zurechtkamen. Es war eine herrliche Küche. Ihre letzte Mahlzeit dort hätte eine

Art Sakrament sein sollen. Aber Victoria hatte sich wie ein Eskimo mit Wurstfett vollgeschmiert, sie war zu jung für Gefühle. Nun, all dem jetzt Lebewohl.

Sie waren nach London gekommen und hatten Kaninchenpastete gegessen, und der Tag hatte unangemessenerweise mit Musik und Tanz geendet. Finn tanzte in seinem fleckigen Unterhemd, und Francie spielte auf der Fiedel wie der Teufel persönlich, der ja ein Geiger gewesen war, und die stumme Tante, in ihrem Mantel aus feurigem Haar, blies auf einer Flöte. Oder hatte sie das geträumt? Aber wenn ja, warum? Und wenn sie es nicht geträumt hatte, wie war sie dann wieder ins Bett gekommen? Hatte Finn sie hochgetragen? Sie stellte sich vor, wie sie in ihrem unförmigen Flanellschlafanzug an Finns schmale junge Brust gedrückt lag, schlaff wie ein Sofakissen mit einer schwarzen Perücke. Finn sah aus wie ein Satyr. Vielleicht waren seine Beine behaart unter den abgetragenen Hosen, grobes Ziegenfell an den Beinen und anmutige gespaltene Hufe. Nur war er zu schmutzig für einen Satyr, der sich doch wohl regelmäßig in Gebirgsbächen waschen würde.

Finn sah unzuverlässig aus, dachte sie. Seine Augen waren so unstet, so dreist und gleitend; das leichte Schielen machte die Richtung seines Blicks unklar. Und seine häßliche, geräuschvolle Art, durch den Mund zu atmen. Er erinnerte sie an einen Zigeuner, der Wäscheklammern oder Papierblumen verkaufen wollte, der den Hühnerstall ausräubern oder die Dienstmädchen verführen oder die Wäsche von der Leine stehlen würde, oder alles zusammen. Er beunruhigte sie, aber nicht auf angenehme Weise. Immerhin – er war jung, und sie hatte befürchtet, das Haus würde nur voller alter Leute sein.

Das Licht sah zittrig aus und früh. Sie hätte gerne noch weitergeschlafen, aber sie stellte fest, daß sie es nicht konnte, und so mußte sie aufstehen. Die Kälte schlug durch ihren Schlafanzug. Sie war die Zentralheizung gewohnt. Sie würde sich einen neuen, dicken Schlafanzug für den Winter kaufen müssen, der gerade erst anfing, wenn Geld dafür da war. Aber – der Gedanke ängstigte sie – würde denn Geld übrig sein, Taschengeld, für ihre eigenen kleinen persönlichen Bedürfnisse, Shampoos und Strümpfe und vielleicht ein bißchen Gesichtscreme, solche Sachen? Es war schwer zu sagen. Sie schnürte den Gürtel ihres Regenmantels über dem Schlafanzug zusammen. Ihr alter baumwollener Morgenmantel war endlich kurz vor der Abfahrt ihrer Eltern zur Nutzlosigkeit geschrumpft. In der Eile des Aufbruchs war keine Zeit mehr gewesen, ihr einen neuen zu kaufen. »Wir bringen dir einen ganz tollen aus Amerika mit«, versprach ihre Mutter.

Sie mußte selbst das Badezimmer suchen und war stolz, daß ihr so rasch wieder einfiel: Es lag am Ende des Ganges. Sie fühlte sich weniger fremd im Haus, nachdem sie nun wußte, wo das Bad war. Zu müde, sich am Abend zuvor noch zu waschen, hatte sie es nicht benutzt. Nun, am ganzen Leib den Reiseschmutz spürend, dachte sie, sie könnte ein Bad nehmen. Es würde schön sein, im heißen Wasser hin und her zu rollen.

Aber es floß kaltes Wasser in das Becken. Sie hielt ihre Hand lange in den Wasserstrahl, aber er wurde nicht wärmer. Ungläubig mußte sie sich mit der Tatsache abfinden, daß es kein heißes Wasser im Badezimmer gab, nicht zum Baden und nicht zum Waschen des Gesichts. Es war ihr nicht klar gewesen, daß es Häuser ohne heißes Wasser gab, oder daß ein Verwandter von ihr ein solches Haus bewohnen könnte. Es gab auch keine richtige Toilettenseife. Krötenartig hockte in einer blauweißen Porzellanseifenschale mit einem Mäandermuster ein abgenutztes Stück gewöhnlicher Haushaltsseife, rauh und gelb und mit achtlosen schmutzigen Fingerabdrücken bedeckt, die ihr im Gesicht brannte und wahrscheinlich ihre Haut verätzte. Sie fühlte förmlich, wie ihre Haut verätzt wurde. Kaltes Wasser und Waschbüttenseife, so würde es also sein. Das tiefe altmodische Waschbecken hatte einen Sprung, in dem ein langes rotes Haar hing, das ins Wasser hinausglitt, als sich das Becken füllte. Das Handtuch hing an einer Rolle; es fiel mitsamt der Rolle herunter, als sie sich die Hände abtrocknen wollte. Das Handtuch war gestreift und nicht ganz sauber, und es fühlte sich gleichzeitig schleimig und rauh an.

Vier zerzauste Zahnbürsten, rosa, grün, blau und gelb, steckten in einem Plastikhalter, der mit Zahnpasta überkrustet war. Auf einem verschmierten Glasbord grinste ein komplettes Gebiß gesichtslos, wie eine verschwundene Cheshire-Katze, aus einem trüben Glasbecher. Dem Plastikzahnfleisch hatte man die Farbe eines hektischen Sonnenuntergangsrosa gegeben. Melanie dachte, das Gebiß müsse Onkel Philip gehören. Er war also wieder da.

Auf der Toilette sah man den größten Teil des Spülungsmechanismus. Als sie an der Kette zog (die einen Keramikgriff hatte, der sie grob aufforderte, zu ZIEHEN), entstand ein rauhes, metallisch klirrendes Rasseln, laut genug, das ganze Haus aufzuwecken, aber nicht das kleinste Rinnsal Wasser kam herab, um die Schüssel sauberzuspülen. Sie versuchte es ein zweites Mal. Diesmal prasselten ein paar zögernde Tropfen auf die spiegelglatte Wasserfläche, doch ohne sie zu bewegen. Sie gab es auf. Es gab, wie sie sah, kein Toilettenpapier, jedoch hingen an einer Schnurschlinge einige Seiten des ›Daily Mirror‹, schlecht und recht zu quadratischen Stücken zerrissen. Eine Nummer des ›Irish Independent‹ war hinter das Abflußrohr der Toilette geschoben worden. Jemand hatte sie wohl während einer Phase von Verstopfung studiert.

Das Bad war bis zur halben Höhe der Wände dunkelgrün gestrichen, danach cremefarben. Es war ein schmaler, hoher Raum mit einem hohen Fenster von unangemessen stattlichen Ausmaßen, das mit Milchglasscheiben versehen und halb von einem zerrissenen Plastikvorhang verdeckt war, auf dem Walt-Disney-Fische schwammen. Es gab im Bad keinen Spiegel, nicht einmal zum Rasieren. Über der Badewanne, die auf vier Messingklauen stand und in der eine Pfütze aus steinstaubfleckigem Wasser mit einem winzigen Plastik-U-Boot aus einer Haferflockenpackung lag, hing ein großer Boiler, dessen freiligende Metallteile im Lauf der Jahre grün geworden waren.

Melanie wusch sich, so schnell sie konnte. Das Badezimmer deprimierte sie stark. »Das letzte Mal im Badezimmer des alten Heims.« Kein Genrebild, sondern das Photo einer Badezimmerwerbung. Porzellan schimmerte rosenfarben, und die weichen flauschigen Handtücher und das Toilettenpapier waren farblich darauf abgestimmt. Dampfendes Wasser rauschte in Hülle und Fülle aus den Hähnen, die als Delphine geformt waren, und Flaschen mit Badesalz und Toilettenwasser und Aftershave glitzerten wie Juwelen; die niedrige Toilette spülte diskreterweise völlig geräuschlos. Ein Tempel der Reinlichkeit. Mutter liebte hübsche Badezimmer. Sie hielt Badezimmer für besonders wichtig.

»Weine jetzt nicht deswegen«, sagte Melanie streng zu sich selbst, »wie denen ihr Badezimmer aussieht.«

Trotz allem war es hart. Sie zwang sich dazu, nicht mehr an das alte Bad zu denken und ferner auch nicht an ihre Mutter.

Doch sie erkannte nun, daß viele Dinge im Leben, die sie als selbstverständlich vorausgesetzt hatte, einfache, behagliche, vertraute Dinge, tatsächlich großer Luxus waren. Kein Wunder, daß kein Erbteil für die Kinder da war, und sie mußten sich jetzt mit Zeitungspapier abwischen und ihre verwöhnten Finger in eisigem Wasser röten, nun, da die Gans tot war, welche die goldenen Eier gelegt hatte.

Das Zimmer selbst schien schon vertraut und sicher. Sie zog die schwarzen Hosen und den schokoladenbraunen Pullover an, weil sie im ersten Koffer, den sie öffnete, obenauf lagen, und sie hätte sie daheim auch an einem kühlen Herbsttag getragen, mit Nebel auf den Hügeln und Holzrauch auf den Feldwegen und ... Sie schaute aus dem Fenster. Der Morgen war feucht, wenn es auch nicht regnete, der graue Tag begann eben erst.

Ein paar Blätter hatten die unordentlich wuchernden Gartensträucher noch, die zerknittert und leblos herabhingen. Kahle Stellen schwarzbrauner Erde schauten aus dem kärglichen Rasen hervor. Schlingpflanzen wuchsen an den Mauern empor; laublos streckten sie ihre kahlen Zweige in einem komplizierten Netz aus, wie Stacheldraht. Eine schmale Gasse mit Mülleimern lief am Garten vorbei, und auf der anderen Seite ragten die grobverwahrlosten Hinterteile einer Reihe von Mietshäusern auf, wo zugezogene Vorhänge blinde Fenster verdeckten, wo Wäsche – lange Unterhosen, Hemdchen, Laken, Herrenhemden – schlaff in der reglosen Luft hing, an Leinen hoch oben befestigt, die sich mit Winden an ferne Fenster herankurbeln ließen. Zinkbadewannen klebten wie gigantische Schnecken auf halbem Weg die Mauern empor an den Wänden, als ruhten sie sich auf dem Marsch nach oben aus. Ein neues Territorium umgab Melanie, in dem sie leben mußte.

Victoria drehte sich im Schlaf um und gurrte einen Traum an. Sie war pfirsichflaumig, süß in ihrem Kinderschlaf, ein blaues Band im Haar, das sich dunkel lockte. Was würde hier aus Victoria werden? Würde sie zu einem Straßengör heranwachsen, Turnschuhe, keine Socken, dreckiges T-Shirt, mit einem Londoner Akzent, bei dem es ein wohlerzogenes Ohr schmerzen würde? Und Jonathon, in seiner Kajüte unter dem Dach? Und was war mit ihr selbst, mit Melanie?

Das Haus war vollkommen ruhig. Melanie beschloß, sich nach unten in die Küche zu wagen, wo sie noch nicht gewesen war. Sie wollte die Topographie ihrer neuen Häuslichkeit so rasch wie möglich erforschen, herausfinden, was hinter all den Türen lag und wie man den Ofen anmachte und wo der Hund schlief. Heimisch werden. Sie mußte hier heimisch werden, irgendwie. Sie konnte es nicht ertragen, sich so fremd zu fühlen, so anders, und auf irgendeine Art so unsicher in ihrer eigenen Person, als fände sie es schwierig, sich selbst in dieser neuen Umgebung wiederzuerkennen. Sie schlich die linoleumbedeckten Stufen hinunter.

Die Küche war ganz dunkel, weil die Rouleaus herabgezogen waren. Es roch nach schalem Zigarettenrauch, und ein paar ungespülte Tassen waren ordentlich in der Spüle aufgestapelt, aber der Raum sonst war von wilder Sauberkeit. Er war recht groß. Da stand ein eingebauter Schrank, dunkelbraun gestrichen, mit Geschirr angefüllt, einer Mehldose, einer Brotkapsel. Dort ein Speiseschrank, in den man hineingehen konnte. Melanie tat es versuchsweise und schloß die Tür hinter sich, umgeben von einem kühlen Geruch nach Käse und Moder. Was aß man hier? Konservennahrung; besonders schienen sie Dosenpfirsiche zu schätzen, es gab einen ganzen Stapel solcher Dosen. Dosenbohnen, Sardinendosen. Tante Margaret mußte Konserven in größeren Mengen kaufen. Es gab auch ein paar Kuchendosen, und Melanie öffnete eine und fand den Rosinenkuchen von gestern abend. Sie nahm ein schon abgeschnittenes Stück heraus und aß es. Sie fühlte sich schon mehr zu Hause, nachdem sie etwas aus der Speisekammer gestohlen hatte. Sie ging in die Küche zurück, Krümel verstreuend.

Auf einem langen Tisch aus sauber gescheuertem Tannenholz war das Tischtuch (mit rostroten Chrysanthemen besät, die Art Tischtuch, die man durch die Fenster der Häuser anderer Leute sieht, wenn man zur Teezeit vorbeigeht) zurückgeschlagen, um das fürs Frühstück bereitgestellte Geschirr abzudecken, vielleicht, damit keine Mäuse die Tassen verunreinigten.

Es war ein brauner Raum, wie der Laden und die Korridore, die alle mit einem dicken, dunklen Braun gestrichen waren. Die Küchentapete war alt und braun und glänzte, streifig vor Fett. An der Wand hing wieder eine Tafel und darauf stand: »Kamen pünktlich an. Schlafen fest.« Onkel Philip mußte so spät in der Nacht oder so früh am Morgen zurückgekommen sein, daß nur noch Tante Margaret wach war. Melanie versuchte seine Heimkehr zu rekonstruieren. Tante Margaret macht Tee, er erkundigt sich nach den neuen Hausbewohnern, sie erzählt ihm alles auf ihre Art. Er trägt seinen Mississippi-Spieler-Anzug. Aber sein Gesicht konnte sie sich nicht klar vorstellen.

Der Raum war voll vom unbekannten Leben anderer Leute. Eine Brandspur auf dem Tischtuch, die ihre eigene geheime Geschichte hatte, mysteriöse ungeöffnete Post hinter einem kleinen Gipsmodell eines Schäferhunds auf dem Kaminsims (der modern und häßlich war, aus beigen Kacheln). Der Kamin selbst wurde offensichtlich nie benutzt; eine zum Fächer gefaltete Zeitung stand da, wo Holz und Kohle hätten liegen sollen. Über dem Kamin hing ein außergewöhnliches Gemälde. Sie zog die Vorhänge weiter auseinander, um es bei besserem Licht betrachten zu können.

Es war ein Porträt des weißen Bullterriers, unglaublich detailliert und lebensecht ausgeführt. Jedes weiße Haar schien auf der rosa Haut sichtbar, als sei es einzeln gemalt, und man konnte die körnige Oberfläche der Schnauze sehen. Der Bullterrier hockte *en face* auf einem spitzen Grasbüschel. Er trug ein Blumenkörbchen mit Nelken und Gänseblümchen im Maul. Tautropfen zitterten auf den Blumen. Die Augen des Hundes glitzerten unnatürlich, weil sie aus Stücken von buntem Glas waren, die man auf die Leinwand geklebt hatte. Hinter ihm lag eine felsige Küste und ein Meer mit vielen schaumgekrönten Brechern in parallelen Reihen, unter einem drohend bläulichschwarzen, sturmschwangeren Himmel mit einem streifigen orangenen Sonnenuntergang. Der Hund dominierte den gesamten Raum. Er hatte etwas Offizielles an sich, als sei er ein Wachhund, ein Posten, hinter seinen Glasaugen ständig auf dem Quivive, sich mit dem Hund des Hauses abwechselnd – und der Blumenkorb in seinem Maul nur ein entwaffnender Ablenkungsversuch, ein geborgtes Requisit, damit er harmlos aussah. Vom echten Hund war keine Spur zu sehen außer einer Backschüssel voll frischem Wasser auf dem Boden neben der Spüle. Er war offenbar gerade nicht im Dienst.

Neben dem Porträt hing eine geschnitzte Kuckucksuhr mit

grünem Efeu und roten Weintrauben, die um eine grüne Haustür wuchsen. Während Melanie den Hund musterte, flog die Haustür mit einem schnarrenden Geräusch auf, das sie erschreckte. Der Vogel trat hervor, verbeugte sich und rief siebenmal Kuckuck. Es war ein richtiger Kuckuck, ausgestopft, der Mechanismus seines Rufs irgendwie in der gefiederten Brust verborgen. Es lag eine groteske Erfindungsgabe, etwas bewußt Exzentrisches, in der Anlage dieser Kuckucksuhr, dem Melanie noch nie begegnet war. Der Vogel zog sich rückwärts in sein Haus zurück, und die Tür knallte zu. Sie hoffte, die Uhr würde kaputtgehen, damit sie den Vogel nicht mehr sehen müßte – sie mochte ihn nicht. Sie kam sich zusammengeschrumpft und verkleinert vor. Nichts war wie gewohnt, nichts war wie erwartet, nur ihre zwei schwarzen Beine und der schwarze Haarzopf auf jeder Seite ihres Kopfs, die waren normal.

Vielleicht konnte sie Tee machen. Der Gasherd war gewöhnlich genug, wenn auch sehr alt; er stand auf vier geraden Füßen. Sie füllte den großen schwarzen Kessel und stellte ihn auf die Flamme. Tee würde jetzt guttun. Sollte sie ihrer Tante und ihrem Onkel den Tee ans Bett bringen? Würde damit ihre Beziehung einen guten Anfang nehmen? Aber sie wußte nicht, welche der vielen Türen im Flur in ihr Zimmer führte. Oder Tee für Francie und Finn, Finn, der noch schlief mit seinem roten Haar auf dem weißen Kissen wie Weißbrot und Marmelade? Sie spürte ein seltsames Ziehen im Bauch, als sie an Finn dachte, eine halb angstvolle, halb angenehme Empfindung. Aber wo die jungen Männer schliefen, wußte sie auch nicht.

Eine Teedose aus Blech, geschmückt mit neo-chinesischen Kimonofiguren in einem Garten, stand auf einem Bord neben dem Herd. Sie maß den Tee in die riesige Teekanne von gestern ab, einmal, zweimal, dreimal, und füllte sie halb, die Menge über den Daumen schätzend. Dann hörte sie Schritte auf der Treppe. Sie stand ganz still, den Deckel der Teekanne in der Hand; duftender Dampf stieg ihr ins Gesicht. Die Schritte gingen weiter hinunter, an der Küche vorbei, in den Laden; sie dachte, sie könnten sich ganz entfernen, aber bald kamen sie zurück, begleitet von einem patschenden, klickenden Geräusch: Hundepfoten auf Linoleum. Finn, der fünf Flaschen Milch trug und dem der Hund folgte, kam in die Küche. Melanies Spannung ließ nach, und sie setzte endlich den Deckel auf die Kanne.

»Hallo«, sagte sie.

»Du bist schon früh zugange«, sagte er ohne Erstaunen. Es saß noch Schlafsand in seinen verklebten Augen, und sein Haar war verfilzt und verworren, heute noch nicht gekämmt. Er gähnte mächtig; so mächtig, daß sie einen verrottenden Backenzahn sah.

»Möchtest du Tee? Ich hoffe, das war in Ordnung. Ich meine, daß ich Tee gemacht habe.«

»Oh ja, um diese Tageszeit. Jede Menge Tee hätt ich gerne, und drei Stück Zucker.«

Sie fragte sich, was er wohl mit »um diese Tageszeit« sagen wollte. Würde es ihr zu anderen Stunden nicht gestattet sein, Tee zu machen? Er war, wie sie sah, nur zum Teil angezogen. Er trug seine Kordhose, aber die Füße waren bloß und eine nicht zugeknöpfte Pyjamajacke gab immer wieder einen raschen Blick auf eine schneeweiße Brust frei. Er drehte den Elektroofen an und kniete davor nieder, die Hände den errötenden Heizstäben entgegengereckt. Melanie wandte die Augen von seiner Nacktheit und gab ihm Tee, den er dankbar trank. Der Hund kam zu ihm, nachdem er etwas Wasser geschlappt hatte, und setzte sich schwerfällig neben Finn nieder, die Augen nachdenklich auf sein Porträt gerichtet, vielleicht mit einer kritischen Beurteilung beschäftigt. Oder in stummer Zwiesprache mit dem Bild. Finn tastete in seiner Schlafanzugtasche nach Zigaretten. Melanie verbrannte sich den Mund an kochendheißem Tee. Die Tassen waren billiges Willow Pattern, aber es war gemütlich hier.

»Noch was da?« fragte er und reichte ihr seine Tasse. Wie konnte er den Tee so heiß, so rasch trinken? »Nichts geht über eine Tasse Tee zum Aufwecken.«

Neben ihm war sich Melanie ihrer unbeholfenen Hände sehr bewußt und ihrer langen Beine, die sie nie elegant anordnen konnte, ganz gleich, wie sehr sie sich bemühte. Aber immerhin schielte sie nicht, während sein verquerer Blick am Morgen noch ausgeprägter zu sein schien als je, als hätte der Schlaf ihn erfrischt.

»Du hast dein Haar wieder geflochten«, meinte er beiläufig.

»Es ist praktischer so«, sagte sie und wurde ein wenig rot.

»Ah ja.« Er zuckte die Achseln und rieb sich die Augen, um den Schlaf daraus zu vertreiben. Dann betrachtete er Melanie von oben bis unten. Dann sagte er mit lautem Nachdruck: »Nein, die kannst du nicht tragen!«

»Was?«

»Die Hosen. Eine von Onkel Philips Marotten. Er kann eine Frau in Hosen nicht ausstehen. Er duldet keine Frau in seinem Laden, wenn sie Hosen anhat und er sie sieht. Er treibt sie auf die Straße hinaus und schreit, sie sei eine Metze. Ach, es ist schlimm manchmal. Ist dir klar, daß du eine wandelnde Provokation für ihn bist, Melanie?«

»Ich weiß, daß er zurück ist«, sagte sie. »Ich hab sein Gebiß im Bad gesehen.«

»Melanie, läufst du rasch nach oben und ziehst einen Rock an? Oder er setzt dich auf die Straße!«

Verblüfft sah sie an sich hinunter. Sie war bedeckt. Sie sah anständig aus. Er machte bestimmt einen Scherz.

»Bitte!« Er bat. Er bettelte.

»Nun...«, sagte sie. Wenn es auch merkwürdig war. »Du kennst ihn wohl besser als ich.«

»Das tu ich. Ich kenne ihn sehr gut.«

Sie zögerte noch, die Hand auf dem Türgriff. »Gibt es noch etwas anderes, was ich wissen sollte?«

»Kein Make-up, verstehst du? Und rede nur, wenn du gefragt wirst. Er schätzt, verstehst du, stille Frauen.«

Sie blickte zur Tafel hinüber.

»Ja«, sagte sie.

Er erhob sich mit choreographischem Schwung und goß sich die dritte Tasse ein. Seine Brust ragte aus der Pyjamajacke wie der Bug eines Boots hoch auf einer Woge. Sein Fleisch war weißer Samt mit mattem Glanz, und seine Brustwarzen waren hellrosa, rosa wie der Sittich, aber er füllte den Raum mit seinem Geruch nach Schweiß und Schlaf, und sie wünschte, er würde nicht durch den Mund atmen. Seine Fußsohlen fielen ihr auf, schwarz und rauh vor Schmutz.

»Beeil dich und zieh dir etwas anderes an als die Hosen, Melanie.«

Sie ging hinauf, nahm einen grauen Faltenrock aus ihrem Koffer und stieg hinein. Ein Schulmädchenrock, sehr unschuldig. Einem Impuls folgend, löste sie ihr Haar und schüttelte es offen um den Kopf. Es raschelte in ihren Ohren wie damals, ehe sie Trauer angelegt hatte. Victoria ließ mit keinem Anzeichen erkennen, daß sie aufwachen wollte.

Als Melanie in die Küche zurückkam, las Finn eine alte Zeitung, am Tisch sitzend und trockene Brotklumpen verzehrend, die er aus einem Laib herausgepolkt hatte, auf dessen Schnittfläche seine Finger graue Abdrücke hinterlassen hatten. Der Hund knurrte und fletschte die Zähne über einem Haufen zerhackten Pferdefleischs in einer irdenen Schüssel mit der Aufschrift »Hund«.

»So ist's besser«, sagte Finn zufrieden – bemerkte er auch ihre Frisur? »Nimm dir Brot.« So aßen sie zusammen Brot, während er in der Zeitung las.

Der Kuckuck rief die halbe Stunde aus. Melanie fuhr zusammen.

»Dein Onkel hat die Uhr gemacht.«

»Mensch!«

»Du hast noch keine Ahnung, was er alles machen kann, Melanie.«

»Einmal hat er mir einen Springteufel geschenkt, den er gemacht hat. Aber der hat mich erschreckt.«

»Aber du weißt doch sicher Bescheid über all die Puppen und Schaukelpferde und Puppenhäuser und so?«

»Nein«, sagte sie.

»Er ist ein Meister«, sagte Finn. »Es gibt keinen mehr wie ihn, nicht bei der Kunst und nicht beim Handwerk. Er ist auf seine Art ein Genie, und er weiß es auch.« Er überlegte. »Würdest du gerne ein wenig von seiner Arbeit sehen? Weil jetzt ist die richtige Zeit. Ehe das Haus aufwacht. Die einzige Zeit, um es zu besehen.«

»Warum denn?«

»Ach, so ist er eben. Er mag es nicht, wenn man an seine Sachen geht. Vor allem das Theater nicht. Vor allem andern behält er gern das Theater für sich.«

»Theater? Was für ein Theater?«

»Für die Marionetten und ihre Theaterstücke. Aber niemand weiß von den Marionetten. Sie sind nicht verkäuflich. Sein Hobby sind sie.«

Spuren von Eigelb, eingetrocknet, zogen sich seine Brust hinab. Seine Ärmelaufschläge waren grau und ausgefranst. Und seine Zähne waren wie die von Francie gelb vom Rauchen. Er zündete sich wieder eine Zigarette an. »Sweet

Afton«, mit einem Bild von Robert Burns auf der Packung. Der Hund, fertig mit seinem Frühstück, legte sich seufzend auf den Fleckenteppich nieder. Das Feuer färbte seine Flanken orange.

»Wer hat das Bild von dem Hund gemalt?«

»Das war ich.«

»Es – es ist sehr ähnlich.«

»Ein Hund ist ein Hund«, sagte er achselzuckend. »Ich male ihm auch die Puppen und die Kulissen und das Spielzeug an. Manches vom Spielzeug, heißt das.«

»Ist das alles, was du kannst?«

»Ich lerne das Handwerk. Ich bin der Lehrling deines Onkels, Melanie.« Er sprang vom Tisch. »Komm jetzt ruhig mit und schau's dir an.«

Es gefiel ihr nicht so ganz, wie er sie immer beim Namen nannte; es lag eine scherzhafte Betonung in den drei flüssigen Silben, wenn er sie sagte, als fände er den Namen komisch. Aber sie war neugierig und folgte ihm. Der Hund öffnete ein faules Auge und vergewisserte sich, daß sie sicher die Küche verließen. Finn tapste mit einem saugenden Geräusch auf seinen bloßen, dreckigen Füßen dahin. Und seine Zehennägel waren lang und gekrümmt wie Ziegenhörner, was Melanie an die Hufe erinnerte, die er, wie sie sich gedacht hatte, haben mochte. Seine Zehennägel sahen aus, als würde ein Messer daran stumpf werden, und waren auf jeden Fall seit Monaten, vielleicht seit Jahren nicht geschnitten worden.

Er öffnete die Tür zum Laden im Erdgeschoß. Der Laden lag im Düster bei herabgezogenen Rouleaus, und der Sittich schlief halb.

»Wir schauen uns aber erst einmal ein, zwei von den erlaubten Sachen an«, sagte Finn und schaltete das Licht ein. »Guter Joey«, sagte er zum Vogel, der schwatzend erwachte.

»Dein Onkel arbeitet sowohl mit Holz als auch manchmal mit Metall«, sagte er. Seine leise Stimme war ausdruckslos. »Was hältst du davon?«

Er nahm eine Pappschachtel und zog ein Spielzeug hervor, das aus zwei Affen mit hellbraunem Fell und Stiefelknopfaugen bestand. Ein Affe trug einen Nadelstreifenanzug, wunderschön *en miniature* gemacht, der andere ein schwarzes Kleid, ebenso sorgfältig gefertigt. Der männliche Affe hielt eine Geige, der weibliche eine Blechflöte. Sie standen auf einem emailleroten Blechpodium. Melanie fühlte ein Aufzukken von Beunruhigung. Mit leerem Lächeln drehte Finn einen Schlüssel um. Die pelzigen Arme bewegten sich. Der Blechbogen strich über die Saiten, die Blechflöte bewegte sich am pelzigen Mund. Aus einer Spieluhr im Fuß des Spielzeugs drang dünn und klar eine Parodie der Musik von gestern abend, und die Affen schlugen mit den Füßen den Takt.

»Ein irischer Jig«, sagte Finn. »›The Rocky Road to Dublin‹. Und ich wünschte, ich ginge sie jetzt.«

Melanie sah den Affen schweigend zu. Endlich knirschte der Mechanismus und stand still. Der Sittich schrie: »Nichts verkauft! Nichts verkauft!«

»Ein guter Artikel«, sagte Finn. »Populär. Es gibt auch einen tanzenden Affen mit Glöckchen an den Knöcheln. Glöckchen.«

»Ich habe heute nacht Musik gehört.«

»Ich war's, der dich ins Bett getragen hat. Wir haben dich erst spät gefunden, und du lagst zusammengerollt auf dem Flur vor der Küchentür. Es war sehr rührend, dich so zu finden.«

»Ich habe mich gefragt, wie ich ins Bett gekommen bin.«

»Du darfst«, sagte Finn, das Thema der letzten Nacht abschließend, »deinen Onkel nie unterschätzen. Doch macht er auch Romantisches. Etwas Lyrisches.« Aus einer anderen Schachtel nahm er eine große Rose.

»Eine weiße Rose«, sagte Melanie und hielt den Atem an.

»Was ist damit?«

»Ach – nichts.«

Wenn man den Schlüssel drehte, wölbten sich die steifen Blütenblätter (verstärkte Leinwand? Karton? Holzfurnier?) elegant nach außen und enthüllten eine Schäferinnenpuppe im Spitzenkostüm, nicht länger als eine Kinderhand. Ein leises Klingen begann im Herzen der Rose. Die Schäferin hob sich auf ein Bein und pirouettierte. Dann wechselte sie auf das andere Bein. Schließlich machte sie einen Knicks. Die Blütenblätter schlossen sich über ihrem Kopf. Das Klingen erstarb.

»Wir nennen das«, sagte Finn, »unsere Rosenüberraschung.« Er zog einen Kaugummi aus der Tasche, wickelte ihn aus dem Papier und schob ihn in den Mund. »Zehn Guineen. Er meint, es sei ganz wunderschön.« Er blies den Kaugummi auf, der wie ein Furz zerplatzte.

»Es ist – klug ausgedacht«, sagte Melanie zögernd, sich ihrer eigenen Reaktion nicht sicher.

»Es ist töricht, aber es verkauft sich«, sagte er und räumte es weg. »Das ist besser. Das war meine Idee.«

Er zeigte ihr einen gelben Bären mit einer Fliege um den Hals, der Fahrrad fuhr. Er fuhr den Tisch entlang und klingelte gelegentlich mit seiner Fahrradklingel. Sein Tempo und die Richtung der Fahrt schwankten. Ein besonders rascher Ruck zur Seite fegte ihn vom Tisch, und Finn fing ihn im Fall auf, Kopf nach unten, die Räder kreiselnd. Es war so ein seltsames und witziges kleines Spielzeug, daß Melanie aufkicherte und die Hand danach ausstreckte, um es selbst laufen zu lassen.

»Es freut mich, daß du lachst«, sagte Finn. »Ich dachte schon, du wolltest es dir abgewöhnen. Aber den Laden kannst du jederzeit anschauen. Gehen wir hinunter, ehe es zu spät wird.«

So stiegen sie in den Keller hinunter: ein langer weißgekalkter Raum, der die ganze Länge des Hauses hatte. Ein Fenster auf der einen Seite führte in eine Kohlenschütte; ein wenig Tageslicht fiel schräg durch ein Eisengitter oben im Gehsteig herab. Ein reiner, würziger Geruch nach neuem Holz und ein kräftiger Hauch frischer Farbe hingen im Raum. Unter ihren Schritten knirschten Sägespäne. Eine Hobelbank lief an der einen Wand entlang, übersät mit einzelnen holzgeschnitzten Gliedmaßen, Walpurgisnacht in der Holzbeinfabrik. An der anderen Wand stand eine wie ein Regenbogen schillernde Malerwerkbank. An den Wänden hingen Hampelmänner, Tanzbären und springende Arlecchinos. Dazu teilweise zusammengefügte Puppen in allen Größen, manche beinahe so groß wie Melanie selbst; Puppen mit blinden Augenhöhlen, die einen ohne Arme, die anderen ohne Beine, manche nackt, manche bekleidet, alle von seltsamer Lebendigkeit, wie sie da unvollendet an ihren Haken baumelten. Auch Masken hingen an den Wänden, alle möglichen Masken in allen möglichen Farben – fluoreszierende Rosa- und Purpurtöne mit Dunkelblau und Gold bekleckst. Finn setzte eine Maske auf und verwandelte sich in Mephistopheles, mit buschigen Augenbrauen und Schnurrbart, ein Spitzbärtchen unter einem fleckig rot-gelben Gesicht, in einer höhnischen Grimasse erstarrt.

»Echtes Haar«, sagte er. »Nur Qualitätsprodukte.«

Der Raum wurde von Neonröhren erhellt, die keine Schatten warfen. Rote Plüschvorhänge hingen am entfernteren Ende des Raumes von einem großen kistenförmigen Aufbau bis zum Boden herab. Finn, maskiert, trat näher und zog an einer Schnur. Die Vorhänge schwangen auf und bündelten sich an den Seiten einer kleinen Bühne, dekoriert als Grotte in einem stillen, erwartungsvoll schweigenden Walde zwischen Pappfelsen. Mit dem Gesicht nach unten lag eine Marionette in einem Chaos von Fäden da, ganze fünf Fuß groß, eine Sylphide in einem Springquell weißen Tülls, platt hingesunken, als wäre es jemand mitten im Spiel mit ihr langweilig geworden, und er hätte sie fallen lassen und wäre davongegangen. Sie hatte langes schwarzes Haar, das bis zur Taille des knappen Satinmieders herabfiel.

»Es ist zuviel«, sagte Melanie aufgeregt. »Das ist alles zuviel.«

»Ach, du hast noch kaum etwas gesehen.«

Sie konnte es nicht ertragen, die gestürzte Marionette in weißem Satin und Tüll zu sehen.

»Ich – ich mag das Theater nicht. Bitte, Finn, schließ den Vorhang für mich.«

Widerwillig zog er wieder an der Schnur, und die roten Vorhänge schlossen sich gnädig vor der verlassenen Sylphide.

»Weißt du, das Puppentheater ist sein Herzensliebling, sozusagen, oder besser, seine fixe Idee. Du solltest die Szenen sehen, die er dort darstellt! Und manchmal läßt er mich die Fäden ziehen. Das ist ein großer Tag für mich.« Der Klang seiner Stimme verzerrte sich ironisch.

»Es ist zuviel«, wiederholte sie. Diese verrückte Welt wirbelte um sie her, Männer und Frauen zwergenhaft überragt von Spielzeug und Marionetten, wo selbst die Vögel Automaten waren und die wenigen menschlichen Wesen in Masken gingen und Musikinstrumente spielten, in den entsetzlichen frühen Morgenstunden, in die sie wieder geschleudert worden war. Sie war wieder in der Nacht, und die Puppe war sie selbst. Ihr Mund zitterte.

Finn sah ihre Qual, und sein eigener schlaffer Mund krümmte sich mitfühlend nach unten, wie eine umgekippte Mondsichel. Zu ihrem äußersten Erstaunen und Entsetzen jagte er plötzlich radschlagend den Raum hinunter, er machte ein kreiselndes Spielzeug aus seinem teuflisch maskierten

Selbst, ein Feuerwerksrad, aus dem Arme und Beine hervorblitzten – er landete auf den Händen vor ihr, sein umgekehrtes falsches Gesicht verdeckt von den falschen und den echten Haaren, die über die Papiermaché-Wangen fielen.

»Lach über mich«, sagte er. »Ich gebe mir Mühe, dich zu amüsieren.«

Er schlug die schmutzigen Fersen in der Luft zusammen.

»Ich will nach Hause«, sagte sie hoffnungslos, düster wie der November. Sie vergrub das Gesicht in den Händen. Sie roch seine Nähe, schweißstinkend und füchsisch.

Langsam richtete er sich auf und nahm die Maske ab, wenn sie auch sein Gesicht nicht sehen konnte, weil sie ihn nicht anschaute.

»Die Nonne hat uns angebracht«, sagte er, »Francie und mich, in unseren steifen guten Anzügen und knarzenden Schuhen. Sie kam mit uns vom Waisenhaus daheim, zweihundert Köpfe in zweihundert Betten und zweihundert gebrochene Herzen unter zweihundert Decken aus Heeresbeständen, und die guten Nonnen, die sich um uns kümmerten. Sie brachte uns über die Irische See, voll Gottvertrauen, aber Gott ließ sie unter dem Wetter leiden, das arme Ding, daß sie ihre Eingeweide in den St. Georgskanal kotzte, und Francie am Weinen, weil er unserer Mutter die Augen zugedrückt hat, weil niemand anderer da war. Und er dabei erst vierzehn Jahre alt, und schon ein Wunder auf der Fiedel, aber er konnte das Gefühl ihrer Augenlider nicht von den Händen bekommen. Wie Seerosenblätter, hat er immer wieder gesagt. Weiß und feucht. Aber tot.«

»Finn, nicht weitersprechen.« Sie fühlte die Tränen aufsteigen. Aber die Tränen galten nicht mehr ihr selbst, überraschenderweise, sondern Finn und Francie vor so langer Zeit, vor allem Francie.

Finn breitete die Arme aus, als wollte er sie umarmen, aber sie drückte immer noch mit den Fäusten ihre Tränen in die Augen zurück. Und dann kam ein lautes Dröhnen von oben. Er zuckte die Achseln. Er zuckte immer die Achseln.

»Sie schlagen den Gong zum Frühstück, wir müssen laufen. Es wird dir nach einem Bissen und einem Schluck schon besser gehen. Und am besten kommt man nicht zu spät zum Essen in diesem Haus.«

Die Treppe auf dem Absatz vor der Küche versperrend

stand die riesige, überwältigende Gestalt eines Mannes. Das Licht war hinter ihm, und Melanie konnte sein Gesicht nicht erkennen; außerdem ging Finn vor ihr die Treppe hinauf. Doch der Mann schien eine große runde Taschenuhr in der Hand zu halten und böse das Zifferblatt anzustarren. Er murmelte vor sich hin. Plötzlich ging das Treppenhauslicht an. Das Murmeln schwoll zu einem Brüllen.

»Drei Minuten über die Zeit! Und du kommst hier in deinen stinkenden Fetzen angetanzt, als wäre das ganz gleich! Führe ich vielleicht eine Pension für dreckige Beatniks? Tu ich das? Ja? Ja?« Und er holte aus zu einem harten, krachenden Hieb, der Finns Kopf traf, daß er stolperte und taumelte und sich am Treppengeländer festhielt. Schwankend begann Finn zu lachen.

»Melanie, das ist dein Onkel Philip!«

Aber sie erkannte ihn schon von der Photographie, wenn er auch so stark zugenommen hatte. Er ignorierte sie völlig und packte Finns Pyjamajacke, die er ihm vom Leib zu reißen versuchte. Ein häßlicher kleiner Kampf begann, bei dem Finn hin und her schlüpfte wie ein Aal, ein lachender Aal, denn er hörte nicht auf zu lachen. Er duckte unter Onkel Philips Arm hindurch und haschte sich seine blaue Jacke von dem Garderobenbrett mit Hirschgeweihhaken, das auf dem Absatz hing. Hastig knöpfte er sich bis zum Hals zu.

»Was das Auge nicht sieht«, sagte er atemlos.

»Das Porridge wird kalt«, sagte Onkel Philip. »Es wird kalt, weil du so spät kommst. Wenn es etwas gibt, was mich anwidert, dann ist es kaltes Porridge. Außer euch Jowles«, fügte er hinzu. »Außer euch Jowles.«

Aber er war offenbar ziemlich besänftigt, nachdem sich Finn nun bedeckt hatte. An dem Geweihbrett sah Melanie einen flachen, hochgekrempten schwarzen Hut hängen, wie ihn Spieler auf Mississippidampfern in Western tragen. Mit vorgerücktem Alter hatte er seinen Flor fast ganz verloren und eine üppig glänzende Patina bekommen wie ein alter Penny. Onkel Philip konnte nie einen anderen Hut besessen haben als diesen.

Alle anderen Mahlzeiten (abgesehen von einer Tasse Tee zwischendurch, einem Sandwich oder so) wurden im Eßzimmer eingenommen, das trotzdem seinen modrigen und unbenutzten Geruch nie verlor, wie oft sie auch dort sitzen mochten. Das Frühstück aber war die Ausnahme und wurde stets in der Küche gegessen, obwohl Melanie nie herausfand, warum.

In der Küche saßen Jonathon und Victoria, rotglänzend vom kalten Wasser, vor Schüsseln mit Porridge, das sie noch nicht angerührt hatten. Tante Margaret mußte sie geweckt und sich darum gekümmert haben, daß sie sich wuschen. Ihre Tante hieß Melanie mit einem nervösen Schwenk ihres dünnen Arms neben Victoria niedersitzen. Sie trug eine schmutzige Schürze aus dunkelgemusterter Baumwolle, die auf dem Rücken mit dünnen Bändern zugeknotet war, welche schräg über ihren schwarzen Rock und Pullover gingen, und sie schien unsicher und aufgeregt. Ihr Haar hätte sie im Schlaf aufgesteckt haben können, so unordentlich war es.

Victoria hatte ihren hübschen Frotteelatz mit dem grünen Frosch um, wirkte aber in der zeremoniellen Atmosphäre dieser Mahlzeit – der Gong, das tadelnde Geschrei – etwas kleinlaut, denn sie war ungewöhnlich still. Gottseidank. Melanie hätte eine lachende, singende Victoria zum Frühstück nicht ertragen, und Onkel Philip hätte das kleine Mädchen vielleicht geschlagen, was furchtbar gewesen wäre. Die beiden Brüder Jowle saßen Melanie und Victoria gegenüber, wie ein moralisierendes Bild, auf dem Pünktlichkeit und Schlamperei nebeneinandergestellt werden – denn Francie war schon peinlich ordentlich gekleidet, mit seinem Anzug und einer neuen grünen Krawatte, heute von einer anderen Nadel durchbohrt, einem kleinen Dolch. Am Kopf des Tisches stand ein großer Armstuhl, in den sich Onkel Philip gravitätisch setzte, um herrscherlich über den Teller mit aufgeschnittenem Brot und die Marmeladendose (klebrig und wie eine Orange geformt) zu wachen. Tante Margaret kauerte sich am anderen Ende des Tisches zusammen, mit einem Auge den Kessel beobachtend, um zu sehen, wann das Wasser kochte.

Wieder wurde ein Tischgebet gesprochen, weniger seltsam

als das von Francie, aber unvollendet. »Alle guten Gaben, alles, was wir haben«, sagte Onkel Philip und beließ es dabei. Er nahm seinen Löffel. Das war ein Signal. Wie mit einer einzigen Bewegung gingen sie alle das Porridge an.

Milch in einem braunen Krug und die Auswahl zwischen Zucker oder goldenem Sirup aus der grün-goldenen Dose. Finn konzentrierte sich ganz auf den Sirup und flocht fromme Ornamente damit in seine Schüssel, träumend, ohne zu essen. Es herrschte völlige Stille bis auf das symphonische Spektrum von Schlürf- und Schmatzlauten, mit denen Francie den Verzehr seines Porridge begleitete. Finn fuhr fort, kompliziert verschlungene Spitzenmuster zu erschaffen, und die anderen Schüsseln leerten sich. Die Zeit verging. Onkel Philip warf Finn unter seinen buschigen Brauen Medusenblicke zu.

»Finn!« sagte er schließlich mit furchtbarer Stimme.

»Ja, Sir?« antwortete Finn sogleich und grinste. Warum grinste er so oft und zeigte dabei seine verfärbten Zähne?

»Hör auf, mit deinem Essen zu spielen, verdammt!«

»Ich war nur«, sagte Finn, »mit Entwürfen beschäftigt.«

»Hör auf, mit deinem Essen zu spielen, oder es passiert was!«

Tante Margaret erschauerte und schloß die Augen. Seufzend aß Finn seine Porridgeschüssel mit erstaunlicher Geschwindigkeit leer. Es war, als löffelte er den Inhalt in seine Tasche und nicht in den Mund. Im Schutze des Porridgezwischenfalls, als alle ihre Aufmerksamkeit auf Finn richteten, wagte Melanie es endlich, ihren Onkel anzusehen.

Sein Umfang erschreckte sie noch immer, war er doch bei der Hochzeit ihrer Mutter so schmal gewesen. Und wie alt war er? Älter als Tante Margaret, das stand fest – viel älter, aber wieviel? Sein Haar war das eines Mannes in vorgerücktem Alter, jedoch nicht weiß. Eher gelblich, wie angelaufenes Silber, aber seidig glänzend, von einem Scheitel links über die Stirn gekämmt. Eine Menge Haar, mit beträchtlicher Eitelkeit gepflegt. Sein struppiger Walroßschnurrbart war dunkler, streifig, mit eisengrauen Stellen, und feuchtbraun da, wo er in die spezielle übergroße Teetasse eintauchte, auf der aus Rosenknöspchen das Wort »Vater« geformt war. Der Schnurrbart ließ ihn aussehen wie Albert Schweitzer, doch ohne Güte. Die Tasse hatte die richtige Größe, war aber zu nett gestaltet für seine große, knorrige Hand, rauh von Narben und verfärbt von all den Jahren der Arbeit mit Farbe und Holz. Melanie dachte, daß sie nicht gerne diese Hand halten würde. Seine Augenbrauen ragten buschig hervor wie die der Mephistophelesmaske, und die Augen darunter waren von keiner Farbe, wie ein Regentag.

Er trug ein äußerst weißes Hemd, dessen steif gestärkter Kragen glasig spiegelte, und die Schnürsenkelfliege, die er seit der Hochzeit seiner Schwester nicht abgelegt zu haben schien. Er saß in hemdsärmeliger patriarchalischer Majestät da, und über seine sich wölbende schwarze Weste (deren glänzende Rückseite in langen Falten aufgesprungen war) schlang sich eine eindrucksvolle goldene Uhrkette in dem Stil, wie ihn viktorianische Bergwerksmagnaten bevorzugt hatten. Eine ausladende weiße Leinenserviette hatte er sich unter sein Kinn in den Kragen gesteckt. Seine Autorität war erdrückend. Tante Margaret, zart wie eine gepreßte Blume, schien von seiner Gegenwart so überwältigt, daß sie ihn nicht einmal ansah. Sie hatte nur eine winzige Sieben-Zwerge-Portion Porridge genommen, doch sie brauchte am längsten zum Essen, kleine Krümel vom Rand ihres Löffels knabbernd. Sie war noch nicht fertig, als Onkel Philip seinen Löffel klirrend in die leere Schüssel vor sich fallen ließ.

»Finn, Teller wechseln! Marsch!«

Tante Margaret ließ ihr Essen stehen, stand auf und ging zum Herd hinüber, wo sie aus der Wärme Teller auf Teller mit Speck und gebratenem Brot hervorzog, aber Finn streckte sich müßig und stieß ein übertrieben mächtiges Gähnen hervor, seine Kehle ein roter Tunnel. Onkel Philip starrte ihn böse an.

»Versuchst du mich zu reizen, junger Mann?«

Finn stapelte die leeren Porridgeschüsseln. Hinter Onkel Philips breitem Rücken vorbeigehend, den schiefen Turm Geschirr in der Hand, führte er ein rasches kleines spöttisches Tänzchen auf, als der alte Mann es nicht sehen konnte. Niemand sonst sprach ein Wort oder machte eine Bewegung. Die Mahlzeit wurde mit Speck fortgesetzt und endete mit der Marmelade und demselben bedrückenden Schweigen, mit dem sie begonnen hatte.

Sie benutzten das Willow-Pattern-Porzellan, von dem es eine Menge Teile gab, zum Frühstück, Mittagessen und zum Tee die Woche über; dazu gab es noch ein paar schlichte weiße Tassen, Armee-Eigentum, aus denen Finn und Francie gelegentlich spät abends noch Kakao tranken. Sonntags wurde ein Service eines sehr viel schöneren Porzellans aufgefahren, reinweiß mit einem grünen Rand, mit Gemüseplatten und einer Suppenterrine. Tante Margaret war stolz darauf. Es hatte einst ihrer Mutter gehört, in Irland. Dieses Porzellan hauste im Sideboard im Eßzimmer und kam nur in die Küche, um vor einer Mahlzeit gewärmt und nachher gespült zu werden. Melanie fing nach einer Weile an, das Vergehen der Wochen an den Einschnitten zu registrieren, die das Auftauchen des grünrandigen Porzellans setzte: Wieder ein Sonntag. Und montagmorgens betrachtete sie die kleine Brücke im Design des Willow Pattern und wünschte sich, sie könnte hinüberrennen, weg von Onkel Philips Haus, dorthin, wo die blühenden Bäume zu sehen waren. Aber an ihrem ersten Morgen dachte sie noch nicht, daß es so werden würde.

»Dank sei dir dafür«, sagte Onkel Philip. Er ließ seine Serviette auf den Teller fallen und schob den Stuhl zurück. »Finn, zieh dich anständig an und komm sofort runter.«

Die Tür knallte hinter ihm zu.

Der Raum schien heller zu werden. Finn – grinsend – und Francie zündeten sich Zigaretten an und kippten ihre Stühle auf zwei Beine zurück. Tante Margaret setzte den Kessel für den Abwasch auf; auch in der Küche gab es kein heißes Wasser. Die Kinder drängten sich schutzsuchend aneinander, die jüngeren ergriffen Melanies Hände, selbst Jonathon. Victoria schniefte hörbar. Ein Ausdruck der Qual ging über Tante Margarets Gesicht.

»Ihr wißt doch: Hunde, die bellen, beißen nicht«, schrieb sie mit Kreide an ihre Tafel.

Wie einer geheimen Regieanweisung folgend bellte der Hund.

»Er hat nicht einmal nach unserem Namen gefragt«, sagte Jonathon in unklarem Erstaunen.

»Er kennt eure Namen«, sagte Finn sanft.

»Solltest du dich nicht besser fertigmachen?« fragte Melanie ihn.

»Zuerst muß ich mich mal waschen, oder? Und rasieren.«

»Er's slimm!« keuchte Victoria, die sich nun in einer Aufwallung ihr Urteil über Onkel Philip bildete. Ihre in letzter Zeit deutlich gewordene Aussprache brach unter dem Ansturm des Gefühls völlig zusammen. Tante Margaret hob sie voller Sorge in die Arme und drückte sie.

»Sie ist laute Stimmen nicht gewöhnt«, erklärte Melanie.

»Sie wird sich daran gewöhnen müssen«, meinte Finn und kratzte sich unter dem Arm.

Melanie sollte an diesem Tag mit ihrer Tante im Laden bleiben, um nach dem Abwasch die Preise der Artikel zu lernen und wo sie aufbewahrt wurden. Victoria konnte bei ihnen sein und alleine spielen. Häuslich-gemütliche Aussichten. Jonathon, seinen eigenen Plänen überlassen, fragte, ob er jetzt gehen und an seinem Schiff weiterarbeiten könne, was erlaubt wurde.

»Jonathon hat geschickte Hände«, sagte Melanie.

»Wie wird das euren Onkel freuen«, sagte Finn, der noch in der Küche herumlungerte und auf heißes Rasierwasser wartete. »Da kann er mit uns die eine oder andere Puppe schnitzen.«

»Die Schule...«, sagte sie schwach, eine Gabel abtrocknend.

»Oh«, sagte Finn, »jetzt ist's zu spät im Schuljahr, um noch anzufangen.«

Francie, der noch am Tisch saß und rauchte, lachte wie das knackende Surren einer Kaffeemühle, und Tante Margaret, deren Arme bis zu den Ellenbogen im Seifenschaum steckten, wandte sich warnend zu ihm, den Finger an die Lippen gelegt.

»Er kann nichts hören, Maggie«, sagte Finn, die Arme von hinten um die Taille seiner Schwester schlingend. »Mach dir keine Sorgen.«

Sie lehnte sich rückwärts gegen ihn, und er küßte ihren Nacken, wo die roten Haare schlaff aus ihrem Knoten hingen. Melanie störte nur. Sie wandte sich von der Intimität der beiden weg, indem sie die Gabeln ordentlich in die Schublade sortierte, wo die anderen Gabeln lagen. Dann trocknete sie die Messer und die Löffel ab und räumte sie auf. Sie war eine aufgezogene Aufräumpuppe, die klickend und klackend ihre programmierten Bewegungen durchlief. Als hätte Onkel Philip sie schon umgebaut. Sie war ohne eigenen Willen.

Draußen lag ein Londoner Morgen ohne Wetter, eine schäbige Monotonie, sonnenlos, regenlos, ein kühles Garnichts. Das, dachte sie, war ihr eigenes Klima. Keine Extreme, niemals wieder. Fürchte nicht mehr Sonnenglut... Sie war in einem grauen Zwischenreich und würde dort für den Rest ihres Lebens sein, wenn man das ein Leben nennen konnte, was seine müde Bahn so schleppend dahinging, ohne große Freuden für sie, ohne schlimmen Kummer, denn das auszuhalten, rann ihr Blut zu dünn. Und sie war erst fünfzehn. Es war entsetzlich.

Während sie das Besteck wegräumte und sich ihrem Selbstmitleid hingab, entdeckte sie, daß alles einfacher wurde, wenn sie die Dinge dramatisierte. Oder melodramatisierte. Es war zum Beispiel leichter, den Gedanken an Onkel Philip zu ertragen, wenn sie ihn als Figur in einem Film sah, am besten von Orson Welles dargestellt. Sie saß im Kino und sah einen Film. Bald würde ein Mädchen in Weiß vorbeikommen und Eis, gesalzene Erdnüsse und Popcorn verkaufen. Aber der Neue Supergeschmack schmeckte nach gar nichts. Sie versuchte, nicht zu Finn, Francie und der stummen Frau hinüberzusehen und dem Anblick ihrer selbstverständlichen Zuneigung füreinander auszuweichen.

Am Abend zuvor hatten diese drei sich zu Einem vermischt, als sei dies das Leichteste von der Welt, hatten ein neues, dreiköpfiges Tier gebildet, das zufrieden mit sich selbst sprach – mit Francies Händen, den Lippen und Fingern von Tante Margaret und Finns Füßen. Und Melanie hatte sie durch das Schlüsselloch beobachtet und würde ihnen nie näherkommen als bis zum Schlüsselloch in der Tür, hinter der sie lebten. Einem Film zuzusehen, das war wie als Voyeur zu leben, indirekt, durch die Erfahrungen anderer. Sie waren ein einziges Wesen, die Jowles, warm wie Wolle. Sie beneidete sie bitterlich. »Fühl dich hier wie zu Hause.« Wie konnte sie? Ihre Distanz bröckelte. Plötzlich sehnte sie sich über alle Maßen danach, in den Familienfilm der drei einzudringen.

Aber wollte sie wirklich zu ihnen gehören? Einen Augenblick lang schmerzte sie diese große Sehnsucht – dann, ebenso plötzlich, lehnte sie sich gegen die drei anderen auf. Sie waren schmutzig und gewöhnlich. Sie haßte es, das Wort »gewöhnlich« zu gebrauchen, nur gewöhnliche Menschen nannten andere Leute »gewöhnlich«, ihre Mutter hatte ihr das beigebracht. Aber es paßte.

»Ich habe kein einziges Buch in diesem Haus gesehen, nicht eines.« Und diese Versammlung von Ketchup- und Saucenflaschen im Eßzimmer, wie in einer Lastwagenfahrerkneipe.

Und Francie, wie er sein Porridge in sich hineinschaufelte und (eben gerade) nachdenklich mit einem abgebrannten Streichholz zwischen den Zähnen stocherte. Und Finns furchtbares Unterhemd und noch furchtbarerer Schlafanzug. Und die einzigen Bilder, die sie im Haus gesehen hatte, waren der sentimentale, altmodische Druck in ihrem Zimmer und Finns Hund über dem Kamin in der Küche, den ein Kind hätte gemalt und aufgehängt haben können, um sich wichtig zu machen. Und Tee, Tee, Tee, zu allem Tee, gerade, wo sie sich an die Raffinesse des Kaffeetrinkens gewöhnt hatte. Und die Löcher in Tante Margarets Strümpfen. Und kein Toilettenpapier. Es war widerlich. Die lebten wie die Schweine.

Aber trotz alledem waren sie rot und hatten Substanz, und sie, Melanie, war immer grau, ein Schatten. Es war die Schuld der Brautkleidnacht, als sie sich den Schatten vermählt hatte und das Ende der Welt gekommen war. All dies hier fand in einem leeren Raum am Ende der Welt statt. Sie trocknete Tassen, Untertassen und Teller an einem triefnassen Geschirrtuch ab, denn sonst gab es nichts zu tun für sie.

Aber wie vermochten sie es, rot zu bleiben und ihre Gestalt zu bewahren (im Falle von Tante Margaret zumindest zeitweise), wenn sie doch unter dem Gewicht von Onkel Philip leben mußten, dem Apokalyptischen Tier? Wie hätte Melanie je ahnen können, daß ihr Onkel ein Ungeheuer mit einer so lauten Stimme sein würde, daß man Angst haben mußte, sie würde das Dach zum Einsturz bringen und alle verschütten?

Ach, arme Tante Margaret, die so sanft war, und trotzdem (wahrscheinlich) in demselben Bett schlief wie er, da sie ja verheiratet waren. Er machte Spielzeug, das ihre unschuldigen Vergnügen und die ihrer Brüder verhöhnte, und sie zitterte, wenn er seine Löwenstimme erhob. Und sie wollte Kinder haben, Melanie konnte es sehen; aber wollte sie die Kinder von Onkel Philip? Tante Margaret sehnte sich so nach Kindern, daß sie Victoria ganz für sich haben wollte. Dann sollte sie Victoria auch bekommen. Melanie gab alle Rechte an Victoria auf der Stelle auf und spürte ein Nachlassen ihrer Spannung. Eine Last war von ihr genommen.

Ich könnte wohl weglaufen, dachte sie, während sie Teller aufrecht auf die Bretter des Küchenschranks stellte. Ich könnte mir eine Arbeit suchen und allein in einem Zimmer wohnen, wie die Mädchen in den Geschichten der Illustrierten.

Nescafé auf der Kochplatte machen und einsame Stückchen Käse für den eigenen kleinen Haushalt kaufen; und die eine Wand geranienrot anstreichen und eine andere kornblumenblau und die anderen weiß, wie sie es daheim hatte tun wollen, aber ihre Mutter hatte es nicht erlaubt. Sie dachte an ihre Mutter, sah sie klar und deutlich vor sich, ganz klein, durchs falsche Ende eines Fernrohrs, im gelben Sand unter Wrackteilen liegend, in ihrem besten schwarzen Kostüm, mit einem kleinen Reisehut, umringt von den verbrannten Fragmenten des Fleischs anderer Menschen. Aber in Wirklichkeit war es sicher überhaupt nicht so gewesen. Melanie hängte Tassen an ihre Haken im Schrank; ihr Arm ging auf und ab, auf und ab. Sie beobachtete ihn mit leiser Neugier – er schien ein Eigenleben zu haben.

Später am Morgen, als sie im kleinen Wohnzimmer hinter dem Laden saß, schrieb sie den versprochenen Brief an Mrs. Rundle, auf einem Blatt, das sie vom Block ihrer Tante abgerissen hatte. Sie kaute am Bleistift, schluckte Holzspreißel; was konnte sie Mrs. Rundle erzählen, die jetzt (wenn sie denn je mehr gewesen war) eine Fremde war, in der Ferne lebte, die Kinder vergaß, sie in die Vergangenheit abschob, Erinnerungen, die mit anderen Erinnerungen in der aufgeblähten Handtasche verpackt lagen?

»*Liebe Mrs. Rundle, wir haben eine gute Fahrt gehabt, aber es war recht anstrengend. Wir hoffen, daß Sie eine gute Fahrt gehabt haben.*«

Sie dachte eine Weile nach, dann strich sie das zweite »Fahrt« aus und schrieb statt dessen »Reise«, um sich nicht zu wiederholen. Das war guter Stil, wie sie in der Schule gelernt hatte. Irgendwie hatte sie den Verdacht, daß sie nie mehr in die Schule zurück gehen würde.

»*Victoria und ich teilen uns ein Zimmer. Tante Margaret scheint Victoria jetzt schon sehr gern zu haben.*«

Victoria, seltsam still, saß Tante Margaret zu Füßen und schaute in die sich wandelnden Formen im Feuer; dazu sang sie ein klagendes Liedchen ohne Worte vor sich hin. Warum gaben sie ihr kein Spielzeug? Es gab genug.

»*Tante Margaret ist stumm*«, schrieb Melanie. Und dann

strich sie »stumm« aus und fügte statt dessen »lieb« ein, weil ihr der Gedanke kam, daß Mrs. Rundle durch die Anwälte von diesem Leiden wissen könnte, aber keine Worte gefunden haben mochte, um es den Kindern mitzuteilen.

»*Onkel Philip ist ein wenig altmodisch, aber wir werden uns sicher alle hier sehr*« – sie unterstrich dies – »*sehr bald zu Hause fühlen. Ich hoffe, Sie richten sich auch gut ein und der Katze geht es gut.*«

Das war eine Lüge. Sie hoffte nicht, daß es der Katze gut ginge. Sie war überzeugt davon, daß die Katze im Grunde ihres Wesens böse war, aber sie war Mrs. Rundles geliebtes, wenn auch mißratenes Kind, und sie mußte sich nach ihr erkundigen.

»*Liebe Grüße von Melanie, Jonathon und Victoria.*«

Sie seufzte, als sie den Brief beendete. Sie mußte nun einen Umschlag suchen und eine Briefmarke kaufen (wo war das Postamt?) und den Brief aufgeben, und dann würde ein Tag vergehen, und dann würde Mrs. Rundle ihre Brille hervorziehen, um den Brief zu lesen – in einer neuen Küche mit einem Eisschrank und einem Herd mit einer elektrischen Kontrollautomatik und einem Backofen hinter einem Sichtfenster und mit Arbeitsflächen aus glänzendem Plastik und einem Elektromixer und einer elektrischen Kaffeemühle wahrscheinlich. In Mrs. Rundles neuem Haus trank man frischgemahlenen Kaffee, der aus einer rotemaillierten Kanne eingegossen wurde. Melanie war sich sicher. Sie hielt sich fest an dem Bild von Mrs. Rundle in ihrem neuen Zuhause, denn sie war ein Teil ihres Zuhauses gewesen, und die Kinder waren ein Weilchen im schwarzen Hafen ihres Schoßes vor Anker gegangen.

Die Ladenklingel ertönte, der Sittch kreischte. Sie ging mit ihrer Tante hinaus, um einem kleinen Jungen in viel zu kleinen Jeans, mit Rotz in den Nasenlöchern, eine Halloween-Maske zu verkaufen. Es gab eine riesige Auswahl von wilden, furchterregenden Masken am Lager. Sie leerten Karton nach Karton auf den Tisch vor den kleinen Jungen – Löwen, Bären, Teufel, Hexen (bleiches Grün mit Haaren aus richtigem Stroh). Diese Masken waren nicht ganz so sorgfältig ausgeführt wie die in der Werkstatt. Als Melanie das zu ihrer Tante sagte, kritzelte die ältere Frau: »Dort sind die Luxusmodelle, die hier sind normal. Aber bitte geh nicht in die Werkstatt.«

Sie bot dem Jungen eine Grizzlybärenmaske mit Pelzohren an.

Ekstatisch probierte der Junge eine Maske nach der anderen, wie ein Löwe brüllend oder wie eine Katze maunzend. Er war vielleicht sieben; sein Geld hatte er in einen Zipfel seines Taschentuchs geknotet. Sein platter Südlondon-Akzent klang für Melanie grob und häßlich, und wieder hoffte sie, daß Victoria ihn nicht annehmen würde. Er mußte sein Taschengeld lange Zeit gespart haben, um eine von Onkel Philips Masken zu kaufen. Sie kamen ihr – neunzehn Shilling und elf Pence – teuer vor, aber der kleine Junge war begeistert.

Mit gestreiftem Haupt in einer Tigermaske machte er einen spielerischen Ausfall über den Tisch auf Melanie; sie mußte einen Ausruf unterdrücken. Die Maske war der Tiger schlechthin, vor Leuchtfarbe glühend. Sie war tierisch, wild. Für Melanie waren die Masken eigentlich kein schönes Kinderspielzeug. Endlich zählte der Junge Sixpences und Pennys auf die Ladentheke und nahm sich seine endgültige Wahl, eine Elefantenmaske mit aus Plastik geformten Stoßzähnen von großer Schärfe und einem Schaumgummirüssel, den man heben oder senken konnte, indem man an einer Schnur zog. Die Maske hatte das Gesicht eines Elefanten in der Brunft, dachte Melanie. Sie bot ihm eine Papiertüte für seinen Einkauf an, aber er schnappte sich das Gummiband um den Hinterkopf und rannte auf die Straße, über dem Kragen seines Pullovers ein angriffslustiger Elefant. Der neue Rüssel hüpfte auf und ab.

Lächelnd legte Tante Margaret das Geld in eine Schublade, die als Ladenkasse diente. Es war ein schönes, warmes und unverkrampftes Lächeln.

»Es ist eine Freude, Kinder zu bedienen«, schrieb sie.

»Aber anstrengend, nehme ich an«, sagte Melanie.

»Die Kinder hier sind mich gewöhnt«, schrieb Tante Margaret. Melanie fragte sich, was sie wohl bei ihrer Antwort eben verstanden hatte. Erleichtert räumte sie die schrecklichen Masken fort.

Die Zeit verging sehr langsam. Um halb elf wurde im Hinterzimmer Tee gemacht. Melanie dachte: Ob ich jetzt ein Tablett mit Teetassen in die Werkstatt bringen muß? Aber es stellte sich heraus, daß es dort unten einen eigenen Gaskocher gab und ständig Tee aufgegossen wurde. Doch Jonathon brachte sie eine Tasse nach oben, und Tante Margaret zeigte ihr, wie man die Hitze in der Tasse hält, indem man die Untertasse darüberstülpt.

Jonathons Dachstube war sehr kalt. Er sah vor Kälte ganz in sich zusammengeduckt und verkniffen aus; der Schorf an seinen Knien stach grellrot von der Haut ab, und seine Nase sah rotentzündet aus. Er schaute kaum auf, als Melanie hereinkam. Der Boden war mit Schlingen und Knäueln schwarzer Fäden übersät, und das Schiff kreuzte stolz auf den Streifen des türkischen Teppichs, während er mit hochgezogenen Knien dahockte und ein kompliziertes Labyrinth von Takelage wob. Er war säuberlich in seinen flanellgrauen Schulanzug gekleidet, als sei es ein ganz gewöhnlicher Tag. Kurze Hosen, ein Blazer mit dem Abzeichen der Schule auf der Brust, lange graue Runzelstrümpfe – die Kleider, in denen er die Reise hierher gemacht hatte. Ein Stück Vergangenheit. Er zog immer blindlings die Kleider an, die er am Vorabend ausgezogen hatte, falls man ihm nicht andere auf den Stuhl neben seinem Bett legte, während er schlief.

»Was Warmes zu trinken«, sagte Melanie.

Er hörte sie nicht.

»Jonathon! Ich hab dir Tee gebracht!« Sie stellte die Tasse neben ihn auf den Boden und berührte seine Schulter.

Langsam wickelte er den schwarzen Faden von seinen Fingern und starrte sie durch seine Brillengläser an, als fragte er sich, wer das wohl sein könnte. Die Brille war trübe und verschmiert. Er nahm sie ab, hauchte die Gläser an und polierte sie mit seinem Taschentuch, das mittlerweile sehr schmutzig war. Seine Augen waren rosagerändert, schutzlos. Er erinnerte sie an ein kleines, mausartiges Tier – ein Meerschweinchen, ein Maulwurf. Er setzte die Brille wieder auf und betrachtete sie.

»Ach du bist's«, sagte er. Er schaute den Tee ratlos an.

»Trink«, sagte sie, »ehe er kalt wird.«

Mit beunruhigender Willenlosigkeit trank er die Tasse in drei Schlucken aus und reichte sie ihr leer zurück. Er wartete höflich, daß sie wieder gehen würde, die Augen auf das Schiff gerichtet. Sie fühlte sich als Eindringling; aber er war schließlich ihr Bruder, und sie hatte das Recht, bei ihm einzudringen.

»Jonathon«, sagte sie, »ist alles in Ordnung?«

Er überlegte, oder schien zu überlegen.

»Wie meinst du das?« fragte er schließlich.
»Bist du glücklich, oder glaubst du, du kannst hier glücklich sein?«
Er saß ganz still, die Hände auf den Knien, ohne den Versuch zu unternehmen, ihr zu antworten, als wäre ihre Frage für ihn langweilig und überflüssig.
»Jonathon, sag mir, ob du glücklich bist oder nicht.« Schließlich war er ihr Bruder, und sein Wohlergehen machte ihr Sorgen.
»Ich möchte mit meinem Schiff weitermachen«, sagte er. »Bitte.«
»Oh«, sagte sie schwach und ging hinaus.
Sie fühlte sich einsam und durchfroren, als sie die langen braunen Korridore entlangging, an geheimen, festverschlossenen Türen vorüber. Blaubarts Schloß. Melanie spürte ein ängstliches Erschauern an jeder Tür, die aufgehen mochte – und dann würde etwas, ein entsetzlicher Automat, riesenhaft auf kleinen Rädchen herausrollen, ein schrecklicher Scherz, ein barbarischer Juxartikel, ihren Mut auf die Probe zu stellen. Und nun war sie ganz allein, Bruder und Schwester ihr beide entglitten, Jonathon droben, Victoria im Erdgeschoß, und Melanie ging den gefährlichen Weg zwischen ihnen, mit keinem verbunden.
Wenn ich nur, dachte sie, nicht so jung und unerfahren und abhängig wäre.
Hinter den Türen (welchen Türen?) schliefen des Nachts Tante und Onkel, Francie, Finn. Aber nicht jetzt, zu dieser Stunde; wer bewohnte die Zimmer tagsüber? Blaubarts Schloß war es, oder das große Märchenhaus des Mr. Fox, wo über jeder Tür das Motto »Sei kühn – sei kühn, doch nicht zu kühn« hing und zerhackte Leichname säuberlich in allen Garderoben und Schränken lagen, auf den Laken und Kissenbezügen. Melanie wußte, daß sie unvernünftig war, daß um sie leere Zimmer und ruhige Betten waren, aber die Angst blieb ihr, und ihre erschreckten Füße liefen mit zu lautem Schritt den Korridor entlang und weckten hallende Echos. Auf dem Treppenabsatz vor der Küche saß der Hund aufrecht vor der obersten Stufe, ihr den Rücken zukehrend, den Weg versperrend, anscheinend in Gedanken versunken. Er war von irgendwie unheimlicher Weiße, wie Moby Dick. In dem braunen Haus leuchtete er. Sie schrak bei seinem Anblick zusammen.

Sie stand hinter dem Hund. Er bewegte sich nicht. Sie war in der Falle.

»Guter Hund«, sagte sie versuchsweise. »Lieber Hund, laß mich durch. Bitte.«

Sein Schwanz begann sich hin und her zu bewegen, mit einem schwachen fegenden Geräusch.

»Bitte«, sagte sie noch einmal. Er sah sie über die Schulter mit zwinkernden roten Augen an. Die verrückte Frage stieg in ihr auf: Welcher Hund ist das, der echte oder der gemalte? Schließlich stieg sie über ihn hinweg und ging die Treppe hinunter, halb erwartend, er würde ihr beim Vorbeigehen das Bein abbeißen. Aber er blieb regungslos. Er beobachtete sie, ohne zu blinzeln, bis sie das Zimmer hinter dem Laden erreichte und die Tür vor seinem leuchtendroten Blick schloß.

Tante Margaret schälte Kartoffeln in eine wassergefüllte Plastikschüssel auf ihren Knien, und Victoria half ihr mit einem kleinen, aber gefährlich aussehendem Messer, so daß sie von kleinen Pfützen umgeben waren. Und Margaret sah mit warmen und zärtlichen Augen auf Victorias runden Kopf hinunter, das Vogelhaupt auf die Seite gelegt. Victoria zumindest war hier aufgenommen worden.

Bald ging ihre Tante, Mittagessen zu machen, und nahm Victoria mit, so daß Melanie den Laden hütete. Es lag, wie sie entdeckte, eine gewisse Befriedigung darin, hinter einem Ladentisch zu stehen; bis jetzt war sie immer die Kundin gewesen, auf der anderen Seite. Sie spielte ein Weilchen Kaufladen. Sie zählte das Geld in der Kasse und prüfte einen Stapel Rechnungen. Sie vergewisserte sich noch einmal, daß sie wußte, wo die Tüten waren, das Packpapier, die Schnur und das Klebeband.

Sie ging einen Teil der Bestände durch. Von den wilden Masken abgestoßen und doch auch wieder angezogen, setzte sie schließlich zwei oder drei auf, aber es gab keinen Spiegel, in dem sie sich betrachten konnte, wenn sie sich auch besonders katzenhaft oder füchsisch fühlte, je nach der Maske, die sie trug. Sie schienen sogar nach wilden Tieren zu riechen. Dann streichelte sie dem Sittich den Federschopf und sah zu, wie er einen Sonnenblumenkern nagte. Er schritt auf seiner Stange von einer Seite zur anderen und zog die Schultern hoch, schlau zu ihr aufblickend, als könne er so einiges erzählen, wenn es ihm gefiele.

Niemand kam in den Laden. Es war so dunkel, daß den ganzen Tag lang das Licht brannte. Immer war es hier fünf Uhr an einem Winternachmittag, und all die verführerischen Schachteln verliehen dem Laden eine vorweihnachtliche Stimmung, eine Atmosphäre voll Erwartung und Geschenküberraschung. Sie war glücklicher hier im Laden als im Haus. Sie war glücklich, in der Nähe einer Tür zur Straße zu sein, wo sie die Passanten sehen konnte und wußte, daß andere Leben ihren ruhigen Gang weitergingen.

Sie betastete die Schachteln verstohlen und heimlich, wie ein Kind, das unter den in Tannenzweigen eingeschlagenen Päckchen auf dem Kleiderschrank der Eltern stöbert. Sie nahm Deckel ab, die Finn ungeöffnet gelassen hatte. Sie hielt vor Erstaunen und Entzücken den Atem an. Sie war wieder sieben Jahre alt.

Es gab da schlichte Holzspielsachen für kleine Kinder, die auf den Borden eines besonderen Regals aufbewahrt wurden. Sie waren bezaubernd. Pferde auf Rädern, die man an einer Schnur hinter sich herziehen konnte, rote, blaue und grüne Pferde, mit schwarzen, weißen und gelben Blumen gescheckt. Klappern in der Form von Schweinen oder Eulen, mit getrockneten Samenkörnern in den hohlen Bäuchen. Pfeifen in den Formen bunter Vögel, durch deren Schwanz man blies. Melanie setzte eine Vogelpfeife an die Lippen und brachte einen Ton intensiver, durchdringender Süße hervor. Holzakrobaten, die – allez hopp! – kopfüber an hölzernen Rahmen schwangen. Holzmodelle, primitiv in der Form wie die allerersten Spielzeuge, von zwei Männern, die abwechselnd mit dem Hammer auf einen Amboß schlagen.

Sie begann, Finns eigenartige malerische Handschrift kennenzulernen, die sich in den blumigen Pferden zeigte, den seltsamen tellerrunden Gesichtern von Schwein und Eule, der Pfauenpracht der Vögel, den angespannt verzerrten, professionellen Grimassen der Akrobaten, der schmallippigen Angestrengtheit der hämmernden Männer. Den Hämmernden hatte er sich mit besonderer Aufmerksamkeit gewidmet: Sie waren alle mit ganz verschiedenen Barttrachten versehen, von einem bleistiftdünnen David-Niven-Schnurrbärtchen bis zu reichgelockten, assyrischen Bärten, und ihre winzigen gemalten Jacken waren gestreift, sternenübersät, mit Pfeilspitzen oder runden Flecken gemustert. Finn schien besonders gern Spielsachen für ganz kleine Kinder zu bemalen.

In einer sehr großen quadratischen Schachtel war eine Arche Noah. Es war ein Meisterwerk. Sie stellte die Figuren eine nach der anderen auf dem Ladentisch auf.

Noah war sechs Zoll hoch, mit einem weißen Bart bis zu den Knien und Hüftstiefeln aus echtem Gummi. Die Noahs waren eine seltsame Familie. Mrs. Noah hatte die traditionelle Dübelform, als sei dies die vollkommene, die einzig mögliche Form für Noahs Frau, und der Holzschnitzer hätte sie erleichtert gewählt, nachdem er Hunderte eigener Varianten ausprobiert hatte, von denen keine zu befriedigen vermochte. Sie hatte einen Haarknoten hinten im Nacken, aus dem gekrümmte Haarnadeln hervorragten, dünner als schmalgeschnittene Streichhölzer. Ihre Wangen waren rund und rot, und sie lächelte.

Sem und Ham aber waren ölige Orientalen, Spielhöllen- oder Stripclubbesitzer, in Nadelstreifenanzügen, mit schwarzen Locken und roten lächelnden Mündern, die Goldzähne sehen ließen. Doch Japhet – sie wußte, daß es Japhet war, denn der Name war in kleinen Lettern auf sein T-Shirt aufgedruckt – war niemand anderer als Finn selbst, perfekt dargestellt bis hin zum Schielauge, in Jeans. Er hatte sich selbst als Signatur in die Arche gesetzt. Sie erinnerte sich daran, wie er gesagt hatte: »Wir sitzen alle im selben Boot.« Nun, er saß in der Arche und würde wohl jede Sturmflut überleben.

Dreißig Tierpaare wohnten im Bauch der Arche, von einem Löwen und einer Löwin, die beinahe so groß waren wie Noah, bis hinunter zu einem Paar weißer Mäuse, nicht größer als der Nagel von Melanies kleinem Finger. Die Löwen trugen beide Kronen, um zu zeigen, daß sie König und Königin der Tiere waren. Sie kicherte vor reinem Entzücken, sie alle in die Hand zu nehmen, so klein, so hübsch; die Katzen waren so katzengleich, die Känguruhs (mit einem Jungen im Beutel der Mutter) zeigten so ausdrucksvoll die Komik des Känguruhs. Sie stellte all die Tiere in langer Reihe auf, angeführt von den Löwen: eine Zirkusparade, aus Holz geschnitzt und zart bemalt. Sie bemerkte, daß sie in kleinen Maßen dachte, der Arche entsprechend, und ihre eigenen Hände riesig wie die von Gulliver in Lilliput wahrnahm.

Die Arche, ein Schiff mit flachem Boden, trug eine Meereslandschaft an der Seite, bis zur Höhe der Wasserlinie hinauf gemalt, ein dimensionsloser Blick in ferne Tiefen voll mit erdbeerfarbenen Fischen und Tangwäldern und muschelüberkrusteten Felsen, dazwischen hie und da eine füllige Seejungfrau von der Art, wie sie sich Matrosen auf die Arme tätowieren lassen. Entweder durchschwamm die Seejungfrau energisch die Wellen oder sie saß auf dem umgestülpten Kiel eines gesunkenen Schiffes und kämmte sich das lange und unwahrscheinlich gelbe Haar. Die Arche selbst war grün, und aus den Bullaugen sahen die gemalten Köpfe von Tieren. Ein Preisschildchen hing vom Mast. Fünfundsiebzig Guineen.

»Du liebe Zeit!« rief sie aus.

»Es ist ein angemessener Preis für die Arbeit«, sagte Onkel Philip. »Man muß einen angemessenen Preis verlangen. Das ist nur wirtschaftlich gedacht. Und sei so gut und räum die Sachen wieder auf, mein Fräulein. Ich mag es nicht, wenn man mit meinen Sachen spielt.«

»Nichts verkauft!« sang der Sittich.

Onkel Philip ließ im Türrahmen keinen Raum mehr frei. Er hatte sich die Hemdsärmel mit Stahlklammern über den Ellenbogen befestigt und war in eine Schürze aus grobem Stoff gehüllt, die einmal weiß gewesen war und ihn vom Krawattenknoten bis zu den Knöcheln bedeckte. In seinen blassen Augen lag keine Freundlichkeit. Böse zog sich die Stirn zusammen. Die Augenbrauen berührten sich wie die Linie einer Eisenstange.

Melanie ließ nervös die Tiere in die Schachtel zurückklappern.

»Und paß auf die Sachen auf! Die sind jetzt dein Unterhalt!«

Und so war es auch.

Über ihnen erklang grollend der Gong zum Essen.

5

»Wir könnten geradesogut gar nicht in London sein«, sagte Melanie. Es war niemand in der Küche außer ihr und Victoria. »Wir könnten genausogut ganz woanders sein.«

»Wo?« fragte Victoria ohne Neugier. Mit einem Löffel kratzte sie die Reste aus einem leergegessenen Glas Himbeermarmelade. Sie saß auf dem Boden. Ihr Haar stand in marmeladenklebrigen Strähnen ab. Ein greller Ausschlag Marmelade umgab ihren Mund, und ihr Kleid war verschmiert und klebte. Sie war zufrieden. Sie war dicker als je zuvor. Immer hielt sie eine Handvoll Süßigkeiten umklammert oder biß zwischen den Mahlzeiten in ein Brot mit Kondensmilch oder leckte eine Schüssel aus, in der Tante Margaret einen Kuchenteig gemacht hatte. Tante Margaret verzog und liebte sie.

»Wo denn?« fragte Victoria, karmesinrot vor Marmelade.

»Irgendwo. Überall.« Aber es hatte keinen Sinn, mit Victoria zu sprechen, die vergessen hatte, daß es noch ein Anderswo gab, und von Tag zu Tag lebte.

Man hatte Melanie gesagt, sie würden nun in einer Großstadt leben, aber sie fand sich wieder in einem Dorf, einem grauen. Die Isolation des Haushalts der Flowers auf seinem Hügel in der Vorstadt im Süden war vollkommen. Melanie verließ das Haus nur – einen Korb am Arm und in der Tasche eine lange Liste, wie eine französische Hausfrau – zum Einkaufen. Aber Geld bekam sie nie, weil die Flowers in allen Geschäften, wo eingekauft wurde, Kredit hatten, und Onkel Philip die Rechnungen vierteljährlich mit einem Scheck bezahlte. Manchmal ging der Hund mit Melanie mit, manchmal blieb er daheim, manchmal hatte er zu tun. Er hatte keine Leine oder Kette, sondern trottete ruhig neben ihr her. Manchmal ging Victoria mit, und manchmal blieb sie zu Hause, aber etwas zu tun hatte sie nie. Nun, da Melanie die Einkäufe erledigte, ging Tante Margaret gar nicht mehr aus dem Haus.

Die Leute in den Läden ließen durch Melanie Grüße an ihre Tante ausrichten und fragten, wie's ihr ginge, wie man sich nach Melanies Mutter und auch nach Mrs. Rundle erkundigt hatte, als Melanie im Dorf einkaufen gegangen war. Zungen schnalzten mitfühlend beim Anblick des schwarzen Bandes, das immer noch an Melanies Ärmel genäht hing, denn alle (wie es im Dorf gewesen wäre) wußten von der Ankunft der Kinder und wie sie zu Waisen geworden waren. Tante Margaret mußte einen Block nach dem anderen mit ihrer gekritzelten Geschichte bedeckt haben.

Die Leute in den Läden waren freundlich zu ihr. Der Krämer, ein ehemaliger Soldat mit hartem Gesicht, an dessen rechter Hand der Daumen fehlte (hatte er ihn sich an der Wurstschneidemaschine abgeschnitten? fragte sich Melanie – aber sie wagte nie, ihn zu fragen, aus Angst, er könnte es ihr sagen) – der Krämer schenkte ihr ein gelegentliches Lächeln und gab Victoria manchmal Schokolade, daß sie mit einem breiten braunen Schnurrbart und braunen Koteletten in den Spielzeugladen zurückkam. Sie war ein Kind, das sich immer rasch schmutzig machte. Der Metzger, der freundlich und gutmütig war trotz der grausamen Blutspritzer auf seinem Strohhut, füllte ihr den Korb mit Gratisknochen für den Hund und lud sie ein, die Mysterien des Lagerraums anzusehen, wo die großen Fleischstücke, frostbepelzt, in eisgekühlter Dunkelheit hingen. Dies lehnte sie jedoch ab, obwohl sie die Geste zu schätzen wußte.

Die Frau in der Obst- und Gemüsehandlung schob Melanie manchmal einen Strauß Veilchen oder eine Chrysantheme mit abgebrochenem Stiel in die Hand, und das freute sie am meisten. Eine dunkle, zigeunerinnenhafte Frau, sprach sie in schmeichelndem, lachendem, leisem Klageton; ihre Hände waren immer schwarz vor Erde vom Hantieren mit den Kartoffeln.

Sie gab Victoria eine Banane, wenn sie hereinkam, und sagte Melanie, sie solle sich aus dem Korb mit den Nüssen bedienen. Anstatt »Auf Wiedersehen«, sagte sie, »Gott behüt euch«, und Melanie verließ den Laden mit einem Gefühl der Sicherheit und knackte dabei eine Mandel zwischen den Zähnen. »Wenn doch Onkel Philip einen Obstladen hätte«, sagte Victoria einmal. »Oder«, fügte sie hinzu, »wenn er ein Bonbonmann wäre.«

Aber wo war London, wo waren Gedränge und Anonymität der Großstadt? Sie konnte die Lichter aus den oberen Fenstern sehen, kam ihnen aber nicht näher.

Die Flowers lebten völlig privat. Niemand besuchte sie

abends oder schaute tagsüber zu einem Schwatz herein, höchstens geschäftlich – um Onkel Philip Holz zu verkaufen oder um einen Termin für Francie und seine Fiedel zu buchen. Keine Freunde, keine Besucher. Das Leben war eine zauberisch behütete Stille. Es gab keinen Fernseher, keinen Plattenspieler, nicht einmal ein Radio. Onkel Philip liebte Schweigen. Aber Francie hatte ein kleines Transistorradio ins Haus geschmuggelt und hörte manchmal heimlich Radio Eireann, wenn irische Musik kam.

Wenn Melanie mit dem Einkaufen fertig war, half sie ihrer Tante, entweder als Bedienung im Laden oder indem sie Preisschildchen ausschrieb oder mit der endlosen Arbeit fortfuhr, das Holz des Ladentischs und der Schubladen zu polieren – wie die Firth of Forth-Brücke immerwährend gestrichen wird, durfte auch diese Arbeit nicht enden, denn kaum war man fertig, hatten die schmutzigen Finger kleiner Kunden dafür gesorgt, daß man wieder anfangen mußte. Die Veränderung ihrer Lebensweise war so groß, daß sie es kaum glauben konnte – sie hielt manchmal mit dem Polierlappen in der Hand inne, unter den wachsamen Augen des Sittichs, und sagte laut: »Das kann niemals ich sein, nicht wirklich ich!« Aber sie war es.

An den Abenden, wenn das Teegeschirr abgeräumt und abgespült war und ihre Tante Victoria ins Bett gebracht hatte, saß Melanie in der Küche und las ihre alten Bücher. Sie hatte recht gehabt: Es gab kein einziges Buch in Onkel Philips Haus, außer seinem Kassenbuch, falls nicht einige im Zimmer der Brüder versteckt lagen. Das war möglich, aber wenn es stimmte, so sah sie doch die beiden nie lesen, obwohl Francie gelegentlich eine Nummer des ›Irish Independent‹ kaufte. Den las er auf der Toilette, wo sie am ersten Tag ein Exemplar gefunden hatte. Er bewahrte die Zeitung immer hinter dem Abflußrohr auf, und wenn Onkel Philip sie fand, warf er sie auf den Treppenabsatz hinaus und trampelte darauf herum. Bald steckte sie wieder hinter dem Rohr, voller Fußabdrücke.

Ein einziger Karton mit ihren eigenen Büchern hatte überlebt, und es war eine recht zufällige Sammlung, unter anderem ›Pu der Bär‹ und die Doktor Dolittle-Bücher, die sie alle nostalgisch immer wieder las. Ein Teil ihrer Kindheit schien in den Seiten eingefangen, auf die sie Schokolade geschmiert hatte und wo sie vor Jahren besondere Lieblingsstellen mit

Lesezeichen, Bonbonpapierchen und Fetzchen Haarband, markiert hatte. Die wenigen Erwachsenenbücher, meist Schulbücher, rührte sie nicht an, und ›Lorna Doone‹ versteckte sie, aber an die anderen hängte sie sich wie an Rettungsringe.

Sie las und las und las, während ihre Tante die Socken ihres Mannes und ihrer Brüder stopfte oder unzählige Hemdknöpfe annähte. Auch nähte sie Kleider für Spielsachen und Puppen, kleine Röckchen und Jäckchen für anthropomorphe Bären und Affen, Roben und Mäntel aus Samt und Seide für die wenigen Marionetten, die im Laden verkauft wurden, und Gewänder und Hosen für die großen Marionetten, die im Theater auftraten. In ihrem dicken Nähkorb türmte sich ein niemals abnehmender Berg von Textilien – der Korb war von der Form jener Behältnisse, in denen Schlangenbeschwörer ihre Schlangen halten, und Welle um Welle leuchtend bunten Tuchs stieg aus ihm auf, drohte sie zu überfluten, aber sie kämpfte tapfer dagegen an, ihre Finger rasch wie das Licht. Melanie dachte sich, Onkel Philip hätte ihr zumindest eine Nähmaschine kaufen können, damit sie die langen Nähte nicht von Hand arbeiten mußte.

Melanie und Tante Margaret saßen in völliger Stille, abgesehen vom gewichtigen Ticken der Kuckucksuhr und ihren regelmäßigen zwei Noten, die die Zeit zerteilten. Melanie war noch immer nicht daran gewöhnt. Sie schrak jedesmal zusammen, wenn der Ruf erklang. Der Wasserhahn tropfte in den Ausguß. Manchmal kratzte der Hund an der Tür, daß man ihn hereinlassen sollte. Manchmal kratzte er und wollte heraus. Manchmal legte er sich auf dem Flickenteppich vor dem Elektroofen schlafen und schnarchte friedlich, oder seine Pfoten zuckten, wenn er im Schlaf Kaninchen jagte. Tante Margaret hob gelegentlich den Blick vom Nähen und lächelte Melanie nervös zu, zum Zeichen, daß sie Freundinnen waren. Gelegentlich hatte Finn einen freien Abend, und dann spielten Melanie und er Spiele mit Bleistift und Papier wie Schiffchenversenken, aber gewöhnlich brauchte Onkel Philip Finn unten, damit er ihm bei den Marionetten half. Onkel Philip arbeitete abends an seinen Marionetten, wenn das Spielzeug beiseite gelegt wurde.

Sie sahen ihren Onkel nur zu den Mahlzeiten, aber seine Gegenwart füllte lastend und brütend das Haus. Sie setzte ihre Schritte vorsichtig, als beurteilten seine farblosen Augen sie ständig und wägten sie ab. Sie zitterte unwillkürlich, wenn sie ihn sah. Sie konnte ihn im Geiste überhaupt nicht mit ihrer Mutter in Verbindung bringen, obwohl die beiden einst ein und dieselbe Mutter gehabt hatten. Er schien aus einer anderen Substanz, von völlig anderem Wesen als ihre sanfte und ein wenig hilflose Mutter; er war herausgehauen oder geschnitzt aus dem Donner selbst. Sie spürte seine vernunftlose Gewalttätigkeit in der Luft, die ihn umgab. Manchmal überrollte er Finn wie eine Lawine, prügelte am Mittagstisch auf seinen Kopf ein, wenn Finns sorglose Frechheit zu weit ging. Oft kam Finn mit einem blauen Fleck auf der Wange aus der Werkstatt oder einem geschwollenen Auge, Ergebnis einer Auseinandersetzung über irgendeine Einzelheit bei der gerade anliegenden Arbeit. Dann rieb ihn Tante Margaret stöhnend mit Salbe ein, trotz seiner Proteste, oder machte ihm ein Pflaster auf die Wunde, wenn die Haut aufgeschürft war. Aber Finn schien es gleich, er nahm alles beiläufig hin.

Francie schloß sich Tag und Nacht in dem Zimmer ein, das er mit Finn teilte (es war, entdeckte Melanie, das Zimmer neben dem ihren), und spielte dort unablässig seine Fiedel, außer wenn er ein Engagement hatte und außerhalb spielte – in irischen Klubs in London, bei *ceilidhs* und Versammlungen. Wenn spätabends das Arbeitspensum im Nähkorb bis zur Niederwassermarke abgeebbt war, schlich Tante Margaret in Francies Zimmer hinauf und spielte mit ihm auf der Flöte. Sie forderte Melanie nie auf, mitzukommen und ihnen zuzuhören, und bei solchen Anlässen hatte Melanie, allein in der Küche mit dem lebendigen Hund und dem gemalten, das Gefühl, daß es niemand auf der Welt kümmerte, ob sie am Leben war oder tot.

Jonathon arbeitete jetzt unter Onkel Philips Aufsicht an Modellschiffen und lernte, sie aus Holz zu schnitzen. Damit verbrachte er jede Minute, die er nicht mit Essen und Schlafen verschwenden mußte. Selbst an den Abenden baute er an seinen Schiffen, während Onkel Philip und Finn Marionetten machten, bis es halb neun war und Zeit für ihn, zu Bett zu gehen. Dann ging er durch die Küche, um ein abwesendes »Gute Nacht« zu sagen, und mehr sagte er jetzt nicht mehr zu Melanie, obwohl er eigentlich nie sehr viel mehr gesagt hatte.

»Philip ist mit Jonathon zufrieden«, schrieb Tante Margaret auf eine Tafel.

»Oh! Gut!« sagte Melanie. Aber in ihrem Inneren wußte sie, daß Jonathon für sie – wenn er ihr denn je gehört hatte – endgültig verloren war.

Taschengeld für die Kinder gab es nicht. Das Shampoo kam aus einer Flasche für alle Hausbewohner. Melanie beschloß, nichts von einem neuen Schlafanzug zu sagen, bis es zu einer dringenden Notwendigkeit wurde.

Inzwischen fielen die letzten Blätter der Sykomore auf den Platz und wurden von den langen steifen Besen städtischer Angestellter fortgefegt in das Vergessen. Die Abende begannen früher und früher, in sinistre Nebelmäntel gehüllt wie Figuren von Poe. Melanie stand mit dem Gesicht an das kalte Glas ihrer Fensterscheibe gelehnt, ohne den düsteren Hof und die hinten in den anderen Häusern aufblühenden Lichter zu sehen – sie sah Beeren, die an den Hecken um das alte Zuhause herum reiften, und frostglitzernde Felder. Rauch von den Feuern, wo welkes Laub verbrannt wurde, stach ihr in die Kehle. Sie stand mit Handschuhen im Garten und streute Brotkrumen und Speckkruste auf den Rasen und sah zu, wie die hungrigen Vögel niederstießen. Eine Bilderreihe ging durch ihr Bewußtsein. Gesichter um den Tisch im Licht der Lampe und dampfendes Kaltwetteressen, kräftige Stews und Puddings, von denen der goldene Sirup troff. Ihre Mutter, die Melanies Mantel sorgsam am Hals zuzog und ihr den Schal zurechtrückte. Das Holzfeuer im Wohnzimmer, Vater an seiner Pfeife paffend und mit der ›Times‹ raschelnd, Mutter liest einen Roman, Melanie liegt auf dem dicken Teppich zwischen ihnen und feilt sich die Nägel, und der Regen knurrt an den Fenstern, daß das flackernde Kaminfeuer noch behaglicher wirkt.

Alles bunt, seltsam und fern, als wäre es nie geschehen oder als wäre es einem anderen Menschen zugestoßen. Statt dessen war dies die Realität – dieses kalte, hohe, ungemütliche Haus mit seinen langen bedrohlichen, braungestrichenen Gängen, durch die Luftzüge brausten wie Lokomotiven. Dies, sagte sie sich, war die rauhe, lieblose Wahrheit, das bittere Schwarzbrot des Lebens; die Zärtlichkeit und der Reichtum der Vergangenheit waren wesenlos und ohne Halt.

So muß Eva sich auf dem Weg hinaus aus dem Garten Eden gefühlt haben, dachte sie. Und es war Evas eigene Schuld.

Auf den Brief an Mrs. Rundle war eine Antwort gekommen. Mrs. Rundles Handschrift war schwarz, rund und stattlich und zog mit der Majestät eines historischen Rolls-Royce über das Papier. Mrs. Rundle freute sich zu hören, daß es ihnen gut ging und sie sich einlebten. Familien sollten zusammensein und sich verstehen, das war nur recht und billig. Ihre neue Stellung paßte ihr, aber sie vermißte die Kinder.

»*Und ich wünschte nur, daß ich mit Euch verwandt wäre und Euch besser helfen könnte und ein Recht hätte, Euch einmal zu sehen. Aber ich bin es ja nicht und habe keine Familie außer meinen Erinnerungen. Und ich kann nichts tun für Euch, als in meinen Gebeten an Euch denken, was ich allsonntäglich tue, und wünsche Euch allen das Allerbeste. Und einen besonderen Kuß für meine Victoria, mein kleines Mädchen. Aber mit meiner ganzen Liebe grüße ich Euch alle.*«

Ihre ganze Liebe. Koffer und Kisten und Kasten und Schränke voll, die gesammelte Liebe eines ganzen Lebens, nun endlich im Überschwang ausgeteilt. Aber es gab nichts, was sie tun konnte, nur Liebe aus der Ferne. Zu Weihnachten würde sie ihnen eine Karte schicken, auf der eine Anzahl Kreuzchen eine entsprechende Anzahl Küsse bedeuten sollte, obwohl Victoria sie schon vergessen hatte – und Mrs. Rundle sie bereits als wirkliche, tatsächlich existierende Personen zu vergessen begann. Ihre Umrisse verschwammen in ihrem Gedächtnis, ihre Züge verwischten sich, bis sie mehrdeutig und vertrackt wie Mr. Rundle geworden waren, und sie wurden – mit romantischer Melancholie gefärbt wegen des Todes ihrer Eltern – Traumkinder, lieb und schön. Wer träumt hier? *Jetzt sehen Sie's, jetzt ist es weg...* War es Mrs. Rundles Traum, in den sie als Teilchen gehörte? Trotz allem faltete Melanie den Brief zusammen und bewahrte ihn zwischen ihren Unterhosen und Taschentüchern in der Kommodenschublade auf, als eine Art Talisman, der sie daran erinnern sollte, daß die Vergangenheit real war.

Am Mittwoch blieb der Laden nachmittags zu. Eben bevor sie das Schild an der Türe umdrehen wollte, damit es »Geschlossen« hieß, kam eine Frau herein, um sich die Spielsachen anzusehen. Eine teure Frau, ganz in Wildleder, im Wagen vom Norden jenseits des Flusses gekommen. Sie war typisch für eine bestimmte Sorte Kunden, die der Laden hartnäckig anzog und die Onkel Philip besonders verabscheute.

»Solche Leute im Haus«, sagte er einmal in trockenem Zorn, »und schon sieht man sich auf Farbphotos in den Wochenendbeilagen.«

»Einmal war ein Photograph hier von so einer Magazinbeilage«, erzählte Finn Melanie eines Morgens, während sie mit Ausrufen des Staunens ein neues Sortiment Springteufelchen besah (Soldaten in roten Jacken, jeder mit einer Reihe sorgsam gemalter Orden), die für Kinder zu schön waren. »Der wollte einen Artikel schreiben, mit Photos. Spielzeug für Erwachsene. Er sagte, wir – dein Onkel und ich – seien eine einzigartige Synthese von Volkskunst und Pop Art. Er sagte, wenn wir uns an ihn halten, haben wir halb London auf den Knien hier im Laden, um unsere Sachen zu kaufen.« Finn zog an der Schnur eines Hampelmanns, und die Arme schnappten nach oben. »Dann hat dein Onkel ihm die Kamera zertrümmert. Zweihundert Pfund technisches Gerät die Hintertreppe runter. Es hat meine ganze irische Silberzüngigkeit gebraucht, daß wir nicht vor Gericht gelandet sind.«

»Aber warum?«

»Philip Flower ist sein eigener Herr. Er will nicht, daß Leute, die er verachtet, seine Sachen als Wohnzimmerdekoration kaufen.«

»Ich bräuchte etwas Kleines und Lustiges«, sagte die Frau und lächelte Melanie mit Lippen an, die mit dem allerallerblassesten orangenen Lippenstift bemalt waren. »Etwas, damit meine Freunde sagen: ›Wo hast du denn das bloß gefunden?‹«

Aber sie mußte bedient werden. Melanie deckte den Ladentisch mit Spielsachen für sie, und sie fuhr mit ihren Wildlederhandschuhen über die lackierten Oberflächen von Holz und Metall, wobei sie in Abständen rief: »Himmlisch! Super!«, um dann am Ende bloß eine Hexenmaske zu kaufen. Geizige Ziege, dachte Melanie, die unwillkürlich schon in die Rolle des Verkäufers hinter dem Ladentisch geschlüpft war. Sie packte die Maske höflich ein, obwohl sie den Gong schlagen hörte und wußte, sie würde zu spät zum Essen kommen.

Die Frau ging mit leichtem Schritt in ihren hochhackigen Lacklederschuhen zu ihrem Mini, der neben dem Toilettenhäuschen geparkt war. Frauen wie diese waren daheim manchmal übers Wochenende zu Besuch gekommen, mit einem Koffer voll schwarzer Cocktailkleidchen. (Warum machte es einen so großen gesellschaftlichen Unterschied, wenn die Hauptmahlzeit des Tages mittags auf den Tisch kam wie bei den Flowers anstatt am Abend?) Melanie hätte leicht zu so einer Frau heranwachsen können.

Finn, der sich auch verspätet hatte, kam aus der Werkstatt herauf und half Melanie, die durcheinandergeratenen Waren wieder einzusortieren. Sie fühlte sich in Finns Gegenwart nie ganz unbefangen, auch wenn sie Schiffchenversenken zu spielen pflegten; sein verquerer Blick glitt um sie herum, und er grinste, als kenne er Geheimnisse über sie, die er nicht teilte. Und seine körperliche Unsauberkeit ertrug sie immer noch nicht, seine außerordentliche, extravagante, beinahe leidenschaftliche Unsauberkeit. Er hatte die vor Farbe steife Schürze abgelegt, aber in seinem Haar war blaue Farbe, und seine Hände waren blau, wie die der Jumblies von Edward Lear, die in einem Sieb in See stachen.

»Was sollen wir heute nachmittag machen?« fragte er so obenhin, als verbrächten sie beide jeden Mittwochnachmittag miteinander.

»Ach –«, sagte sie, um Zeit zu gewinnen.

»Würdest du gerne einen Spaziergang machen?«

»Ich bin noch nicht einmal über den Platz draußen hinausgekommen«, sagte sie sehnsüchtig. Könnten sie nach London gehen, in die goldene Stadt?

»Dann machen wir einen Spaziergang.« Er lächelte beinahe zärtlich. Sorgen machte ihr, daß sie nicht wußte, ob die Regeln des Hauses es ihr gestatteten, mit Finn einen Spaziergang zu machen, und außerdem würden sie zu spät zum Essen kommen. Aber Onkel Philip saß nicht am Tisch und starrte wütend die beiden leeren Plätze an – es war nicht einmal für ihn gedeckt. Er war ausgegangen, um nach Holz zu sehen. Er brauchte mehr Holz.

»Ist die Katze aus dem Haus...«, sagte Finn, und es herrschte Ferienstimmung. Sie aßen ihren Fleischpudding mit ausgezeichnetem Appetit, und als alles abgeräumt war, lief Melanie nach oben, um sich zu kämmen. Sie hielt inne, das Haarband in der Hand, und warf dann ihre Haare offen auf den Rücken, ohne sie wieder zu Zöpfen zu flechten, Finn zu Gefallen, auch wenn er so ungepflegt war. Aus dem Nachbarzimmer hörte sie die klagenden, tastenden Klänge, wie Francie seine Fiedel stimmte.

Tante Margaret half Victoria, mit einem fettigen Kartenspiel auf dem Küchenboden ein hohes Haus zu bauen. Sie lächelte zu Melanie empor, deutete auf ihren Regenmantel und zog die Augenbrauen fragend in die Höhe.

»Ich zeige Melanie die Nachbarschaft«, sagte Finn und nahm seine Schwester bei den Schultern, um ihre kniende Gestalt vor und zurück zu schaukeln, in einer Umarmung, die sie tonlos lachen ließ, bis sie aussah wie ein junges Mädchen. Die obersten Stockwerke des Kartenhauses stürzten ein, und Victoria brach in Tränen aus.

»Gehen wir!« sagte Finn. Er trug einen schwarzen Plastikmantel, der quietschte, wenn er sich bewegte. Auch er hatte seine langen Haare für den Ausflug gekämmt und war sogar so weit gegangen, sich die blaue Farbe von den Fingern zu schrubben. Diese Vorbereitungen beunruhigten sie: Warum hatte er sich die Mühe gemacht, sich für sie so herzurichten?

Die Läden waren alle zu, und ein sonntäglicher Friede herrschte auf dem kleinen Platz. Der weiße Bullterrier, seinen eigenen Geschäften nachgehend, drückte sich nachdenklich im Eingang des Trödelladens herum und hob, als sie vorbeikamen, dort sein Bein.

»Guter Hund«, sagte Finn. Auf drei Beinen wedelte er, folgte ihnen aber nicht, vielleicht aus Taktgefühl.

Vor dem Tabakgeschäft stand ein Kaugummiautomat. Finn zog für jeden ein Päckchen.

»Ich hab schon seit Jahren keinen Bubble Gum mehr gekaut«, sagte sie zögernd.

»Ich tu's nur, um deinen Onkel zu ärgern.«

Sie wickelte den Kaugummi aus und schob ihn in den Mund.

Es war ein trüber Nachmittag, und nur wenige Männer und Frauen waren auf den Straßen, die selbst klamm und verfroren wirkten, als brennten in den Häusern nicht genug Feuer, um sie zu durchwärmen. Immergrüne Hecken ließen ihre Zweige schlaff hängen, erschöpft von der Anstrengung, um die Jahreswende noch belaubt zu bleiben, wenn all die anderen Bäume schon kapituliert und ihre Blätter abgeworfen hatten. Sie gingen an traurigen Ecken vorbei, wo kleine farbige Kinder auf Treppenstufen saßen, zum Spielen zu melancholisch und lustlos, und mit großen schwarzen Augen, in denen die Tropensonne erloschen war, hinter ihnen herschauten.

Hie und da kamen sie an einem Baby vorbei, das vor einer Haustür, von der die Farbe blätterte, in einem ramponierten Kinderwagen weinte. Überquellende Mülltonnen stanken unter Eingangstreppen und in vernachlässigten Vorgärten. Reihen von Milchflaschen mit sauren Resten warteten auf einen Milchmann, der nie kam.

»Dieser Teil von Süd-London hat schon bessere Tage gesehen«, sagte Finn durch einen Mundvoll Kaugummi hindurch.

»Ja«, sagte Melanie, der ihr Spaziergang soweit keine Freude machte.

Der Vorort lag hoch und windig. Der Platz, sein schäbiger Mittelpunkt, lag auf dem Gipfel eines steilen Hügels, und diese Straßen liefen steil abfallend den Hang hinunter – einst stattliche und solide Straßen, wohlgenährt mit Geld und Muße, voll von den Heimen einer gesichert lebenden Mittelklasse mit Salons, in denen höhere Töchter mit Tournüren »The Last Rose of Summer« und »O glaub mir, wenn all diese jung-frischen Reize« auf Rosenholzklavieren mit Kerzenhaltern spielten, und mit roastbeeffarbenen Eßzimmern, wo die Herren nach dem Essen bei schwerem Portwein menschlicher wurden und sich im Mahagoni riesige Kohlenfeuer spiegelten, groß genug, einen Ochsen zu braten, und von schwarzen Schwärmen von Hausmädchen sorgsam geschürt. Und jetzt sahen die Häuser, zerfallend und bröckelnd, überladen mit einer elenden Menschenlast, aus, als hätten sie sich in langen Reihen für den Schinder aufgestellt, als hießen sie eifrig die Auslöschung ihrer einstigen Größe willkommen und böten sich dem Ruin mit beinahe genußvoller Resignation dar. Doch standen noch Bäume da, gepflanzt in den guten alten Tagen, und man sah sehr viel Himmel. Es war ein luftiger, beinahe bewaldeter Ort des Unglücks. Mit ganz wenig Verkehr.

»Du hast ja auf dem Land gewohnt.«

»Aber ich weiß noch, wie wir in Chelsea waren. Das heißt, noch ein bißchen.«

»Ah!« sagte Finn. »Das ist nicht wie in Chelsea hier.«

»Nein«, sagte sie. Sie trat gegen eine Konservendose, die auf dem Gehsteig lag. Es waren einmal Ananasringe darin gewesen, wenn man dem Etikett glauben durfte. Sie klapperte die Straße entlang und weckte ein barockes Konzert von Echos in den verrottenden Backsteingiebelwänden. Irgendwo in einem Zimmer zur Straße, mit schmutzigen Netzgardinen verhängt, fing ein Baby zu weinen an.

»Wohin gehen wir?« fragte sie.

»In den Park.«

»Park?«

»Alles, was noch von der Nationalausstellung 1852 übrig ist, Melanie. Die haben sie hier abgehalten, in einem hübschen Dorf vor den Toren Londons, und es fuhren bis zu hundert Sonderzüge am Tag hierher. Sie haben dieses große mittelalterliche Schloß gebaut, eine Art Hochlandburg, aber riesenhaft, und es mit allem, was ihnen nur einfiel, vollgestopft, um damit anzugeben. Sack und Pack, Kunst und neue Erfindungen. Die ganze Welt strömte herbei. Es war wie die Pariser Weltausstellung, nur früher. Und nicht so frivol.« Er machte eine nachdenkliche Kaugummiblase. »Es war aus Papiermaché, das speziell behandelt worden war, damit es das Wetter aushielt. Wirklich raffiniert, das Schloß.«

»Und was ist dann daraus geworden?«

»1914 hat jemand ein Streichholz weggeworfen. Angemessen genug. Es ging in Flammen auf, gerade als in Europa die Lichter ausgingen. Viktorias letzter Scheiterhaufen. Man hätte eigentlich meinen können, sie hätten daran gedacht, es auch feuersicher zu machen. Aber nein. Ich habe den Brand einmal gemalt, als Allegorie. Das Schloß war eine dicke Frau, nur mit einem Hochlandplaid bekleidet.« Er machte noch eine Blase. »In der Art einer Rubens-Allegorie.«

Sie sah vulgäre nackte Frauen und Flammen vor sich, die so starr und steif aufgerichtet brannten wie die auf den Schachteln von Feuerwerkskörpern.

»Das muß ein ungewöhnliches Bild gewesen sein«, sagte sie.

»Jesus, das war es auch.« Er sah sie von der Seite an, und sie merkte, daß er lachte. Sie ging mit unbehaglichem Gefühl neben ihm her. Es gab nichts zu sagen. Sie sagten nichts. Bald kamen sie zu einem starken Zaun aus rohen neuen Holzbrettern mit einer Tür, an der über einem grimmigen Maul von Schloß »privat« stand. Der Zaun erstreckte sich, so weit sie sehen konnte, und über ihm schwankten braune Baumkronen.

»Hier herein, Melanie.«

»Aber –«

»Sie wollen den Park planieren und Arbeiterwohnungen bauen. Aber das hab ich in der Lokalzeitung gelesen, seit ich hier bin.«

Er zog einen Schlüssel aus der Tasche und öffnete die Tür. Sie waren mit einem Schritt von der Straße in einem Haselnußdickicht, und Finn schloß die Tür hinter ihnen. Der Boden gab unter ihren Füßen nach, eine sumpfig-weiche Masse aus regendurchtränkten welken Blättern. Entlaubte Zweige schlugen ihnen wie harte Knöchel ins Gesicht. Melanie roch den intensiven Geruch von Finns Plastikmantel und nahm impulsiv seine Hand, um nicht allein zu sein. Er drückte ihre Finger gegen seine schwielige Handfläche und führte sie weiter. Die Stille war wie feuchte Watte in ihren Ohren.

Der Park lag da, durchnäßt, vernachlässigt, über seine wuchernden Flächen hingestreckt wie ein bewußtloser Betrunkener. Bäume hatten achtlos große Äste fallen lassen oder waren ganz umgestürzt und streckten ihre Wurzeln in die Luft. Büsche und Sträucher, um die sich niemand kümmerte, platzten aus jeder Form wie dicke Frauen, die ihre Korsetts abgelegt haben, und viele hatten sich zu tückischen Fallen dornigen Unterholzes ausgewachsen. Es war ein schlammiger, kalter, feuchter, nördlicher Dschungel. Aber Finn schritt sicher aus. Er schien mit jedem Zoll dieses Aufruhrs vertraut. Sie kamen aus dem Wald auf ein kahles Feld, wo grobes Gras schlaff um ihre Knöchel schlug – jenes Gras, das einen in die Hand schneidet, wenn man es unvorsichtig abreißt. In grauen Wellen rollte es ins Nichts, in den Nebel, der sich bereits herabsenkte. Nichts bewegte sich. Es war niemand sonst da.

»Das ist die Grabstätte eines Lustwäldchens«, sagte Finn. »Deshalb herrscht hier eine so große Verzweiflung.«

Sie gingen an der Grenze des offenen Geländes entlang und blieben dabei an den Rändern des Waldlandes, das einst als Landschaftsgarten angelegt gewesen war, und Melanie war dankbar darum; sie hätte sich draußen im Grasmeer zu exponiert, zu sichtbar gefühlt – ein leichtes Ziel für einen Schützen, für den Pfeil eines Jägers in Grün, der zwischen den bemoosten Baumstämmen umherhuschen mochte. Aber hier gab es Deckung. Finn half ihr über einen gestürzten Baumstamm, der in gelbem Schimmel erblühte.

»Früher wären hier Verkaufsstände für Kaffee, Teekuchen und Souvenirs gewesen«, sagte er. »Und Theateraufführungen in Zelten. Und Anreißer und Balladensänger. In der Art. Und kleine Lauben, in denen man mit seinem Mädel sitzen konnte, wenn es regnete. Und eine Stimmung wohlerzogener Festlichkeit, nehme ich an, wenn es auch kaum zu glauben ist.«

»Es ist bizarr«, sagte sie. Sie entdeckte, daß sie mit ebenso leiser Stimme sprach wie Finn, mit dem Gefühl, daß es etwas gab, was sie nicht aufstören wollte.

»Schau«, sagte Finn und zog einen Schirm aus Gezweig zur Seite. Sie sah eine steinerne Löwin am Eingang einer steinernen Höhle, die über ihre Jungen wachte. Ein Jahrhundert Witterung hatte ihre Flanken zu einem schwärzlichen Grün verfärbt, und Generationen von Vögeln hatten ihren weißen Kot auf ihr gewölbtes Haupt fallen lassen. Ihre gemeißelten Augäpfel starrten mit der unheimlichen Blindheit der Statuen zurück, die immer eine andere Dimension wahrzunehmen scheinen, wo wir alle Statuen sind. Die Jungen klammerten sich steinern an sie.

»Sie sollte eine Krone tragen«, sagte Melanie und dachte an die Löwin aus der Arche.

»Ich zeige dir gleich die Königin«, sagte Finn. »Sie ist die Königin des Öden Landes.«

Er grinste nicht mehr so oft. Er war in einer seltsam elegischen Stimmung, auf leisen Sohlen einherschreitend, um die Trauer des Ortes nicht zu stören, hie und da einen Baum oder eine immer noch überlebende Bildhauerarbeit mit besänftigendem Gruß berührend, wie um sich für seine Anwesenheit zu entschuldigen. Melanie fragte sich, was wohl diese Ödnis für ihn bedeuten mochte, denn sie schien eine große Bedeutung für ihn zu haben. Sie hatte nicht erwartet, daß eine solche Landschaft in seinen Gefühlen Platz haben würde. Daß er ihr diesen Ort zeigte und daß er sehen wollte, wie sie hier ging, war eine Geste tiefer Freundschaft; es tat ihr leid, daß sie nicht größeren Anteil nahm.

»Es riecht nach verfaulender Sterblichkeit«, sagte Finn und schaute in die unsichtbare Ferne.

»Was ist das für ein Geruch?«

»Schlamm.«

Es war ihr gleich; kalter Jammer kroch ihr in die Knochen, so unaufhaltsam, wie die Feuchtigkeit in ihre dünnen Schuhe sickerte. Aber sie folgte ihm; sie würde sich sonst verirren.

»All diese Gartenanlagen waren voller Statuen«, sagte er. »Dryaden, Sklavinnen, die Büsten großer Männer, große Männer zu Pferde und zu Fuß. Eine hübsche und doch vom Wald umgebene Aussicht, wo man zur Musik von Marschkapellen flanieren konnte. Sie haben es, glaub ich, fertiggebracht, ein paar von den Statuen zu verkaufen, wenn ich mir auch nicht vorstellen kann, wer die haben wollte. Aber die anderen Statuen bleiben, weil sie es nicht ertragen können, fortzugehen.«

»Du redest schon recht merkwürdig«, beklagte sie sich, denn ihre Füße waren naß.

Er warf ihr einen Blick über seine schwarzglänzende Schulter zu. »Du meinst, ich rede merkwürdig für ein unterprivilegiertes irisches Kind aus den Slums?«

Sie wurde rot.

»Ich lese manchmal Bücher aus der Bücherei. Und bei deinem Onkel zu wohnen ist weiß Gott an sich schon eine Erziehung.«

Plötzlich fiel der Boden vor ihnen ab, und sie traten auf eine weite Terrasse, ausgelegt mit weißen und schwarzen Marmorquadraten, und mit einer breiten Steintreppe, balustradengeschmückt, die zum ausgetrockneten Bett eines einstigen Zierteiches hinabführte, das der Nebel in eine Schüssel voll Milch verwandelt hatte. Die Treppe war in Abständen mit klassischen Figuren in keuscher Draperie besetzt, und es lag immer noch eine zarte Prüderie im anmutigen Anstand ihrer Haltungen, wenn auch einigen eine Hand oder ein Arm fehlte und anderen die Nase abgefault war, oder die Elemente sie völlig enthauptet hatten, und sie allesamt rußfleckig und verwittert waren. Die Stufen waren übersät mit zerbrochenem Mauerwerk und Gips. Sie schritten auf die Marmorfläche hinaus – eine Tanzfläche. Ein Streichorchester hätte jetzt einen altmodischen Walzer beginnen müssen.

Melanie, ein paar Schritte hinter Finn, trat vorsichtig, vorsichtig nur auf die weißen Felder. Wenn sie nicht ins Schwarz trat, dann würde sie vielleicht am anderen Ende der Marmorfläche erschauern und sich in ihrem eigenen lange vermißten Bett aufrichten, in den gestreiften Laken, und dem Apfelbaum guten Morgen sagen und ihr eigenes Gesicht in dem Spiegel erblicken, den sie nicht zerbrochen hatte. Sie hatte seitdem ihr Spiegelbild nicht mehr gesehen. Panik überfiel sie bei dem Gedanken, daß sie so lange ihr Gesicht nicht gesehen hatte.

Sehe ich noch gleich aus? O Gott, würde ich mich noch wiedererkennen?

Beinahe verlegen, beinahe beschämt von ihrer eigenen abergläubischen Angst, berührte sie ihre kalten Wangen und ihre kalte Nase mit den steifen, bloßen Fingern. Aber die Berührung sagte ihr nichts.

Geh vorsichtig, halte dich an die weißen Quadrate. Und das kann doch niemals real sein, dies kann doch nicht dir geschehen, auf den weißen Quadraten hinter Finn herzugehen, der sich bewegte, als berührten seine Füße den Boden nicht, so anmutig, so spukhaft. Und was würde geschehen, wenn sie auf ein schwarzes Feld trat – würde all dies einfach weitergehen, dieser trübselige Alptraum, den Rest ihres Lebens, sechzig oder gar siebzig Jahre? Und wenn sie auf die Fugen trat, wo das Gras hervorlugte, würden sie sich auftun und sie verschlingen, und es wäre alles vorbei, was immer es war?

Endlich hatte sie wieder Gras unter den Füßen. Sie war mit ritueller Sorgfalt auf den weißen Quadraten geblieben. Finns glänzender Überzieher blieb stetig vor ihr. Sie wußte nicht, ob sie an ihn glauben sollte oder nicht.

»Hier ist sie«, sagte er zärtlich.

»Oh – deine Königin!«

Am Ende des niedrigen Säulengeländers, das die Tanzfläche vorn abschloß, war ein steinerner Sockel, in überschwenglichem Rokoko gestuft und geschmückt wie ein Hochzeitskuchen. Auf ein glattes Stück der Glasur hatte jemand mit Lippenstift geschrieben: »George Cox hat einen langen Pimmel Verzeihung Penis.«

»Tut mir leid«, sagte Finn, »irgendwelche Schmieranten.«

Von diesem Sockel war vor langer Zeit eine hohe Gestalt zur Seite gefallen, die nun mit dem Gesicht in einer Pfütze lag und sich narzißtisch selbst betrachtete. Die Figur war an der Hüfte entzweigebrochen und lag im rechten Winkel zu sich selbst. Schleim und Schimmel überzogen sie in Streifen, aber sie blieb erkennbar, unverkennbar, Königin Viktoria zu Beginn ihrer mittleren Jahre.

»Albert stand am anderen Ende, wegen der Symmetrie«, sagte Finn. »Aber den hat jemand mitgenommen. Ich habe mich oft gefragt, wo der gelandet ist. Er war wohl froh, ihre Nörgeleien nicht mehr hören zu müssen.«

Er zog ein Taschentuch heraus und wischte kniend vorsichtig ein wenig von dem Schlamm weg, der das blasse Marmorgesicht bedeckte. Melanie stieß mit dem Fuß gegen den abgebrochenen Torso, doch er war zu schwer, als daß sie ihn hätte bewegen können.

»Mag ich nicht«, sagte sie unwillkürlich. »Armes Ding, mit der Nase platt im Schmutz.«

»So geht's«, sagte Finn philosophisch. Er überschwemmte sie mit den graugrünen Ozeanen seiner Augen.

Es wurde dunkel, denn die Uhren waren schon vor Wochen wieder umgestellt worden, und die Nächte schoben sich immer weiter in den Tag. Weit weg im Nebel wurde der verwaschene Umriß der großen Stadt dunkler wie ein rußiger Daumenabdruck, und ein paar Lichter gingen an. Bäume und Büsche verloren die Schärfe ihrer laublosen Struktur. Die weißen Marmorfelder der Terrasse leuchteten wie auf einem Gespensterschachbrett. Melanie spürte ein, zwei Tropfen Feuchtigkeit im Gesicht – Regen vielleicht oder die gerinnende Nässe der feuchten Abendluft, oder Gischt von Finns Blick. Er nahm den Kaugummi (mittlerweile erschöpft) aus dem Mund und klebte ihn sorgfältig auf Königin Viktorias schwellenden Marmorhintern. Als sie ihn das tun sah, wußte Melanie, er würde sie jetzt küssen oder sie zu küssen versuchen.

Sie konnte sich nicht bewegen oder sprechen. Sie wartete in qualvoller Spannung. Wenn es nun geschah, mußte es geschehen, und dann würde sie wissen, wie es war, wenn man geküßt wurde, was sie jetzt noch nicht wußte. Zumindest würde sie um soviel erfahrener sein, wenn es auch bloß Finn war, der sie küßte. Sein Haar hatte die Farbe von Ringelblumen oder Kerzenflammen. Sie erschauerte beim Anblick seiner verfärbten Zähne.

Sie standen zu beiden Seiten der gefallenen Königin. Er setzte die Füße leicht auf die steinernen Hinterbacken und sprang herüber – im Sprung von einer exzentrischen Laune befallen, hob er seine schwarzen Plastikarme und schlug mit ihnen, krächzend wie eine Krähe. Alles wurde schwarz im Schock seiner Umarmung, in den Falten des Regenmantels. Sie war sehr erschrocken und nahe daran, aufzuschluchzen.

Sein Regenmantel quietschte krächzend wie ein Echo seines Krähenschreis.

»Hab keine Angst«, sagte er, »es ist nur der arme Finn, der wird dir nichts tun.«

Sie faßte sich wieder ein wenig, wenn sie auch immer noch zitterte. Sie konnte ihr eigenes Gesicht ganz klein in den schwarzen Pupillen seiner Unterwasseraugen gespiegelt sehen. Sie sah noch gleich aus. Sie grüßte sich. Er war nur ein wenig größer als sie, und ihre Augen waren fast auf gleicher Höhe. Abwesend wünschte sie ihn sich drei Zoll größer. Oder vier. Sie spürte den warmen Atem aus seinem Tiermund weich an ihrer Wange. Sie bewegte sich nicht. Steif, hölzern und ohne zu reagieren stand sie in seiner Umarmung und beobachtete sich in seinen Augen. Es war ein Trost, sich selbst so zu erblicken, wie sie geglaubt hatte, auszusehen.

»Oh, mach doch zu, bring es an ein Ende«, stieß sie unhörbar hervor.

Er grinste wie Pan im Walde. Er küßte sie, die Augen schließend, daß sie sich nicht mehr sehen konnte. Seine Lippen waren feucht und rauh, aufgesprungen. Es hätte irgend jemand anderer sein können, der sie da küßte, und sie kannte ihn ja auch nicht richtig, wenn überhaupt. Sie fragte sich, warum er das tat, warum er seinen Mund auf ihren drückte, der es nicht begehrte, warum er seinen Körper leise gegen den ihren bewegte. Was war der Wunsch? Sie fühlte sich weit von ihm entfernt, und auch überlegen.

Sie hatte den unklaren Gedanken, daß sie beide sehr eindrucksvoll aussehen mußten, wie eine Einstellung in einem New-Wave-Film, in enger Umarmung neben einer gestürzten Statue in diesem toten Vergnügungspark, in der um sie schwebenden Novemberdämmerung – und Finns Haare so ingwerrot, ihre so schwarz, ineinander verschlungen von den weichen kleinen Händen eines schwachen Windes, gelbe und schwarze Haare ineinander verwoben. Sie wünschte, jemand würde zusehen und es zu schätzen wissen, oder daß sie selbst zusehen würde, wie Finn dieses schwarzhaarige junge Mädchen küßte, aus einem Gebüsch hundert Meter entfernt. Dann wäre es romantisch.

Finn steckte ihr die Zunge zwischen die Lippen und suchte tastend nach ihrer eigenen Zunge in ihrem Mund. Der Moment verzehrte sie. Sie würgte und schlug um sich, schlug mit den Fäusten auf ihn ein, sich krampfhaft windend vor Entsetzen über diese sinnliche, intime Verbindung, dieses grobe Eindringen in ihre körperliche Privatheit, diese Demütigung. Sie schwankte; sie glitt beinahe zu Boden neben die tote Königin in den Schlamm, aber Finn hielt sie fest, ganz gleich, wie fest sie ihn schlug, leicht ihre Schultern umfassend, daß sie nicht fiel. Als sie ruhiger wurde, ließ er sie los, und sie ging ein paar Schritte weg, stolpernd, die Hände in die Taschen ihres Regenmantels vergrabend und von ihm abgewandt. Er wischte sich mit dem Handrücken über den Mund.

»*Seht meine Werke und sinkt in den Staub*«, sagte er zu der Statue, nahm seinen Kaugummi wieder an sich, untersuchte ihn nach Verunreinigungen und steckte ihn zurück in den Mund.

Es würde Kartoffelküchlein zum Tee geben, in der Mitte aufgeschnitten, schmelzende Butter in ihren goldenen Herzen, und wahrscheinlich Marmeladetörtchen, denn Tante Margaret war beim Backen. Die Küche duftete. Das Licht tat Melanies Augen weh, und die Hitze ließ ihre Nase und ihre Zehen prickeln. Victoria spielte auf dem Küchenboden mit den Backförmchen und Plastilin.

»Ein Vogel«, sagte sie zu Melanie und hielt einen grauen Klumpen in die Höhe.

»Wird schon stimmen«, sagte Melanie. Sie hockte sich zu ihrer Schwester und umarmte sie fest, weil sie klein und dick und glücklich war. Victoria strampelte.

»Laß doch«, sagte sie. »Ich hab zu tun. Ich spiele!«

»Ein schöner Vogel«, sagte Melanie besänftigend. »Ich habe gleich gesehen, daß es ein Vogel ist.«

»Jetzt hab ich ihn wegen dir zerdrückt«, sagte Victoria ärgerlich und warf das Klümpchen trotzig durch die Küche, daß es dem schlafenden Hund auf die Flanke klatschte. Der Hund erwachte, beroch es, fraß es und rülpste. Melanie hatte noch nie erlebt, daß ein Hund rülpst. Es war ein Tag erstmaliger Erfahrungen. Sie blieb erschöpft auf dem Boden sitzen. Tante Margaret wischte ihre mehligen Hände an der mehligen Schürze ab.

»Habt ihr einen schönen Spaziergang gemacht?« schrieb sie mit ihrer Kreide. Ihr Gesicht war scharfgeschnitten, klug, neugierig. Ahnte sie, daß Finn sie geküßt hatte? Oder hatten sie es vorher zusammen geplant, als Scherz? Aber das war töricht.

»Meine Füße sind naß«, sagte Melanie. »Vielleicht erkälte ich mich.« Und dann wird eine Lungenentzündung daraus, und ich sterbe, und allen ist es gleichgültig.

Finn war wohl in die Werkstatt hinuntergegangen. Er war mit ihr in den Laden gekommen, war ihr aber nicht hinauf in die Küche gefolgt. Sie wollte ihn nicht sehen, nicht mit ihm sprechen. Sie wollte allein sein, wo kein Licht war. Sie entkam, floh in ihr eigenes Zimmer und setzte sich aufs Bett, in ihrem feuchten Regenmantel zusammengekauert und an den Nähten ihres schwarzen Armbands zupfend.

Stimmt mit mir irgend etwas nicht, daß ich nichts empfunden habe? Und danach war es so furchtbar, stimmt da vielleicht wirklich etwas nicht bei mir, daß es für mich so furchtbar war?

Oder war es, weil Finn sie geküßt hatte und nicht ein Mann wie die Männer, in deren Arme sie sich so oft hineingeträumt hatte, in der Vergangenheit, als sie so etwas zu träumen pflegte? Und nun würde sie sich das nie mehr vorstellen können, denn dann müßte sie gleich an Finns feuchte Küsse denken. Sie bemerkte, daß sie das Trauerarmband zum größten Teil von ihrem Ärmel abgelöst hatte und daß jetzt nur noch die Möglichkeit blieb, es ganz abzureißen.

Die Vorhänge bewegten sich am Fenster. Die Geranie warf bizarre Schatten auf den Vorhang, Schirme die Blätter, Kohlköpfe die Blüten. Die Gitterstäbe an Victorias Bettchen waren schwarz und drohend, und der schmale Lichtspalt unter der Tür zum Korridor war ein glühender Stift, der jeden Augenblick aufspringen und in leuchtender Schrift »Sie ist nicht normal!« an die Wand schreiben konnte. Um sich zu beruhigen, zählte sie die Rosen auf der Tapete – sie konnte ihre schweren, dunklen Gesichter eben noch erkennen. Eine Rose, zwei Rosen, drei Rosen... und im Herzen der dritten Rose ein glimmendes Licht. Ein rundes Glänzen. Sie betrachtete es erst mit müßigem Interesse und dann mit wachsender Neugier. Ein Loch in der Wand, durch das Licht aus dem Nachbarzimmer hindurchschien. Ein säuberliches rundes Loch.

Schließlich stand sie auf und kniete sich vor das Loch, das so groß war wie ein Penny. Sie dachte an die erste Nacht, als sie die Jowles durch das Schlüsselloch der Küchentür beobachtet hatte: Immer spionierte sie ihnen nach. Nun sah sie die terra incognita des Zimmers der Brüder, erhellt von einer schirmlosen Lampe in der Mitte des Raums.

Zwei kleine weiße Betten, die Laken zurückgeschlagen über Daunendecken mit Satinbezügen. Ein schwarz-brauner Teppich auf dem Boden, ein sehr billiger. Ein Holzstuhl, mit Zinnentürmen und Rosen bemalt wie die bunten Muster auf alten Schleppkähnen. Das mußte Finns Stuhl sein. Ein quadratischer Spiegel, gegen eine rosagestrichene Wand gelehnt. Neben dem Spiegel hing ein Bild. Sie schob sich enger an die Öffnung, um es besser sehen zu können. Es war ein eigenartiges Bild. Sie konnte es kaum glauben.

Tante Margaret saß auf einem mit Schlüsselblumen übersäten Hang, nackt bis auf einen leuchtendgrünen Mantel, den sie lose um die Schultern geworfen hatte. Ihre hungrige Magerkeit wurde weicher durch all das rote Haar, das um sie wehte. Ihre Schamhaare waren ein Feuerhügel. Ihre Brüste wollten sich gerade in Rosen verwandeln. Ihr Fleisch war ein grelles Weiß – Finn mußte die weiße Farbe aus der Tube ungemischt verwendet haben. Ihre Wangen hinab rollten zwei dicke Tränen, die glänzten, weil sie runde, facettierte Kristallperlen waren, auf die Leinwand geklebt. Über ihrem Kopf hing eine sich ringelnde Girlande aus seltsamen Blumen, Tulpen, Aurikeln und Narzissen, an jedem Ende mit einer grünen Schleife gebunden. Zwei Amoretten umklammerten die Schleifen und warfen dicke kleine Fersen in die Höhe. Sie waren als Basrelief ausgeführt, aus rosa Plastilin. Das ganze Bild hatte etwas Geheimes, Privates, wirkte wie ein Flüstern hinter vorgehaltener Hand. Es war wohl ebenfalls eine Allegorie, wenn auch nicht im Stil von Rubens.

Finns Regenmantel lag auf dem Boden neben einem Geigenkasten, der geformt war wie ein Zwergensarg. Dann kam Finn selbst durch ihr Gesichtsfeld. Sein Haar fegte über die splittrigen Fußbodenbretter. Er ging auf den Händen. Melanie war nicht mehr zu überraschen. Er machte, auf den Händen gehend, fast kein Geräusch, nur ein leises Klatschen wie von Pantoffeln, wenn seine Handflächen auf den Boden fielen. Sie setzte sich aufrecht und überlegte, was das Loch, der Spion, zu bedeuten hatte.

Das Loch war sauber, rund und ganz eindeutig absichtlich angelegt. Jemand hatte sich ein Guckloch gemacht. Warum?

Doch wohl, um sie zu beobachten. Sie beobachtete nicht nur selbst, sondern sie wurde auch beobachtet, wenn sie allein zu sein glaubte, wenn sie ihre Kleider auszog und anzog und so fort. Die ganze Zeit beobachtete jemand sie. Die ganze Zeit, die sie im Hause gewesen war. Sie hatten ihr nicht einmal ihre Einsamkeit gelassen, sondern waren auch in diese eingedrungen.

Sie nahm an, daß meist Finn sie beobachtete, falls sich die Brüder nicht abwechselten. Aber irgendwie konnte sie sich Francie nicht vorstellen, wie er das Auge an den Spion legte, nicht einmal ein einziges Mal, nur um sie ohne Höschen zu sehen – sein Rücken war zu steif, sein Hals zu starr. Finn war der Voyeur und hatte ihr die Zunge in den Mund gesteckt. Sie errötete vor Zorn.

Dieses Tier, dieser schmutzige Kerl, sagte sie bei sich. O was für ein kleines Tier!

Und er ging nebenan in eben diesem Augenblick auf den Händen. Sie war wütend genug, in sein Zimmer zu gehen und ihm den Vorwurf zu machen, aber sie besann sich, denn er war listig und rasch, und außerdem wollte sie ihn nicht sehen.

Nach einigem Nachdenken zog sie einen Stuhl vor den Spion und hängte ihren Mantel über die Lehne, daß das Loch blockiert war. Vielleicht reichte das. Und sie würde nicht mehr mit ihm spazierengehen, und sie würde nicht mit ihm alleinbleiben, wenn es sich irgendwie vermeiden ließ, und sie würde ihn eiskalt anschauen, wenn er mit ihr zu sprechen versuchen sollte. Er war kein Freund. Eine Reihe dumpfer Schläge aus dem Zimmer nebenan ließ erkennen, daß Finn begonnen hatte, Radschlagen oder Salto zu üben.

6

Tante Margaret besaß ein einziges Schmuckstück, von ihrem dicken goldenen Ehering abgesehen. Dies war eine seltsame Halskette, die sie an Sonntagnachmittagen nach dem Essen antat, wenn sie ihre schäbigen schwarzen Alltagskleider ablegte und das gute Kleid anzog. Die Arbeit der Woche war getan, und sie wartete in diesem häßlichen Feiertagskleid darauf, daß die nächste mühevolle Woche begann. Das Kleid selbst war altmodisch und aus billigem, unnachgiebigem Wollstoff in einem tödlichen, leeren Grauton, einer Schattierung, welche die Negation jeglicher Farbe war, eine Vernichtung aller möglichen Schönheit, ein absolut niedergeschlagenes und elendes Grau. Das Kleid hatte einen hohen Kragen und enge Ärmel, die ihr zu kurz waren, aus denen ihre rissigen, knochigen Handgelenke und ihre Hände, an denen man jeden Muskel, jede Ader sehen konnte, schlaff herausragten, als wären sie einzeln an die Armlöcher angenäht und nicht Teil ihrer Arme. Es war ihr bestes Kleid, weil es ihr einziges Kleid war; ansonsten bestand ihre Garderobe aus drei oder vier schäbig-schwarzen Röcken und vier oder fünf formlosen schwarzen Pullovern, alle mit losen Maschen, die sich langsam aufzogen, und mit dünn und blaß geriebenen Ellenbogen.

Das Kleid fiel von ihren Schultern zu seinem Saum in halber Höhe ihres Schienbeins in einer einzigen langen vertikalen Linie. Es paßte ihr nicht, es streifte nur eben an ihrem Körper vorbei und hing an ihren knochigen Hüften fest. Es war schwer vorstellbar, daß sie das Kleid absichtlich gekauft hatte, daß sie eines schönen Tages in einen Laden gegangen war, ein Kleid nach dem anderen anprobiert hatte und schließlich diesen grauen und unansehnlichen Stoffschlauch aus einer langen Reihe vielfarbiger Kleider ausgesucht, ihn über den Kopf gezogen, sich selbst von vorn und hinten im Spiegel der Umkleidekabine betrachtet, freudig gelächelt, beifällig in die Hände geklatscht und zu sich gesagt hatte: »Das ist schön. Das ist es!«, während eine lockige, parfümierte Verkäuferin sie umschwebte und sagte: »Das sind jetzt genau *Sie*, gnä' Frau.« Eher mußte sie es geerbt oder bei einem

Ramsch gekauft haben – um etwas zu haben, sich zu bedecken, das eine Abwechslung von dem immerwährenden Schwarz war, oder sie hatte es (wahrscheinlichste Lösung) in einer Schublade ihres Schlafzimmers gleich nach der Hochzeit gefunden, ausgewählt von Onkel Philip als das Kleid, das für seine Frau sonntags am besten paßte.

Es war ein häßlich altmodisches Kleid, abgetragen und voll vom Geruch von Mottenkugeln und jahrealter, vom Gewebe aufgesogener Transpiration, aber es war immer achtsam behandelt worden. Und schließlich war es das beste Sonntagskleid und hatte als solches trotz seiner Häßlichkeit eine gewisse ihm innewohnende Würde. Irgendwie war es auch so, daß dieses Kleid – weil es ihr nicht richtig paßte und in ungeschickten Falten hing und so sorgfältig gepflegt wurde (Flecken ausgerieben, regelmäßig gebürstet und gebügelt) – sie rührenderweise viel jünger wirken ließ.

Es war ein Kleid, wie es das brave Mädchen in der Sonntagsschule tragen könnte. Sie sah darin naiv und jung aus. Dazu trug sie Strümpfe, deren Löcher und Laufmaschen säuberlich gestopft waren, beiseitegelegt für den Sonntag, und ein Paar runder Schuhe mit flachen Absätzen und Riemchen, sehr alt, aber wohlgepflegt und auch für die Sonntage reserviert. Und wenn sie fertig angezogen war, dann holte sie den Halsschmuck aus der Schachtel oder aus dem Schrank und legte ihn an, um ihre sonntägliche Erscheinung zu vervollständigen.

Der Halsschmuck war ein Reif aus mattem Silber, zwei durch ein Gelenk verbundene, mit Mondsteinen besetzte Silberstücke, die um ihren mageren Hals zuschnappten und beinahe bis zu ihrem Kinn hochragten, so daß sie kaum den Kopf bewegen konnte. Es war ein schwerer, die Trägerin beengender, kostbarer Schmuck; er sah aus, als könnte er sehr alt sein, vorchristlich oder vielleicht sogar vorsintflutlich, obwohl das gar nicht stimmte. Als Abschluß des lumpigen grauen Kleids sah der Halsschmuck auf beinahe sinistre Weise exotisch und bizarr aus. Hatte sie ihn an, mußte Tante Margaret den Kopf hochmütig aufgereckt tragen wie die Königin von Assyrien, aber über dem Schmuck waren ihre Augen ängstlich und traurig und gar nicht stolz.

Sonntags frisierte sie sich mit größerer Sorgfalt als sonst und steckte sich das Haar in glatten Schlingen und Windungen auf; mit ihrem ungewohnt ordentlichen Aussehen, ihrem großartigen Halsschmuck und ihrer jugendlichen Erscheinung bekam sie eine überraschende, flüchtige, hasenscheue Schönheit, preisgegeben bis auf die Knochen; eine seltsame Schönheit, die bis zum Schlafengehen dauerte, wenn sie den Halsschmuck ablegte und wieder wegräumte. Weil sie diese gespenstische Schönheit nur so kurz, einmal die Woche, besaß, wirkte sie beinahe schockierend. Mit Victoria auf dem Knie, den Kopf majestätisch erhoben (wegen des Drucks, den der Halsschmuck ausübte), sah sie aus wie eine Ikone Unserer Lieben Frau von der Hungersnot, gemalt als schmales Mädchen.

Wenn sie den Schmuck trug, aß sie nur mit größten Schwierigkeiten. Der Tee am Sonntag war immer gleich. Immer Shrimps, Butterbrote, eine Schüssel Kressesalat und ein üppiger, leichter, goldener Biskuitkuchen, am Morgen im Herd gleichzeitig mit dem Braten gebacken, so daß er einen leichten Geschmack nach verschmortem Fleischfett hatte. Der Tisch war mit Garnelenresten übersät, der Kuchen bis auf den letzten Krümel verzehrt – aber sie konnte nur mühsam an einer kargen Tasse Tee nippen und mit ein paar Kressepflänzchen auf ihrem Teller spielen, obwohl sie das ganze umfangreiche Mahl zubereitet hatte. Onkel Philip brach einem ganzen rosa Bataillon von Shrimps den Panzer auf und aß sie stetig, kaute sich durch einen ganzen Brotlaib hindurch, bestrichen mit einem halben Pfund Butter, und holte sich den Löwenanteil am Kuchen, während er sie mit ausdrucksloser Zufriedenheit ansah, anscheinend an ihrem Unbehagen ein gewisses Vergnügen findend, oder vielleicht reizte es sogar seinen Appetit.

Er hat keine Gefühle, dachte Melanie. Aber es war der königliche und unbequeme Halsschmuck, der Tante Margaret schön werden ließ. *Il faut souffrir pour être belle.* Mit Mondsteinen bepackt, war der Halsreif primitiv, barbarisch – die Bulldogge eines Prinzen im mittelalterlichen Persien hätte ihn auf einer Miniatur beim Auszug auf die Falkenjagd tragen können. Es war kein Schmuck, von dem man annehmen würde, daß Tante Margaret ihn selbst ausgesucht hätte. Schätzungsweise ging ihr Geschmack in die Richtung von Zuchtperlen (wie Melanies Konfirmationsgeschenk), Bergkristall vielleicht und Blumenbroschen mit fragilen, glitzernden Steinen und kleinen goldenen Medaillons mit handkolorierten Photographien von Babys und weichen Strähnen von kindlichem Haarflaum darin. Aber sie war stolz auf ihren Halsschmuck. Er war aus echtem Silber.

»Es war sein Hochzeitsgeschenk«, schrieb sie. »Er hat es selbst gemacht. Nach eigenem Entwurf.«

»Liebe Zeit, wie geschickt er ist«, sagte Melanie.

»Mit Holz oder Metall versteht er sich auf alles. Vielleicht macht er dir eines Tages auch einen Schmuck.«

»Das wäre hübsch«, sagte Melanie höflich. Im stillen fügte sie hinzu: Da sei Gott vor.

Mit Bezug auf den Halsschmuck sagte Finn: »Weißt du, sie schlafen sonntagabends miteinander, er und Margaret.« Seine Augen waren kaltes Wasser, und er spuckte aus, was Melanie so schlimm fand, daß sie nicht aufnahm, was er gesagt hatte. Das Speichelkügelchen lag auf dem Boden wie ein abgefallener Mondstein.

»Du magst Onkel Philip nicht besonders, oder?« fragte sie.

»Warum sollte ich?« sagte er und betastete einen großen rot-blauen Fleck unter seinem rechten Auge. Es war ein böser Tag heute. Der Stechbeitel war ihm ausgerutscht und hatte das Fleisch der Hand bis auf den Knochen durchbohrt: Er konnte nicht arbeiten. Selbst im Laden konnte Melanie Onkel Philip brüllen hören: »Das war mit Absicht, du irischer Bastard!« – und dann das dumpfe Krachen von Schlägen. Dann war Finn heraufgekommen, grimmig dreinblickend, schweigsam und bluttriefend, hatte ihr wortlos den schrecklichen Schnitt gezeigt und war nach oben zu seiner Schwester gegangen, um sich einen Verband zu holen.

Er saß nun auf dem Ladentisch und spielte mit seiner unversehrten linken Hand mit den fiedelnden und flötenden Affen. Plötzlich sagte er: »Soll er verrecken!« und schleuderte das Spielzeug mit großer Wucht in eine Ecke. Es krachte gegen die Holztäfelung und klirrte in einem Haufen verbogener Blechstücke zu Boden. Die Spieluhrmechanik erstarb mit einem metallischen Schwirren.

»O Finn!«

»Ich würde am liebsten alles kurz und klein schlagen«, sagte Finn, der verprügelt worden war. Er wirkte jung, ein kleiner Junge, wie er das sagte – ein kleiner Junge, der auf dem Spielplatz von den tyrannischen Raufbolden verhauen worden ist und nichts anderes tun kann, als sie zu hassen. »Ich würde gerne wie der Große Böse Wolf pusten und prusten und sein Haus umblasen und ihm Maggie wegnehmen, und sie und ich und Francie würden nach Irland zurückgehen und in Ruhe zusammenleben und Musik machen und von Zeit zu Zeit ein Tänzchen.«

»Was würde dann aus mir und den Kleinen?«

»Ach, ich weiß es auch nicht. Dann heißt es: Jeder für sich.« Er umschloß die verwundete Hand schützend mit der anderen. Der Bluterguß hob wie ein schwarzes Hinweiszeichen sein Schielen hervor. »Und es mußte natürlich auch unbedingt meine rechte Hand sein, die jetzt eine Zeitlang nichts taugt. Meine Malhand.« Melanie räumte das zerbrochene Spielzeug fort.

Sie hatte eigentlich nicht mit Finn reden wollen, aber es ging nicht anders, als er hereinkam und sich auf den Ladentisch setzte. Außerdem – wenn sie nie mehr mit ihm redete, dann redete sie mit gar niemand, wenn man von der Verständigung mit Tante Margaret absah, und die Einsamkeit war unerträglich. Sie war nicht tapfer genug, sich ganz von Finn abzuwenden. Und er schien so zu tun zu wollen, als hätte er sie nie mit seinem heißen feuchten Mund berührt. So begann sie nach einiger Zeit, sich zu fragen – da er doch so ruhig und freundlich war –, ob sie sich nicht mehr einbildete, als wirklich geschehen war, oder sich das Ganze überhaupt nur eingebildet hatte. Und doch, wenn sie den Stuhl zur Seite rückte, sah sie den Spion. Also rückte sie ihn nicht zur Seite.

»Und Jonathon?« fragte sie. »Was macht Jonathon, wenn Onkel Philip dich schlägt?« Denn der Gedanke gefiel ihr nicht, daß Jonathon als schweigender Zeuge bei solchen Szenen kalter Brutalität in der Werkstatt dabeisitzen könnte.

»Er sieht nichts. Er takelt.«

»Es wäre mir nicht recht, wenn mein kleiner Bruder Angst bekommt.«

»Er denkt meist an etwas anderes. Dein Onkel ist ganz entzückt von ihm. Er wird ihn wohl als Lehrling nehmen, wie er mich genommen hat. Die Schiffe haben deinen Onkel sehr beeindruckt. Er hat davon gesprochen, auch ins Buddelschiffgeschäft einzusteigen, weil Jonathon nichts anderes bauen will als Schiffe. Aber das macht er gut.«

»Es ist so eine Phase bei ihm.«

»Es scheint eher zwanghaft.«

»Ich weiß nicht.«

»Er ist erst zwölf Jahre alt, das scheint mir doch etwas jung, um unter einem solchen Zwang zu stehen, wie besessen.«

»Die meiste Zeit«, sagte sie langsam, »scheint Jonathon gar nicht da zu sein. Als wäre der richtige Jonathon irgendwo anders und hätte eine Kopie dagelassen, damit niemand merkt, daß er fort ist. Er ist schon immer so gewesen, auch als er noch ganz klein war.«

»Wenn er die Brille abnimmt, dann zucken seine Augen vor der frischen Luft zurück«, sagte Finn.

»In seinen Schulzeugnissen stand immer: ›Jonathon könnte mehr leisten, wenn er nur wollte.‹«

»Ist das nicht typisch Schulmeister? Mach dir keine Gedanken über Jonathon, Melanie. Er ist zufrieden. Er ist vom Fleisch deines Onkels. Ein Flower.«

»Flower«, sagte sie und schmeckte die nie zuvor wahrgenommene Eigenart des Wortes.

»Ich dachte zuerst: Wie muß die Mutter gewesen sein? Weil in allen so wenig von den Flowers war, so brav und sauber und putzen sich die Nase immer schön ins Taschentuch und nie am Ärmel. Aber der Lack geht schon ab.«

»Meine Mutter«, sagte Melanie und beschwor sie mühsam herauf, »hat Hüte getragen und Handschuhe und war bei Vereinen im Vorstand.«

Aber Finn hörte nicht mehr zu und brütete über seiner verletzten Hand, die Augen verhangen und mörderisch.

An diesem Abend machte Melanie allein den Abwasch, da ihre Tante Victoria badete. Einmal in der Woche kämpfte Tante Margaret mit dem dröhnenden, knallenden, fauligen, gaszischenden Monstrum von Badezimmerboiler, alles um Victorias Willen, um ihr ein Bad in drei Zoll rotzgrünem, brackigem, lauwarmem Wasser zu geben, das zehn Minuten brauchte, um aus der viehischen Schnauze des Boilers in die Wanne zu träufeln. Melanie dachte, es sei ungewöhnlich mutig von Tante Margaret, sich dem rostigen, wahnwitzigen Boiler entgegenzustellen und ihn anzuzünden, gegen seinen Willen, und zu zwingen, heißes oder doch annähernd heißes Wasser auszuspeien. Melanie hatte nur einmal versucht, sich ein Bad einlaufen zu lassen, und dann hatte der Boiler mit einer so wilden Explosion reagiert, daß die Zahnbürsten in ihrer Halterung sprangen und zitterten und Onkel Philips Zahnglas einen selbstmörderischen Satz vom Bord hinunter getan hatte und auf dem Boden aufgehüpft war, glücklicherweise ohne zu zerbrechen.

Danach wusch sie sich nur noch mit kaltem Wasser, außer wenn sie sich einen dampfenden Kessel von ihrer Tante holen konnte, um sich Stückchen um Stückchen in der Küche oder am engen Waschbecken des Badezimmers zu reinigen. Die sauberen Stellen traten unter ihrem feuchten Waschlappen mit aprikosenfarbenem Leuchten hervor, erst ein Bein, dann das andere. Sie dachte daran, wie sie jeden Tag in duftendes Wasser eingetaucht war, manchmal zweimal am Tag in der verschwitzten Sommerzeit, und es nun nie wieder tun würde, bis sie erwachsen war und ein eigenes Badezimmer hatte. Es war auch schwierig, sich das Haar richtig zu waschen.

Finn und Francie versuchten nie, den Boiler anzuzünden. Melanie wußte nicht, wie Finn sich wusch, wenn er sich je wusch – aber Francie füllte manchmal ein ovales Sitzbad aus Zink mit Kesseln und Töpfen voll Wasser, das auf dem Herd heißgemacht worden war, und hockte dann reglos hinter der verschlossenen Küchentür im Wasser. Und Tante Margaret machte es ebenso, recht oft, nachdem sie Melanie früh ins Bett geschickt hatte. Aber Onkel Philip badete in der Wanne, manchmal ein- oder zweimal in der Woche: Er schien eine geheime Macht über den Boiler auszuüben, denn der brach nie los, wenn er ihn anzündete. Er ließ das Bad chaotisch zurück, Wasserpfützen überall auf dem Boden und das Handtuch triefendnaß. Melanie fand nie heraus, wem das Plastikspielzeug gehörte, das sie an ihrem ersten Morgen im Hause in der Badewanne entdeckt hatte. Alles deutete auf Onkel Philip hin, doch war das unwahrscheinlich.

Victorias wöchentliches Bad jedoch war ein Ritual, eine Zeremonie, die Tante Margarets ganze Aufmerksamkeit beanspruchte und eine Menge Zeit kostete, und Melanie war allein in der Küche, die warm und aufgeräumt und behaglich war, da die Arbeit für diesen Tag ein Ende hatte. Die Töpfe auf dem Schrank und die geraden, harten Stühle und der Flikkenteppich schienen alle mit der Welt im reinen. Es war angenehm, in der Küche zu sein, und Melanie summte vor sich hin, während sie Tassen an die Haken hängte und die Teller in ihr Fach stellte. Sie zog die Besteckschublade auf, um die Messer und Löffel wegzuräumen. In der Besteckschublade lag eine frisch abgetrennte Hand, voll Blut am Gelenk.

Es war eine weich wirkende, dickliche kleine Hand mit hübschen, dünn zulaufenden Fingern, deren Nägel mit einem blassen, perlfarbenen Lack bemalt waren. Ein dünner Silberring, wie ihn kleine Mädchen tragen, steckte am Ringfinger. Es war die Hand eines Kinds, das zur Tanzstunde geht und spitzenbesetzte Petticoats mit passenden Höschen trägt. Das zerfetzte Fleisch am Handgelenk schien zu zeigen, daß die Hand mit einem Messer oder einem Beil von ihrem Arm abgetrennt worden war, das sehr stumpf war. Melanie hörte Blut in die Schublade tropfen.

»Ich verliere den Verstand«, sagte sie laut. »Blaubart war da.«

Sie schob die Schublade zu und lehnte sich nach vorn gegen den Schrank. Sie war schweißüberströmt; ihr Mund war trocken. Nach einem Moment gaben ihre Knie nach, und sie glitt in einem klappernden Hagelschlag von Besteck zu Boden. Das Mobiliar des Raumes tanzte auf und ab. Die Stühle hüpften von einem Bein aufs andere. Der Tisch walzte unbeholfen herum. Die Kuckucksuhr wirbelte im Kreise. Sie lag auf dem zuckenden Boden, starr vor Angst.

Das nächste, was sie spürte, war, wie eine Tasse gegen ihre Lippen gedrückt wurde. In der Tasse war Wasser mit ein wenig torffarbenem Whisky. Francie hielt sie linkisch und kerzengerade aufgerichtet in den Armen. In einer Hand hatte er die Tasse, in der anderen eine offene Flasche Teacher's Highland Cream. Obwohl er so die Hände voll hatte, fühlte sie sich ganz sicher. Sie konnte die kleinen sandfarbenen Härchen in seiner Nase sehen. Ihre Zähne klapperten am Tassenrand.

»Trink das mal schön aus«, sagte Francie. Heute trug er eine Krawattennadel in Form des Kreuzes der Heiligen Bridget, aus trüb angelaufenem grauem Metall. Seine Krawatte war dunkelblau und rot diagonal gestreift. Seine Wangen waren sandpapierrauh, er war unrasiert. Er sah aus wie irgendeiner von zehntausend Iren. Sie war froh, daß er sie gefunden hatte, mit seinem marineblauen Anzug und seiner Krawattennadel.

»Du bist ganz normal«, sagte sie, als wollte sie ihn segnen. Er lächelte sein eingerostetes Lächeln.

»Das bin ich«, sagte er. »Einfach ein normaler Mensch.«

Sie ließ den Kopf an seine Schulter sinken. »Ich bin hingefallen.«

»Ohnmächtig geworden vielleicht. Ich bin hereingekommen und hab mein Geigenharz gesucht, und du liegst da. Der Hund schnuppert herum.« Er sprach, als dächte er nie in Wörtern und müßte sie erst erfinden, um die formlosen, klobigen Begriffe in seinem Bewußtsein nach und nach zum Ausdruck zu bringen.

Der Hund, die Augen voll Teilnahme, drückte ihr die Schnauze in die Handfläche und gab beruhigende, schnuffende Geräusche von sich. Sie überwand sich und streichelte ihm den Kopf. Plötzlich waren sie und der Hund Freunde. Sie nippte an dem schwachen, würzigen Whiskywasser und fing an, sich besser zu fühlen.

»Ich hätte gedacht, daß du eher irischen Whisky trinkst«, sagte sie neugierig.

»Geht alles in denselben Hals«, sagte er. »Ich mag aber schon einen Tropfen vom Guten.«

Langsam, knarrend sprach er, wie ein Karren, der von einem weisen alten Pferd gezogen eine holprige Straße entlangfährt. Sie trank aus und lächelte ihm über den Rand der Tasse zu. Er nahm selbst einen Schluck aus der Flasche, wozu er sich über sie hinweglehnte. Dann fragte er: »Was war los, Mädchen?«

Sie erschauerte, und der Alptraum kam wieder.

»In der Besteckschublade ist was. Ich hab es gesehen. Es hat geblutet.«

»Besteckschublade? Aber da hat sie nur Besteck. Maggie würde nur Besteck dort aufheben. Dafür ist es die Besteckschublade.«

»Schau für mich nach. Schau hinein. Ob es noch da ist.«

»Erst setz ich dich schön bequem in den Sessel, Mädchen.« Es tat ihr wohl, ihn liebevoll »Mädchen« sagen zu hören. Er trug sie leicht zu Onkel Philips Armstuhl und bettete sie hinein, um dann den Heizofen an seinem Kabel zu ihr her zu ziehen. Dann öffnete er die Schublade. Sie nagte nervös an ihren Knöcheln.

»Nichts drin«, sagte er. »Nur Messer und Gabeln. Und Löffel auch. Löffel. Du mußt geträumt haben.«

»Bist du sicher? Ganz sicher?«

Kopfschüttelnd öffnete und schloß er die Schublade einige Male, wie um ihre Unschuld zu demonstrieren.

»Was hast du denn geglaubt, daß du siehst?«

»Eine Hand«, sagte sie. »Abgeschnitten.«

Er wandte ihr überrascht den Kopf zu. Seine Augen waren graugrün, wie die Finns, aber mit warmen braunen Lichtern, und er sah aufrichtig geradeaus, als nähmen seine Augen alles so direkt wahr, daß er nicht von einer Seite zur anderen schauen brauchte.

»Was für eine furchtbare Sache.« Er dachte ein paar Augenblicke nach. »Vielleicht hast du an Finns Hand gedacht, und das hat dich glauben gemacht, du siehst eine Hand?«

»Ich weiß nicht. Ich weiß nicht.«

»Ich mach dir eine schöne Tasse Tee. Das tut dir gut.« Er füllte den Kessel sorgsam und stellte ihn auf den Gasherd, doch trotz seiner Achtsamkeit verschüttete er Wasser. Unter der Last seiner Behutsamkeit bewegten sich seine Gliedmaßen eckig und unbeholfen.

Wie nett er ist, dachte Melanie erstaunt. Und ich habe ihn bis jetzt nicht gekannt.

Sie war sicher, daß sie eine Hand in der Schublade gesehen hatte, eine Hand mit kleinen rosa Nägeln und einem silbernen Ring an einem Finger. Dem Ringfinger, von dem eine Ader zum Herzen führt. Doch Francie sah keine Hand, und sie vertraute ihm. Während sie seinen heißen Tee trank, schaute er immer noch in die Schublade und räumte unter ihrem Inhalt herum, mit der Zunge schnalzend.

»Nichts«, sagte er, »was man als Hand ansehen möchte, wenn es nicht deine Trauer war. Die Trauer wegen deinem Verlust läßt dich vielleicht Dinge sehen. Es ist nur natürlich.«

Er war fremd zwischen den Töpfen und Tiegeln und Gipsschäferhunden und Brotkapseln – er war wie eine Statue von der Osterinsel, plump und alt, nach einem anderen, früheren Muster zusammengesetzt als die meisten Menschen, so daß man ihm nicht ansehen würde, daß er ein liebevolles Herz hatte. Seine Freundlichkeit war so unerwartet und überwältigend wie das Aufsprudeln einer Quelle in seiner Heimat, wo auf den Feldern nichts wächst als Steine, und ein wenig Gras. Sie trank ihren Tee aus. Er leerte den Bodensatz in den Ausguß.

»Schau«, sagte er und zeigte ihr das Muster aus Teeblättern im geschmolzenen Zucker am Grunde der Tasse. »Ein Schiff. Das heißt eine Reise.«

»Für mich?« sagte sie und konnte die Sehnsucht in ihrer Stimme nicht verbergen.

»Oder jemand anders. Ach, dir ist noch nicht gut, du solltest zu Bett.«

»Ja, es stimmt«, gab sie zu. »Aber du mußt mir nach oben helfen. Meine Beine fühlen sich immer noch komisch an.«

In ihrem bläulich erleuchteten Zimmer zog Tante Margaret der hübsch sauberen Victoria in einem duftenden Nebel aus Puder das Nachthemd an. Sie rollten beide auf Melanies Bett herum. Es war ein richtiges Spiel. Tante Margaret kitzelte strahlend den Babyspeck an Victorias Rippen und ihre weichen Fußsohlen, ließ sie auf und ab hüpfen und balgte sich mit ihr, vor lautlosem Lachen bebend, während Victoria begeistert krähte. Es war ein Wunder, Tante Margaret so glücklich zu sehen. Ihre Frisur hatte sich gelöst, und überall lagen Haarnadeln verstreut.

»Melanie ist in Ohnmacht gefallen«, sagte Francie.

Das Spiel brach ab. Besorgnis überflutete Tante Margarets Gesicht und spülte ihre Freude davon. Sie hob Victoria hoch, ignorierte ihren Protest bis auf ein rasches Küßchen und schob sie ins Bett, Melanie zuwinkend, sie solle sich hinlegen. Sie streichelte ihr die Stirn mit einer kühlen, frischen Berührung, wie Regenwind. Sie zitterte unter der Spannung, Worte in sich zu tragen, die sie nicht sprechen konnte.

Eine Art wortloser Kommunikation fand zwischen ihr und Francie statt, etwas, das zu tief und persönlich war, als daß Melanie es verstanden hätte. Dann lächelte sie und strich ihr wieder übers Gesicht, so liebevoll, daß Melanie die Augen schloß und sich vorstellte, es sei die Liebkosung ihrer Mutter, oder irgendeiner Mutter, die irgendein Kind streichelte. Aber in dem Moment, als sie die Augen schloß, blitzte die abgehauene Hand auf ihren Lidern auf wie ein Photo aus einem Horrorfilm, und sie stöhnte und krümmte sich.

»Ist alles gut, ist alles gut«, sagte Francie. Er und seine Schwester standen sich an den Seiten des Betts gegenüber und beugten sich über Melanie, wie um sie vor den Gefahren der Nacht mit dem eigenen Fleisch und Blut zu beschützen. Für Melanies geblendeten Blick schienen sie ineinander zu verschwimmen und sie als lebendiger Bogen zu überwölben, unter dem sie sicher schlafen konnte.

> Abends, will ich schlafen gehn,
> vierzehn Engel um mich stehn...

Nicht vierzehn, aber drei. Hier erschien Finn an ihrem Fußende. All die roten Leute kamen und zündeten ein Feuer für sie an, das die Wölfe und Tiger dieses entsetzlichen Waldes mit seiner Helle vertrieb, des Waldes, in dem sie lebte.

»Ich bleibe bei ihr, bis sie schläft«, sagte Finn. Er war Francies Bruder, und die stumme Frau war seine Schwester. Es konnte nichts Böses in ihm sein. »Nur der arme Finn, der wird dir nichts tun.« Er hatte es schon einmal gesagt, aber sie hatte ihm nicht geglaubt. Jetzt glaubte sie ihm.

Francie und Margaret gaben ihr leichte, trockene, liebevolle Küsse auf jede Wange. Dann verschwanden sie. Ein Nachtlicht brannte; die Lampe war ausgeschaltet. Sie hatte nicht gesehen, wo das Nachtlicht hergekommen war. Es leuchtete mit reiner Kinderzimmer-Flamme auf einer blauweißen Untertasse, deren Rand voller abgebrannter Streichhölzer lag. Finn saß auf einem Stuhl neben ihrem Bett. Im Dämmer schien sein zerwühltes Haar Strahlen eines eigenen Glanzes auszuströmen. Schatten schälten das Fleisch von seinen Zügen, daß sie die klaren Linien seines Schädels sah, die geheimnisvolle Härte des Knochenbaus. Seine Hände lagen friedlich verschränkt im Schoß. Sein Verband war mittlerweile recht schmutzig.

»Tut es weh, wo du dich geschnitten hast, Finn?« fragte sie schläfrig.

»Ich werd's überleben. Es geht schon.«

Im anderen Zimmer stimmte Francie seine Fiedel, und Tante Margaret spielte zur Probe einen Lauf auf der Flöte.

»Soll ich sie wegschicken oder kannst du schlafen dabei?«

»Ich hör sie gerne.«

Victoria, vergessen, schlief bereits und murmelte im Schlaf – ein Laut wie aus dem Inneren eines Bienenstocks. Finn zündete sich eine Zigarette an, und der Rauch kräuselte und drehte sich um ihn. Sie waren allein und einander nahe.

»Finn«, fragte sie, weil das Nahen des Schlafs ihre Hemmungen löste, »warum hast du das Loch in der Wand gemacht und mir zugesehen?«

»Weil du so schön bist«, sagte er ganz leise, aus einem

Mund noch röter als Wein. Er hätte ihr Phantombräutigam sein können, schlafend, und überwältigt schlief sie ein.

Danach liebte sie die drei, alle Zurückhaltung war vorüber. Sie hatte nicht gewußt, daß sie aus ihrem eigenen Zauberkreis herausreichen und jemand anderen berühren konnten. Nun fühlte sie sich als Teil jenes Kreises. Besonders liebte sie Francie, und sie half gern ihrer Tante, seine Kleider zu flicken. Und sie putzte ihm die Schuhe, wann immer sich die Gelegenheit dazu ergab. Sie ging zu den Jowles über. Die adoptierten Melanie. Sie lächelten, wenn sie in den Raum kam. Selbst die gemeinsame Hausarbeit mit Tante Margaret befriedigte sie; sie hatte ihren Teil zum ganzen Haushalt beizutragen. Sie war Tante Margaret eine Hilfe. Als sie eines Tages das Essen fertigmachten, schrieb Tante Margaret: »Ich weiß nicht, wie ich zurechtgekommen bin, bevor du da warst. Es ist schön, noch eine Frau im Haus zu haben.«

Melanie spielte an den Wasserhähnen über der Spüle herum, um ihre Verlegenheit zu verbergen. Ihr Mitleid mit der Tante schmerzte sie, deren Schweigen so angstvoll war, wenn die Brüder nicht da waren.

Sie muß ganz für ihre Brüder leben, dachte Melanie. Sie muß Onkel Philip nur geheiratet haben, damit sie ein Zuhause hatten, als sie klein waren. Wie kann sie je für ihn etwas empfunden haben?

Onkel Philip sprach nie mit seiner Frau, nur, wenn er knappe Befehle schrie. Er gab ihr einen Halsschmuck, der sie würgte. Er schlug ihren jüngeren Bruder. Er ließ die Luft vor Kälte fast erstarren, durch die er ging. Seine ragende Gegenwart, sein leerer Blick am Kopf der Tafel nahmen dem guten Essen den Geschmack, das sie gekocht hatte. Er unterdrückte alles Lachen. Melanie entschied sich am Abend, als sie die Hand zu sehen glaubte, für eine Seite: Sie fing an, Onkel Philip zu hassen.

Und er hatte noch kein einziges Mal Melanie mit ihrem Namen angeredet oder Victorias Anwesenheit auch nur zur Kenntnis genommen. Er starrte sie über den Frühstückstisch hinweg an, erstickte die morgendliche Fröhlichkeit in der Küche und prüfte sie alle mit zornigem Blick beim Tee, wie um zu kontrollieren, ob der Tag sie verändert hatte. Einfach indem er dasaß, machte er das Eßzimmer so kalt und freudlos wie ein Zimmer in einer Pension für Handlungsreisende. Er wußte, daß seine Nichten in seinem Haus wohnten. Er sah sie. Aber er sprach nie mit ihnen, weil er andere Dinge zu tun hatte.

Melanie erfuhr bald, welche diese waren.

Eines Tages, als sie den Rosenkohl für das Essen putzte und ein Kreuz in jeden Strunk schnitt, wie ihre Tante es ihr gezeigt hatte, war Tante Margaret besonders unruhig. Sie hatte beim Stricken schon immer Maschen fallen lassen (sie machte Victoria einen gelben Angorapullover) und fuhr ständig zusammen, wenn die Ladenglocke klingelte oder der Sittich ein paar Worte vor sich hin murmelte. Nun richtete sie aufgeregt Lammkoteletts her, von denen sie das harte weiße Fett abschnitt, denn Onkel Philip konnte Fett nicht ausstehen – und hie und da schaute sie zu Melanie herüber und öffnete und schloß den Mund unsicher, mitleiderregend. Als hielte sie es nicht mehr aus, ließ sie das Messer fallen und griff zur Kreide.

»Morgen ist eine Vorstellung«, schrieb sie. Beide Strümpfe hatten heute Laufmaschen, und ihr Haar quoll auf allen Seiten aus dem Knoten heraus.

»Wie meinst du das?«

»Marionetten. Ein Marionettenstück. Wir müssen alle kommen und die Puppen bewundern. Es ist etwas Besonderes, weil ihr Kinder sie noch nie gesehen habt.«

»Nun«, sagte Melanie, »es ist eine Abwechslung.« Sie schnitt wieder ein Kreuzchen und fragte sich abwesend, ob das vielleicht eine religiöse Bedeutung haben mochte. Es waren Iren – waren sie katholisch? Aber sie gingen, soweit sie wußte, nie in die Kirche. Die Marionetten interessierten sie nicht, weil Onkel Philip sie gemacht hatte.

Tante Margaret wischte einen Teil ihrer Tafel ab, um Platz zu gewinnen. »Du verstehst nicht. Es ist furchtbar wichtig für ihn!«

»Aha«, sagte Melanie ratlos. Ein solcher Aufruhr wegen eines Marionettentheaters!

Morgen war Sonntag, Braten zum Essen und kein Laden, um den man sich kümmern mußte. Tante Margaret hieß sie, ihr hübschestes Kleid anzuziehen, und Melanie zog eines an, das sie im Haus ihres Onkels noch nie getragen hatte, ein gutes Kleid aus den alten Tagen, dunkelgrüner Kordsamt mit einem Spitzenbesatz am Hals. Es hatte nun schon beinahe drei Monate schlaff im Schrank gehangen. Jetzt fühlte sie sich stark genug, die damit verbundenen Erinnerungen abzuschütteln. Sie glättete den Rock und wünschte sich wieder einmal einen Spiegel, in dem sie sich betrachten könnte, sehen könnte, wieviel sie gewachsen war, seit sie das Kleid zuletzt an einem kühlen, rosa-weißen Ostertag getragen hatte. Oder ob sie älter wirkte, ob sie sich überhaupt irgendwie verändert hatte. Sie trug ihr Haar offen, um Finn eine Freude zu machen. Sie konnte sehen, daß es vielleicht einen halben Zoll gewachsen war. Ihr Haar fühlte sich rauh und unangenehm an, weil sie es nicht mehr richtig wusch, sondern nur mit einem Kessel heißen Wassers im Küchenausguß eine Haarwäsche improvisierte. Und es war besonders lästig, weil es so lang war. Es wäre das Vernünftigste gewesen, es abzuschneiden, aber soviel davon war gewachsen, als ihre Eltern noch am Leben waren, daß es irgendwie treulos schien, dies alles unter die Schere zu geben. Ihre Haare waren nie ganz sauber, aber sie gewöhnte sich langsam daran, am ganzen Körper nie richtig sauber zu sein.

Nach dem Essen gingen ihr Onkel und Finn wieder in die Werkstatt, und ihre Tante zog das graue Kleid und den Halsschmuck an und ordnete ihre Frisur. Victorias fleckiger Latz wurde von ihrem mit Blumenzweigen gemusterten Viyella-kleidchen entfernt, der Schokoladenpudding wurde aus ihrem Gesicht gewischt. Jonathons Hals und Ohren wurden kontrolliert und noch einmal, damit es an nichts fehlte, mit einem feuchten Waschlappen abgerieben, und er mußte sein Hemd wechseln. Francie erschien mit der harfenförmigen Krawattennadel und seinem Geigenkasten.

»Die Harfe gefällt mir«, sagte Melanie, weil sie ihn liebte.

»Die haben sie mir am Sankt-Patricks-Tag geschenkt«, sagte er. »Im Irischen Klub in Dagenham.«

Sie waren alle fertig, hübsch hergerichtet und sauber wie zum sonntäglichen Kirchgang. Hintereinander gingen sie nach unten, der Hund hinterher mit der Miene eines Hundes, der seine Pflicht tut. Die Werkstatt war sorgfältig aufgeräumt, und vier Stühle standen in einer Reihe vor dem Puppentheater. Es waren die Stühle mit den geraden Lehnen aus dem Zimmer hinter dem Laden. Melanie war seit ihrem allerersten Morgen nicht mehr hier unten in der Werkstatt gewesen; sie versuchte, die unvollständigen Puppen an den Wänden nicht anzusehen, aufgehängt und zerstückelt. Die roten Plüschvorhänge wölbten sich, und man hörte dahinter Klopfen und Poltern. Sie nahmen beinahe zeremoniell ihre Plätze ein und ordneten ihren Feiertagsstaat. In roter Farbe stand auf einem Zettel, der an den Vorhang geheftet war: »Rauchen untersagt.« An der Wand hing ein Plakat, das in grellen Farben ankündigte: GALAVORSTELLUNG – FLOWERS PUPPENMIKROKOSMOS, mit einer großen Gestalt, die man an Schnurrbart und Stehkragen als Onkel Philip erkannte und die in ihren Händen die Weltkugel hielt. Finn mußte es gemalt haben.

Finn kam, gedankenverloren und angespannt, zwischen den Vorhängen hervor. Er schaltete die Lichter aus und hastete in das Puppentheater zurück. Sie saßen in erwartungsvollem Dunkel. Von einem Punkt über den Vorhängen her erklang ein gedämpftes Brüllen: »Spiel deine verdammte Fiedel, Francie Jowle! Warum füttere ich dich sonst durch?«

Francie stimmte sein Instrument und fing an, eine unerwartete, an Restaurantorchester erinnernde Musik zu spielen. Melanie schaute ihn überrascht an, aber sein Gesicht war ausdruckslos, lebendiger Stein. Die Vorhänge schwangen auf und enthüllten die pfauenfarbene Grotte, die sie schon gesehen hatte. Nun war sie grellgrün beleuchtet, und die Puppe im weißen Ballettröckchen stand aufrecht, den Zuschauern zugewandt. Ihr Haar war im Chignon einer Ballerina zusammengefaßt, und ihre hölzernen Lippen trugen ein Lächeln von übertriebener Süße. Ein Netz von Drähten hielt sie. Mit abgehackten Bewegungen hob sie sich *en pointe* auf ein hölzernes Bein und drehte sich in einer Pirouette.

Über Francies Geigenspiel rezitierte Onkel Philips Stimme: »*Mort d'une sylphe*, oder: Tod einer Waldnymphe.« Hörbar sagte er zu sich selbst: »Armes Mädel.« Er war also gelegentlich ein sentimentaler Mann.

Die Puppe breitete die Arme aus und stieß den Fuß nach hinten in die Höhe. Tante Margaret begann energisch zu applaudieren und stieß Melanie an. Sie klatschten gemeinsam. Ihre Hände machten ein gleitendes Geräusch wie Seetang in dieser Unterwasserdämmerung. Als Tante Margaret zu klatschen aufhörte, hielt auch Melanie inne.

Nun hob die Puppe die Hände über den Kopf und neigte sich von einer Seite zur anderen. Die hölzernen Füße (in rosaseidenen Ballettschuhen) klickten und klackten über die Bühne. Das grüne Licht wurde tiefer, bis sie aussah wie eine

Ballerina in einer Glasflasche. Sie faßte sich mit den hölzernen Händen ans Herz und legte den Kopf zurück, schaute nach oben. Blätter von verschiedener Form, Farbe und Größe, aus Papier ausgeschnitten, flatterten herab.

»Die Frau ist aber komisch«, sagte Victoria. Tante Margaret wickelte hastig ein Rahmbonbon aus und verschloß Victoria damit den Mund.

»Mit dem Heraufziehen des Herbstes«, intonierte Onkel Philip, »fühlt die Waldnymphe ihr Ende herannahen.«

Tante Margaret klatschte Beifall. Melanie klatschte. Dann hörten sie auf. Die Fiedel schluchzte und klagte. Die Nymphe versuchte, eine letzte Arabeske zu tanzen, doch die Anstrengung war zuviel für ihr schwaches Herz. Sie brach anmutig in einem Wasserfall aus weißem Tüll zusammen, während die dicht und immer dichter fallenden Blätter die Grotte füllten. Das Licht erlosch. Der Vorhang schloß sich. Francie spielte einen letzten klagenden Akkord und nahm die Fiedel vom Kinn.

Melanie und Tante Margaret klatschten, bis ihre Hände schmerzten. Der Vorhang öffnete sich wieder, und da stand die Nymphe, lächelnd und steif knicksend. Der Vorhang schloß sich. Melanie und Tante Margaret klatschten weiter. Der Vorhang ging wieder auf, und Onkel Philip stand neben seiner Puppe, stolz die Zähne bleckend. Ja, er grinste wie ein Hai; Melanie dachte an das sterile, professionelle Showbusineß-Lächeln auf den Gesichtern der Spielzeugakrobaten. Er verbeugte sich tief. Er war in altväterische Pracht gekleidet: gestreifte Hosen, Smoking, im Knopfloch eine weiße Nelke und am Kragenknopf eine fertig gebundene Fliege. Die Nelke war künstlich. Die Kleider sahen alle ungetragen und doch alt aus, als hätten sie lange Jahre in Formalingläsern gelegen. Das war seine Puppenspielertracht.

Die Nymphe wankte gefährlich, als nun Finn sie von oben lenkte. Sie schwankte und stieß gegen Onkel Philip, der seine Jovialität fallen ließ wie einen Stein und seine Faust drohend zu Finn hinauf schüttelte. Finn war ein unerfahrener und ungeschickter Marionettenspieler.

»Paß nur auf, Finn!«

Tante Margaret holte rasch einen Strauß Papierrosen aus einer Tasche, die sie mitgebracht hatte, und warf sie auf die Bühne. Onkel Philip hob sie auf und steckte sie grob zwischen die hölzerne Brust und das weiße Satinmieder der Puppe. Sie warteten noch zwei weitere Beifallsbekundungen ab, bei denen sich der Vorhang zeremoniell schloß und wieder öffnete, dann brüllte er: »Licht im Saal!« Francie schaltete die Lampen ein. Die ganze Vorstellung hatte vielleicht sieben Minuten gedauert.

»Ist das alles?« flüsterte Melanie.

Ihre Tante schüttelte bestimmt den Kopf und drängte ihr ein Rahmbonbon in die Hand, mit sanftem Druck ihrer Finger. Im Bonbonpapier war eine gekritzelte Botschaft: »Tu so, als ob es dir gefällt, für mich und für Finn.« Melanie setzte ihr zuliebe ein falsches, breites Lächeln auf.

Francie nahm ein Bonbon.

»Du bist ein wunderbarer Geigenspieler«, sagte Melanie.

Er kaute und legte den Finger nachdenklich an die Nase. »Nicht bei diesem Quatsch«, sagte er. »Aber ich tu, was ich kann. Ich bin ganz gut bei Jigs und Reels.«

Finn rannte durch die Werkstatt und zur Türe hinaus und kam mit einem kunstvoll gebauten vergoldeten Thron aus Pappe zurück. Sein Gesicht war staubig und verschwitzt. Die Vorhänge blähten und beulten sich.

»Wie ein Segel«, sagte Jonathon. Tante Margaret gab ihm ein Rahmbonbon. Er aß es nicht, sondern steckte es in die Tasche, wo es, vergessen, monatelang bleiben würde.

»Kann ich jetzt gehen?« fragte er.

Melanie erschrak beim Anblick des entsetzten Gesichts ihrer Tante. »Noch nicht, Jonathon.«

»Mach das Licht aus, Francie Jowle, und stimm deine Fiedel!«

Die Vorhänge teilten sich wieder, während Francie »Greensleeves« spielte. Goldenes künstliches Sonnenlicht füllte einen getäfelten Raum, um den ein Fries aus Einhörnern lief, die eins das andre mit den Hörnern stießen. Oben auf einem dreistufigen Sockel in der Mitte der Bühne stand der Pappthron.

»Schloß Holyrood«, sagte Onkel Philip. Seine Frau und seine Nichte applaudierten pflichtschuldigst.

»Eine historische Szene«, verkündete er. »Maria Stuart und Bothwell treffen sich zu einem geheimen Rendezvous.«

Francie fing an, das Liebesmotiv aus der Phantasieouvertüre ›Romeo und Julia‹ zu spielen, mit übertriebenem, vielleicht spöttischem Tremolo. Eine weibliche Marionette mit schöner, hoher Stirn trat ein; das schwarze Samtkleid rauschte. Man applaudierte. Sie verneigte sich. Sie ging die Stufen hinauf – eine, zwei, die dritte: ein Augenblick der Spannung, als über der dritten Stufe der Fuß kurz in der Luft schwebte, ehe er sich senkte. Die Königin drehte sich langsam um und setzte sich. Sie trug einen Halsschmuck wie Tante Margaret, doch sie konnte er nicht würgen, ihr Hals war aus Holz. Tante Margaret fuhr heimlich mit dem Finger an ihrem eigenen Collier entlang, als hätte sie der Anblick des königlichen Schmucks daran erinnert, wie weh der ihre tat. Eine Weile geschah nichts, während die geschickt geführten Finger der Königin mit einer Parfümkugel spielten.

Dann trat Bothwell ein. Eine schöngewachsene Marionette, trug er einen roten Mantel und einen Federhut. Ein langer Schnurrbart und ein Spitzbärtchen zierten sein Gesicht, aber er ging unsicher, tastend, und Melanie ahnte, daß Finn ihn bediente.

Bothwell ging mit Francies vorwärtsstürzendem Gang. Es schien ewig zu dauern, bis er die Bühnenmitte erreichte. Ein vibrierendes Grollen und ein unterdrückter Aufschrei aus den Soffitten ließen erkennen, daß Onkel Philip nicht zufrieden mit Finn war. Melanie spürte, wie Tante Margaret neben ihr zusammenzuckte. Maria Stuart stieg von ihrem Thron herab und breitete die Arme zum Gruße. Bothwell hob die seinen.

»Begegnung der Liebenden«, bemerkte Onkel Philip.

Die Marionetten umarmten sich, die beiden Gesichter klickten in einem Morsealphabet der Leidenschaft gegeneinander, die Arme waren eng um die Leiber geschlossen in raschelndem Aufruhr von rotem und schwarzem Samt. Tante Margaret und Melanie klatschten und klatschten und klatschten. Die Umarmung dauerte lange Zeit. Francie beendete das Liebesmotiv aus ›Romeo und Julia‹ und fing mit dem Liebestod aus ›Tristan und Isolde‹ an, getragen gespielt. Melanies Hände brannten, aber sie klatschte weiter.

Die Puppen hielten sich umklammert, als wollten sie sich nie mehr voneinander lösen. Die Spannung stieg. Es war, als wäre eine Grammophonnadel in einer Rille steckengeblieben, und ihre Umarmung wiederholte sich unentrinnbar. Onkel Philip begann wieder zu grollen. Immer noch ineinander verschlungen, fingen die Marionetten an, wild gegeneinander zu stoßen, wie von Begehrlichkeit überwältigt. Melanie erkannte mit aufsteigender Angst, daß dies nicht im Szenario vorgesehen war. Der Beifall erstarb. Sie sah, wie Bothwells Fäden sich hoffnungslos mit denen seiner königlichen Liebhaberin verwirrt hatten; in einem wahren Liebesknoten gefesselt, rangen die Puppen miteinander. Der Liebestod ging weiter und weiter.

Tante Margaret kauerte auf ihrem Stuhl, die Hände vor die Augen geschlagen, auf das Ende wartend. Jonathon starrte mit leerem Blick vor sich hin; er sah einen hohen Mast und ein rotes Samtsegel. Möwen kreisten schreiend über seinem Kopf. Victoria zerrte gelangweilt ihren Rock nach oben und zog ihre weiße gestrickte Hose nach unten, um nachzusehen, ob ihr Nabel noch da war. Er war es.

»Kann ich noch ein Bonbon haben?« Niemand beachtete sie.

Man hörte ein schreckliches Geräusch von zerreißendem Draht. Finn hatte endlich Bothwell losgemacht, doch um den Preis der Zerstörung seiner Lenkungsmechanik; in einem stachligen Strahlenkranz zerfetzter Drähte knickte Bothwell zu Boden. Sein Kopf pochte gegen die Stufen des Throns, als verlangte er Einlaß. Maria stolperte zurück. Francie hielt mitten in einer Kadenz inne. Es war totenstill.

Gebrochen wurde das Schweigen durch Finns klares, durchdringendes, nicht zu unterdrückendes Gelächter.

Das sich in ein schrilles Aufkreischen verwandelte. Dann fiel Finn aus den Soffitten, wie die Blätter gefallen waren; nur waren diese sanft gefallen. Sein Haar flog frei wie der Schweif eines Kometen. Er stürzte eine endlose Sekunde lang, Arme und Beine achtlos vom Körper abgespreizt, vergessen, herabkollernd, und schlug mit dem Rücken auf die Bühne auf, quer über Bothwell gestreckt, dessen Mantel die Farbe von Blut hatte.

Maria Stuart wandte sich majestätisch auf dem Absatz um und schritt hocherhobenen Hauptes von der Bühne. Ihre Schritte und das leise Geräusch ihrer Gliedmaßen, die gegeneinanderstießen, waren wie das Ticken einer Zeitbombe. Victoria fing laut zu weinen an. Jonathon schob seinen Stuhl zurück und stand auf.

»Ich glaube, jetzt ist alles vorbei«, sagte er. »Dann geh ich jetzt.« Er ging.

Langsame Tränen rannen über Tante Margarets Gesicht und fielen auf Victorias Wangen, und sie tröstete sie, behindert von ihrem verhaßten Schmuck. Francie kniete neben ihnen und schützte sie mit der trockenen Steinmauer seines Körpers.

Wie kann sie weinen, ohne daß man einen Laut hört? dachte Melanie.

Finn bewegte sich nicht.

Und ist er tot, weil sie so sehr weint? dachte Melanie. Was ist, wenn er tot ist? O Gott, laß ihn nicht tot sein!

Und immer noch bewegte er sich nicht. Seine Augen waren offen und starr. Er sah zerbrochen aus, wie das Spielzeug, das er gegen die Wand geschleudert hatte. Melanie versuchte zu erfassen, wie furchtbar es sein würde, wenn Finn tot wäre, aber sie konnte nicht zusammenhängend denken, wegen des entsetzlichen Klangs von Tante Margarets Schweigen. Onkel Philip, riesig und dunkel, kam auf die Bühne und rückte seine Fliege zurecht, die sich verschoben hatte. Er trat Finn mit einem raschen Tritt in den Bauch, aber Finn bewegte sich nicht.

»Der wird nie mehr meine schönen Puppen bedienen«, sagte er. Seine Stimme war dick und grob wie eine Bauernsalami. »Ich werde nicht mehr zulassen, daß er ihre Drähte anrührt.«

Er schob Finns Körper von Bothwell herunter, mit der beiläufigen Brutalität von Nazisoldaten, die in Filmen über KZs Leichen wegräumen. Er hob die Marionette in seine Arme. Endlich regte sich Finn langsam, kämpfte sich auf die Seite, dann auf alle viere. Er kauerte da wie ein Hund, keuchend. Sein Gesicht war weißer, als er das seiner Schwester gemalt hatte.

»Ich wünschte, du hättest mich getötet«, sagte er heiser zu Onkel Philip. »Dann wärst du verdammt.«

Onkel Philip beachtete ihn nicht. Er glättete zärtlich Bothwells Mantel.

»Kann Finn nicht mehr für meine Puppen gebrauchen«, knurrte er. »Nutzloser Bastard. Nutzlos.«

Finn versuchte, sich auf die Knie aufzurichten, aber er stöhnte und brach zusammen.

»Ein Mensch kann mit meinen Puppen auftreten«, sagte Onkel Philip. »Das ist es. Das ist was Neues. Puppen und Menschen. Ich nehm das Mädchen.« Er fuhr herum und stach mit seinem Zeigefinger nach Melanie. »Dich nehm ich, mein Fräulein!«

»Nein!« rief Francie.

»Nein!« formte Tante Margarets Mund.

»Gott laß dich in der Hölle verfaulen«, sagte Finn und erbrach sich. Sein Auswurf war voll Blut. Er sah mit entsetzter Überraschung darauf hinab.

»Warum soll das Mädchen nicht etwas für ihren Unterhalt tun? Sie ißt weiß Gott genug. Sie kann mit meinen Puppen auf die Bühne. Sie ist nicht zu groß, der Maßstab stimmt.« Er rieb sich befriedigt die Hände. »Wie heißt du, Mädel? Mach den Mund auf!«

»Melanie«, sagte sie, obwohl ihr Mund wie tot war, wie beim Zahnarzt nach der Spritze. Aber er kannte doch sicher ihren Namen?

»Komischer Name«, sagte er. »Also, das steht jetzt fest. Jetzt raus mit euch. Alle.«

»Aber Finn –«, sagte Francie.

»Nehmt ihn mit. Ab dafür. Versaut mir meinen Bothwell. Und du kannst seine Schweinerei da aufputzen, Maggie; er ist dein Bruder.«

Onkel Philip nahm den Bothwell und ging von der Bühne zu seiner Werkbank. Er legte die Marionette aus, eine Leiche auf dem Seziertisch, und rief klagend: »Armer Bothwell! Alle Drähte ab!«

Francie half Finn auf die Füße. Immer noch Victoria festhaltend, lief Tante Margaret an seine andere Seite, ihr Gesicht das der Jungfrau in einer Pietà. Melanie und der Hund, der ruhig unter ihrem Stuhl gesessen und alles beobachtet hatte, gingen zu ihnen. Melanie stolperte vor Freude, weil Finn lebte und gehen konnte.

»Ich bin nicht verletzt«, sagte er. »Glaub ich wenigstens. Aber ich fühl mich schwindlig. Schwindlig. Und ich kann Blut schmecken. Warum kann ich Blut schmecken, Maggie?« Er fragte sie nochmals, mit unschuldigem Erstaunen: »Warum?« Seine Augen schienen ihren Blick nicht konzentrieren zu können.

Tante Margaret bedeckte stöhnend sein Gesicht mit Küssen.

»Haut jetzt endlich ab!« rief Onkel Philip in plötzlicher unbändiger Wut. »Verpißt euch!«

7

An diesem Abend hörte Finn auf zu grinsen.

Nach seinem Sturz veränderte er sich. Seine Mundwinkel zogen sich mürrisch nach unten, wie bei dem Gesicht auf einer Tasse, einem Scherzartikel, den Melanie einmal in einem Trödelladen gesehen hatte. Auf der Tasse war ein Gesicht und darüber, richtig herum gehalten, hieß es »voll« und das Gesicht war fröhlich und weinselig, aber wenn man die Tasse umdrehte, stand »leer« darüber und die hochgezogenen Augenbrauen wurden zu dem niedergeschlagenen, nach unten hängenden Mund. Über Finn stand ständig »leer«. Er sprach nur selten. Die Quelle seiner Gesprächigkeit war versiegt. Er ließ den Kopf hängen. Er wurde schmutziger denn je und rasierte sich oft drei, vier Tage lang nicht, bis sein Gesicht wie mit gelblichem Schimmel überzogen aussah.

Das Schlimmste war, daß seine Anmut verschwunden war. Wunderbarerweise hatte er bei seinem Fall keine inneren oder äußeren Verletzungen davongetragen, aber mit dem Sturz war die Schönheit seiner Bewegungen aus seinem Körper geschleudert worden. Er stapfte daher wie ein alter Mann. Sein Anblick tat Melanie weh. Er war verwandelt in einen ungestalten sauren Teigklumpen, und wenn der alte Finn mit der leisen Stimme, der gleitenden Zunge sie beunruhigt hatte, so schnitt ihr der Anblick des neuen Finn ins Herz. Er ignorierte sie. Nicht, so schien es, aus Absicht, sondern weil einzig Onkel Philip für ihn noch real war. Die Mahlzeiten wurden zur Qual. Er aß kaum mehr etwas und beobachtete Onkel Philip die ganze Zeit mit wildem, schrägem Blick.

Finn war in einen Glaskäfig gezogen und bemerkte es nie, wenn Francie oder Tante Margaret an die Scheibe klopften, um seine Aufmerksamkeit zu erregen. Tante Margaret wurde noch dünner und geisterhafter. Ihr Haar – rote Schlangen, die sich von den Haarnadeln freizukämpfen suchten – war das einzig Lebhafte an ihr. Unter den roten Augenbrauen waren die Augen oft rot von heimlichem Weinen. Finn behandelte sie immer noch zärtlich, wenn auch abwesend, und gab ihr einen Gutenachtkuß – aber so, als hätte er sich an einem anderen Ort schon von ihr verabschiedet. Ihr Gesicht war nun eine tragische Maske, das Gesicht einer Frau, die alle ihre Söhne in einen Krieg geschickt hat und stündlich auf das Telegramm mit der Todesnachricht wartet.

Der Kreis der roten Leute war gebrochen. Melanie klammerte sich vor allem an Francie, der stets derselbe war. Manchmal saß sie mit ihm in seinem Zimmer, wenn er abends übte, auf einem der beiden schmalen Betten zusammengerollt, mit ihrem Nähzeug. Sie hatte angefangen, ihrer Tante mit der nicht enden wollenden Näherei zu helfen. Melanie war nun klar, daß es nie einer Einladung bedurft hätte, um seiner Tanzmusik zuzuhören – sie hätte nur die Tür öffnen und hineinzugehen brauchen. Tante Margaret verließ nach dem Sturz die Küche nicht mehr, um mit Francie auf ihrer Flöte zu musizieren.

»Philip könnte wegen irgend etwas heraufkommen«, schrieb sie.

Aber das war nur ein Vorwand. Sie wartete allein in der Küche darauf, daß ihr Mann Finn tötete. Melanie wußte, worauf sie wartete, obwohl sie es ihr nicht gesagt hatte. Melanie selbst rechnete damit. Ihr Onkel würde im Zorn mit einem Messer oder einem Holzklotz über Finn herfallen. Finn, mürrisch, rachsüchtig, erzwang den tödlichen Hieb.

Die Gewalt im Haus war mit Händen zu greifen. Sie zitterte auf den kalten Treppen und stieg in unsichtbaren Wolken von den fadenscheinigen Teppichen auf. Melanie hatte nachts Angst, wenn ihre blaue Lampionleuchte aus war und Victorias Bettchen wie eine Rattenfalle zu lauern schien. Sie zitterte in den lavendelduftenden Laken, beschwor sich, ruhig zu bleiben, versuchte, nicht an das Furchtbare zu denken, was Finn gesagt hatte. Daß er wollte, ihr Onkel solle ihn töten, damit er deshalb verdammt sei. Eines Nachts stand sie auf und sah das liebevolle, glatte Gesicht Jesu, Licht der Welt, auf dem Bild über dem Kaminsims an. Er lächelte unter seiner Dornenkrone.

»Lieber Herr Jesus«, sagte sie, »hilf mir. Hilf uns allen.«

Aber es kam keine Hilfe. Ihre Jugend war der Mühlstein um ihren Hals. Sie war zu jung, zu weich, zu frisch, um mit diesen wilden Wesen zurechtzukommen, deren Denken und Fühlen in verrückten Winkeln von den kurzen, geraden, ordentlichen Linien ihrer eigenen Erfahrung abwich. Zwanghaft in ihre Leidenschaften verrannt, war Melanie ihnen nur im Wege. Und Finn dachte nicht mehr an sie; sie war ein Kind. Er konnte sie leicht vergessen, obwohl er sie am Haar gezogen und geneckt und geküßt hatte (hatte er sie geküßt?), und Schiffchenversenken mit ihr gespielt. Aber jetzt nicht mehr.

Er malte an einem anderen Bild, spät in der Nacht, wenn Francie schlafengegangen war, wenn die Tagesarbeit vorüber war. Denn seine Tage verbrachte er immer noch mit dem Spielzeug, seine Abende mit den Marionetten, in gefährlicher und unruhiger Stille, dort drunten. Dann malte er sein Bild. Melanie wußte es, weil sie ihm zusah. Sie bediente sich des Gucklochs und schaute manchmal hindurch, wenn ihre Schlaflosigkeit sie zu sehr quälte. Im Lichtkegel einer Bürolampe mit langem Schwenkarm, die auf einem Stuhl hockte wie eine große schwarze Gottesanbeterin, arbeitete Finn ganz still, um Francie nicht zu wecken. Er malte an einem Triptychon. Francie, Tante Margaret und er selbst, jeder auf einem einzelnen Bild, alle in ein blutiges Lendentuch gehüllt, alle an einen Pfahl gebunden, alle wie Sankt Sebastian von Pfeilen durchbohrt.

Inzwischen war es Weihnachtszeit, und das Geschäft ging gut. Die ersten von Jonathons Holzschiffen standen für zehn Guineen das Stück zum Verkauf; Jonathon verdiente sich seinen Unterhalt, und Melanie auch, denn sie war den ganzen Tag im Laden auf den Beinen. Vom langen Stehen begannen ihre Füße zu schmerzen, und manchmal dachte sie, ob sie wohl Krampfadern hätte. Mrs. Rundle hatte einmal Krampfadern gehabt, aber man hatte sie ihr herausoperiert.

Es gab Sonderangebote für Weihnachten – hölzerne Christbäume, die grünbemalte Zweige ausbreiteten wie ein sich öffnender Regenschirm; Nikolausmasken, rot und weiß wie rohes Rindfleisch; kleine Blechkerzenhalter in Form von Zwergen und Engelchen, mit denen Weihnachtskuchen besteckt werden konnten. Dazu ein besonderes Geschenkpapier mit reichem Blumenmuster, wegen des Firmennamens: »Flower«. Hübsche rosa und blaue Blumen; Finn hatte es zu einer Zeit entworfen, als ihm Idyllisches noch nicht so fremd geworden war wie nun. Jeden Tag schlugen sie und Tante Margaret Bogen um Bogen mit rosa und blauen Blumen um ein Spielzeug nach dem anderen, und die Schublade, wo das Geld hineinkam, schloß manchmal nicht mehr wegen der vielen Pfundnoten.

Nun, jetzt bin ich eine Verkäuferin, dachte Melanie am Tage, als sie die Arche Noah verkaufte. Eine dickliche Frau in weißem Strickkostüm und mit einer Sonnenbrille kaufte sie und wollte mit einem Scheck bezahlen. Melanie brachte ihn ihrer Tante, um herauszufinden, wie sie damit umgehen sollte; die Hände der Tante flatterten erschrocken auf.

»Philip nimmt keinen Scheck. Er sagt, sie sind unnatürlich.«

Melanie sagte zu der Frau: »Ich bedaure, wir nehmen keine Schecks. Es tut mir leid.«

»I wo«, sagte die Frau, die Amerikanerin war oder doch zumindest einen transatlantischen Akzent hatte, »Sie brauchen sich nicht zu entschuldigen. Ich find's ganz reizend. Das paßt zu Ihrem altmodischen Geschäft. Wie aus einem Roman von Dickens.«

Und sie kam wenig später mit einer dicken Rolle Banknoten zurück, von einem Gummiband zusammengehalten, und Melanie zählte achtundzwanzig Pfund und eine Zehn-Shilling-Note ab, und die Frau gab ihr fünf Shilling aus ihrer Krokohandtasche.

Melanie wurde klar, wie profitabel der altmodische Reiz des Ladens war. Sie fing an, Onkel Philips Geschäftssinn zu respektieren; er war ein Schwein, aber ein schlaues Schwein. Sie war stolz, daß sie die Arche Noah verkauft hatte, aber sie sah sie ungern verschwinden, mit dem kleinen Finn in den Jeans und im T-Shirt drinnen.

Sie legte Stechpalmenzweige aus Plastik ins Schaufenster, damit der Laden mithalten konnte. Denn alle anderen Läden um den Platz, selbst der Trödelladen, waren mit grünen Zweigen und Papiergirlanden dekoriert. Der Obst- und Gemüsestand war ein Wald von Tannenzweigen. Melanie und Victoria bekamen beide eine dicke in Folie gewickelte Tangerine aus einem duftenden, mit Seidenpapier gepolsterten Pappkarton, der gerade ausgepackt wurde, als sie hereinkamen, um Kartoffeln und Kochäpfel zu kaufen. Die Obsthändlerin, mit ihren goldenen Ohrringen auf- und abnickend, versprach Victoria eine ganze Muskatellertraube, wenn sie brav war und wenn die Trauben sich nicht gut verkauften. Mauvefarbene Truthähne hingen im Metzgerladen an den Füßen, und lange Reihen von Hühnchen lagen auf dem Rücken und streckten die Beine in die Höhe.

»Wir feiern Weihnachten nicht«, schrieb Tante Margaret. »Philip meint, es ist Geldverschwendung und alles bloß Geschäftemacherei.«

Das sieht ihm ähnlich, dachte Melanie bitter.

»Aber es gibt am zweiten Feiertag unten eine Spezialvorstellung«, schrieb Tante Margaret. »Seine große Vorstellung.«

Dann verlor sie die Fassung und weinte in das geblümte Geschenkpapier. Melanie legte die Arme um den armen dünnen Leib. Aus was ist Tante Margaret gemacht? Vogelknochen und Seidenpapier, Glaswolle und Stroh. Die erschöpfte, traurige Frau in ihren Armen leise hin- und herwiegend, fühlte Melanie sich sehr stark, jung, lebendig und zäh. Sie kannte ihren festen, frischen, tüchtigen Körper und vertraute ihm – sein ganzes Leben mit gesundem Essen genährt, so sorgfältig gewaschen und gepflegt. Tante Margaret war so verletzlich wie die ersten weißen Sprossen, die zitternd aus einer Blumenzwiebel in einem dunklen Schuppen hervorwachsen. Und Melanie wußte, daß auch sie in denselben dunklen Schuppen eingeschlossen worden war, in diesem hohen grauen Haus. Würde ihre Stärke dahinschwinden?

»Wein nicht«, sagte Melanie, die zu stark war, um dahinzuschwinden. Sie war sich ganz sicher.

»Er will, daß du bei der nächsten Vorstellung mitspielst.«

»Oh. O Gott.«

»Er wird dir nichts tun. Du bist das Kind seiner Schwester.«

Warum weinte sie dann? Dachte sie an das letzte Puppenspiel? Melanie umarmte ihre Tante noch fester. Außerdem kam Weihnachten, und Weihnachten mußte für sie besonders schlimm sein, weil sie Kinder so liebte und keine hatte, und den ganzen Tag, jeden Tag, verkaufte sie Spielsachen für die geliebten Kinder anderer Leute.

Es würde im Hause Philip Flower kein fröhliches Weihnachten geben. Nun, Melanie hatte fünfzehn fröhliche Weihnachten hinter sich, an denen Stechpalmenkränze an die Türklopfer gehängt und Adventsänger mit Plätzchen gefüttert wurden, und vielleicht reichte das auch erst einmal an Weihnachtsfröhlichkeit. Außerdem war sie zu alt für den

Nikolaus. Trotzdem steckte sie noch ein bißchen mehr Plastikgrün in das Schaufenster. Sie hoffte, Onkel Philip würde es nicht bemerken.

Eine Grußkarte von Mrs. Rundle kam an, eine großformatige, fromme Karte, das Jesuskind in der Krippe mit Ochs und Esel und knienden Schäfern; ihre Liebe war in ihrer monumentalen Handschrift vermerkt. Melanie stellte die Karte auf den Kaminsims unter das ›Licht der Welt‹. Hinten stand noch mit leichtem Bleistiftstrich der Preis, 1s3d, und das schien beruhigend normal und traulich. Sie war mit richtigem Geld in einem hellen, ausreichend beleuchteten Geschäft gekauft worden, wo es Zeitungen voller Tatsachen und Geschichten von Menschen gab, Geburten, Todesfälle und Heiraten, und Schokolade und Zigaretten zum Vergnügen normaler Leute. Mrs. Rundle schickte auch ein weiches Paket, das an alle drei Kinder adressiert war. Es war ringsum mit Schildchen beklebt, die mahnten: »Nicht vor Weihnachten öffnen!« Melanie legte es in eine Schublade. Es war wohl das einzige Geschenk, das sie bekommen würden, und sie war gerührt, daß an sie alle drei gedacht worden war.

Sie war gerührt, aber in großer Verlegenheit. Sie mußte Mrs. Rundle eine Karte schicken und vielleicht ein Geschenk, und sie hatte kein Geld. Onkel Philip schloß jeden Abend die Einnahmen weg. Es gab, teilte Tante Margaret mit, einen Safe in ihrem Schlafzimmer, wo er das Geld aufbewahrte, bis er es am Ende der Woche in der massiven, glänzenden, opulenten Kalbslederaktenmappe mit dem großen Schloß zur Bank brachte. Melanie stellte sich den Safe vor, aus sehr schwarzem Metall, direkt am Ende des Bettes aufgestellt, wo er ihn die ganze Zeit sehen konnte, in dem seltsamen Schlafzimmer, wo er mit Tante Margaret schlief – in einem Bett, das auf seiner Seite tief durchhängen mußte, war er doch so schwer, und sie hatte fast überhaupt kein Gewicht. Melanie hatte die ganze Zeit, seit sie im Laden arbeitete, nicht einmal Sixpence für sich bekommen. Sie bat ihre Tante zum ersten Mal um ein wenig Geld, von einem Fuß auf den andern tretend und die Augen verlegen niedergeschlagen.

»Nur fünf Shilling für – ach, Seife. Das wäre schön, Seife. Sie war lieb zu uns, weißt du, und mag uns immer noch gern und denkt an uns.« Es saß ihr ein merkwürdiger Kloß in der Kehle, als sie an Mrs. Rundle dachte, wie sie an Melanie dachte und an Jonathon und Victoria, während sie einen Weihnachtspudding anrührte oder Früchte für die Mincepies kleinhackte. Sie würde sich freuen, daß die Waisen Weihnachten im Schoße einer Familie verbrachten, da Weihnachten die Zeit der Familie ist. Es würde sie trösten, und sie würde nie ahnen, daß es nicht wahr war.

Ihre Tante schlang ihre beredten Hände ineinander.

»Aber er gibt mir selbst nie Geld. Sonst könntest du alles haben, was ich bekomme.«

»Ach so –«, sagte Melanie.

»Es tut mir so leid!« Die Buchstaben liefen schräg über den Block, beschwert von ihrem Kummer. »So ist er. Er traut mir nicht in Geldsachen.«

Weil sie sonst wegliefe?

»Dann macht es auch nichts«, sagte Melanie.

»In den Läden haben wir Kredit. Ich brauche im Grund kein Geld, weißt du. Und so ist er.« Sie versuchte, die Demütigung wegzuerklären.

»Ich verstehe«, sagte Melanie. Ein sehr alter Blick zwischen Frauen ging von einer zur anderen; sie waren beide arme Abhängige, Planeten um eine männliche Sonne. Am Ende gab Francie Melanie ein Pfund von seinem Fiedellohn. Er ließ den Schein in ihre Rocktasche gleiten, und sie wußte kaum, wie sie ihm danken sollte.

Sie kaufte eine Packung rosig duftender Seife und schickte sie an Mrs. Rundle ab. Da sie das Gefühl hatte, daß gar kein Weihnachten doch hart für die Kinder wäre, kaufte sie eine Dose Bonbons für Victoria (auf dem Deckel eine fröhliche Szene mit Hasen, die Zylinderhüte trugen) und drei Taschentücher mit der Initiale »J« für Jonathon, der so achtlos mit seinen umging. Es war noch ein wenig Geld übrig, also kaufte sie ein kleines Fläschchen Parfüm für Tante Margaret. Es war kein besonders gutes Parfüm, aber es war doch etwas. Sie kam sich rebellisch vor, Geschenke trotz Onkel Philips Mißbilligung einzukaufen, wenn er auch nicht wissen konnte, daß sie das Weihnachtsgeschäft ankurbelte.

Ich werde Francie als Geschenk ein Jahr lang täglich die Schuhe putzen, dachte sie. Aber sich ein Geschenk für Finn zu überlegen, kam ihr gar nicht in den Sinn – er lebte jetzt in einem Land, wo Geschenke und Zuneigung und Liebe nichts mehr bedeuteten. Sie versuchte, nicht mehr an Finn zu denken, weil sie sich dann schwach und hoffnungslos fühlte. Sie konnte ihn noch vor sich sehen, wie er tanzte. Aber nie wieder.

Eines Abends zog ihre Tante ein Stück weißen Chiffon aus einer Papiertüte heraus. Die Augen des gemalten Hundes glänzten weiß und spiegelten den Stoff. Sie winkte Melanie zu sich und drapierte ihn um ihre Schultern. Auf einmal war Melanie wieder zu Hause und hüllte sich vor dem Spiegel in durchsichtige Stoffschleier. Aber der Kuckuck streckte den Kopf heraus und rief: Neun Uhr! und sie war wieder in Onkel Philips Haus.

»Dein Kostüm«, schrieb Tante Margaret auf den Block, um nicht aufstehen zu müssen. »Für die Vorstellung.«

»Was bin ich?« fragte Melanie.

»Leda. Er baut einen Schwan. Er hat Schwierigkeiten damit. Er sagt, Finn versucht den Schwan zu ruinieren.«

Dies schien Melanie sehr wahrscheinlich.

»Wie groß ist der Schwan?«

Ihre Tante zeichnete vage einen Umriß in die Luft.

»Ich weiß nicht«, sagte Melanie, »ob ich Leda sein will.«

»So sieht er dich. Weißer Chiffon und Blumen im Haar. Ein sehr junges Mädchen.«

»Was für Blumen?«

Tante Margaret zog eine Handvoll künstlicher Margeriten hervor, gelb und weiß wie Spiegeleier. Melanie würde wieder eine mit diesen Blumen bekränzte Nymphe sein; er sah sie, wie sie sich einst selbst gesehen hatte. Trotz allem, was geschehen war, fühlte sie sich geschmeichelt.

»Wenn es sein muß«, sagte sie, »muß es wohl sein.« Die Schere ihrer Tante blitzte im Licht auf wie ein Ausrufezeichen, als sie in das leichte Gewebe schnitt.

Als das Kleid grob zugeschnitten und zusammengesteckt war, mußte Melanie es anziehen und Onkel Philip zeigen. Sie mußte alles ausziehen, was sie anhatte, und nur das Chiffongewand anziehen, mit den weißen Satinbändern, die sich über ihren Brüsten kreuzten (die, wie sie mit Interesse bemerkte, gewachsen zu sein schienen, und die Brustwarzen waren offenbar etwas dunkler). Tante Margaret bürstete ihr das Haar mit der silbernen Bürste, die, wie Pu der Bär, die Katastrophe überlebt hatte; sie bürstete und bürstete, bis Melanies schwarze Haare wirbelten wie die Themse bei Hochwasser, und dann tauchte sie die Margeriten hinein. Sie holte eine Zigarrenkiste aus dem Schrank, öffnete sie und zeigte Melanie eine Auswahl Schminkstifte. Ihre Augenlider wurden blau geschminkt und ihre Lippen korallenrot. Sie kam sich fettig vor, wie mit Schmalz für den Rost eingerieben.

»Hast du irgendeinen schönen Schmuck?«

»Nur die Perlen von meiner Konfirmation.« Auch die hatten überlebt. Tante Margaret streichelte und bewunderte sie und legte sie Melanie um den Hals. Ein paar Stecknadeln im Chiffon stachen sie ins Fleisch. Melanie wand sich unruhig.

»Die Perlen machen es vollkommen. Du siehst so hübsch aus!«

»Ich wünschte, ich könnte mich selbst sehen. Es ist lange her, daß ich mich schön angezogen habe.« Sie erinnerte sich und biß sich auf die Lippen.

»Geh jetzt hinunter.«

»Allein?«

Tante Margaret nickte. Melanie warf sich ihren Mantel um die Schultern, denn das dünne seidige Zeug hielt kaum dem Zug stand, und das Haus war eiskalt. Die Teestunde war lange vorbei, und unten hatte man schon vor einiger Zeit mit der Arbeit des Abends begonnen. Die Vorhänge waren offen; Finn stand auf der Bühne, umgeben von Farbtöpfen, offenen Augen reiner Farbe, bei der Arbeit an einer Kulisse, die ein Meer mit blutorangenem Sonnenuntergang zeigte, ein wenig wie der Hintergrund des Hundebildes in der Küche. Im grellen Neonlicht hockte Onkel Philip auf dem Boden vor einem Haufen Federn auf einem ausgebreiteten Laken. Er sortierte die Federn zu kleineren Haufen. Sein Schnurrbart war mit einem Hauch von Flaum befiedert.

»Hier bin ich«, sagte Melanie.

Er blieb auf seinen Fersen hocken; die klobigen Hände ruhten auf seinen schmutzigweißen Overallknien. Heute abend hatten seine Augen die Un-Farbe alter Zeitungen.

Sein Kopf ist ja ganz eckig! dachte Melanie. Es war ihr vorher nie aufgefallen. An diesem Abend betonte die Unordnung seiner Frisur das Eckige seines Schädels. Sein Kopf war eine Springteufelschachtel. Eine Stecknadel stach sie schmerzhaft in die Achselhöhle.

»Tu den Mantel weg«, sagte er.

Sie gehorchte schaudernd, denn die Werkstatt wurde allein mit einem unzureichenden kleinen Ölofen beheizt. Finn malte weiter. Sie hörte das Klatschen seines Pinsels, als er eine große Himmelsfläche mit Farbe deckte.

»Du bist gut gebaut für fünfzehn.« Seine Stimme war monoton und tot.

»Beinahe sechzehn.«

»All die kostenlose Milch und der Orangensaft. Hast du deine Periode schon?«

»Ja«, sagte sie, zu schockiert, um lauter als mit einem Flüstern zu antworten.

Er knurrte unzufrieden.

»Ich will, daß meine Leda ein kleines Mädchen ist. Deine Titten sind zu groß.«

Finn warf seinen Pinsel hin.

»Red nicht so mit ihr!«

»Halt du deinen Mund und kümmere dich um dein Geschäft, Finn Jowle. Ich red mit ihr, wie's mir gefällt. Wer zahlt für ihren Unterhalt?«

»Ich kann auch reden, wie ich will, so gut wie du!«

Onkel Philip strich sich nachdenklich den Schnurrbart, ohne Finn auch nur anzusehen.

»O nein«, sagte er ruhig. »O nein, das kannst du nicht. Mal weiter. Du hast nicht die ganze Nacht dazu.«

Mißklang klirrte zwischen ihnen. Melanies Kopf tat weh.

»Finn«, sagte sie. »Bitte. Es macht mir nichts.«

»Siehst du?« sagte Onkel Philip mit einem seltsam triumphierenden Ton. Finn zuckte die Achseln und hob seinen Pinsel auf.

»Und wisch den Farbfleck weg, den du eben gemacht hast!«

Mit grimmigem Gesicht rieb Finn mit dem Ellenbogen seines von Farbe steifen Overalls den Fleck auf dem Boden weg.

»Also gut«, sagte Onkel Philip zu ihr. »Muß wohl mit dir vorlieb nehmen. Du hast ganz nettes Haar. Und hübsche Beine.« Aber er nahm es ihr übel, daß sie keine Puppe war.

»Dreh dich um.«

Sie drehte sich um.

»Lächle.«

Sie lächelte.

»Nicht so, du blöde Kuh. Zeig deine Zähne.«

Sie lächelte und zeigte dabei ihre Zähne.

»Du siehst ein wenig aus wie deine Mama. Nicht viel, aber

ein wenig. Nichts von deinem Vater, Gott sei Dank. Ich hab deinen Vater nie ausstehen können. Hat geglaubt, er sei viel zu gut für die Flowers. Autor nennt sich so was. Schlapper Hund, hat sich nie die Hände schmutzig gemacht.«

»Aber er war sehr klug!« protestierte Melanie, endlich doch zur Auflehnung gereizt.

»Nicht so klug, daß er dran gedacht hätte, was auf die Seite zu legen, um euch drei zu versorgen, wenn er mal nicht mehr da ist«, erklärte Onkel Philip vernünftig. »Und deshalb hab ich jetzt die lieben Kinderchen alle für mich, ja? Um kleine Flowers draus zu machen.«

Er fing wieder an, die Federn zu sortieren. Kleine Flowers, kleine Blumen. Onkel Philip möchte mich als kleine Blume. Die Federn bewegten sich im Luftzug, der unter der Tür durchblies. Onkel Philip seufzte tief auf, der Seufzer eines Mannes, der schon für sehr wenig dankbar ist.

»Also, es geht mit dir«, sagte er. »Nehm ich an. Jetzt verpiß dich.«

Finn schaute ärgerlich auf, und Melanie lief rasch nach oben, ehe der Wortwechsel und die Schläge begannen. Warum verteidigte Finn sie, warum mußte er unbedingt als ihr Ritter auftreten? Weil ihr Onkel damit leicht zu reizen war? Aber dachte Finn auch daran, wie weh es ihr tat, die Wildheit der beiden mitansehen zu müssen? Wahrscheinlich merkte er es gar nicht. Sie zog sich die Blumen aus dem Haar und stieg vorsichtig aus ihrem Gewand. Sie glaubte nicht, daß sie sich selbst darin gefallen würde, wenn sie sich sehen könnte, und auch ihr Gesicht, grell und dick mit Schminke bedeckt, würde ihr nicht gefallen.

»Ich wünschte, die Aufführung wäre vorbei«, sagte sie.

Ihre Tante nickte, und ihre Augen gingen – seltsam – vor raschen Tränen über. Sie grub die Fäuste in die Augenhöhlen; ihre Schultern zitterten. Sie weinte in letzter Zeit oft. Der Bullterrier hörte sogleich auf, Wasser aus seiner Backschüssel zu schlappen, kam herbei und legte ihr den Kopf aufs Knie. Melanie war wieder überrascht vom raschen, wachen Mitgefühl des Hundes, der Wachhund und Tröster zugleich war. Sie wünschte, sie könnte ebenso ruhig, so einfach handeln. Sie legte der älteren Frau die Hand auf die Schulter, und Tante Margaret ergriff sie blind mit ihrer Vogelklaue. Sie blieben eine lange Zeit so. Jedes Mal, wenn Tante Margaret weinte, kamen sie und ihre Nichte sich näher.

Finn sagte: »Du mußt mit mir proben.« Er hob seinen Blick nicht zu Melanie, sondern starrte seine Handrücken an. Der Meißelschnitt hatte eine breite, purpurrote Halbmondnarbe zurückgelassen.
»Wie, auf der Bühne?«
»Glaubst du, er würde uns auf seine geliebte Bühne lassen? Niemals. Wir müssen es auf meinem Zimmer machen.«
»Warum mit dir und nicht mit dem Schwan?«
»Du sollst den Schwan erst bei der Vorstellung sehen, damit du spontan auf ihn reagieren kannst. Aber mit mir mußt du proben, damit der Bewegungsablauf stimmt, also mache ich den Schwan.«
Seine Stimme war weicher als Gänseflaum, so leise, daß sie kaum zu hören war, und er hielt den Blick abgewandt.
»Sollen wir im Kostüm proben?« fragte sie halb beunruhigt, da sie an den weißen Chiffon und an ihr eigenes weißes Fleisch dachte, das wie Milch durch Milchglas leuchtete.
»Wieso? Meinst du, ich soll mir Federn wachsen lassen?«
Er sah aus wie ein struppiger Schwan mit ölgetränktem Gefieder, der in einem verschmutzten Fluß zugrunde geht. Hose und Hemd (ein altmodisches Hemd aus gestreiftem Flanell, das eigentlich einen Kragen haben müßte, der aber fehlte) waren mit buntscheckigen Farbflecken bedeckt und voll Schmutz und Schweiß. Seine bloßen Füße waren warzig vor Dreck. Eine dunkelbraune Pegelmarke lief um seinen Hals, und hinter seinen Ohren saß der Schmutz. Der Schimmel bedeckte wieder sein Kinn. Er roch abstoßend schal, ein süßsaurer Gestank, als würde er verrotten.
»Du solltest mehr auf dich achten«, sagte sie. »Ach, Finn, wasch dich doch. Und laß dir vielleicht die Haare schneiden.« Denn orangefarbene Lianen ungekämmter Haare ringelten sich auf den Schultern seines dreckigen Hemds.
»Warum sollte ich?«
Sie wußte keine Antwort.
Es war die reglose Mitte eines Sonntagnachmittags. In der Küche saß Tante Margaret mit ihrem grauen Kleid und ihrem schlimmen Schmuck und nähte das griechische Gewand mit feinsten Stichen. Im Eßzimmer war schon zum Tee gedeckt –

auf dem reinen weißen Tischtuch stand das grüngeränderte Sonntagsgeschirr, Milch und Zucker hielten sich in Krug und Dose auf Zehenspitzen bereit. Victoria machte ein Nickerchen in ihrem Käfig neben der blühenden Geranie. Jonathon baute drunten Schiffe, während Onkel Philip seinen Schwan konstruierte und die Führung der Drähte plante. Francie hatte seine Fiedel genommen und war mit Melone und Regenmantel – ein Habit, das immer noch an den legendären Dubliner Osteraufstand erinnerte – seinen Geschäften nachgegangen. Das Haus ruhte.

»Also komm«, sagte Finn.

Sie stiegen zusammen die Treppen hinauf, an all den verschlossenen Türen von Blaubarts Schloß vorüber. Finns heiseres, schnarchendes Atmen hallte laut wider. Sie gingen in sein Zimmer, und er trat die Tür hinter ihnen zu. Sein Gesicht bot ein Bild mürrischer Langeweile.

»Laß uns das dumme Spielchen hinter uns bringen.«

Sie sah sich beinahe erschrocken um. Das Zimmer war so kahl, als wäre alles, was die Brüder besaßen, in Koffern und Kisten verpackt und weggestellt, als Vorbereitung eines unmittelbar bevorstehenden Aufbruchs. An der Wand mit dem Guckloch hing ein Bord, auf dem der einzige kleine und persönliche Gegenstand im ganzen Zimmer stand, eine einsame verblaßte Photographie in einem schwarzen, nicht recht dazu passenden Rahmen. Die Photographie zeigte eine Frau mit einem breiten Gesicht, die der Kamera ohne ein Lächeln direkt ins Auge sah. Sie trug ein Umschlagtuch, wie man es in Galway hat, und eingewickelt darin ein Baby.

»Unsere Mutter«, sagte Finn, »mit Maggie im Arm.«

Hinter ihr lag eine Felsenödnis.

»Daheim«, sagte Finn, und sagte nichts mehr.

Neben dem Photo stand die Lampe mit dem Scherenarm, zum Sprung geduckt. Die Wände waren kahl bis auf das Rechteck des Spiegels und das Porträt ihrer Tante. Von dem Sankt-Sebastian-Triptychon war nichts zu sehen; er mußte es verborgen haben. Neben dem Bord war ein Einbauschrank, doch alles andere, was sie sah, kannte sie schon. Sie setzte sich auf den Zinnen-und-Rosen-Stuhl, mit einem absurden Gefühl von Förmlichkeit, als sei sie in einem Schneiderkostüm und einem kleinen Hütchen mit Schleier zu einem Höflichkeitsbesuch vorbeigekommen.

»Die Sache geht so«, sagte Finn. Jedes Wort, das er sprach, schien ihn zu reuen. »Leda geht am Strand entlang und sammelt Muscheln.«

Aus der Tasche zog er eine schneckenförmige Muschel, milchiges Perlmutt. Er legte sie auf den kleinen Teppich.

»Der Abend kommt. Sie hört ein Flügelschlagen und sieht den Schwan sich nähern. Sie läuft davon, doch er stößt herab und wirft sie zu Boden. Vorhang.«

»Ist das alles?«

»Das Ganze ist im Grunde nur eine Gelegenheit, seinen schönen Schwan einzusetzen.«

Sie erhob sich und bückte sich nach der Muschel. Sie bewegte sich ungelenk, weil er sie beobachtete.

»Beweg dich leichter«, sagte er müde. »Aus den Hüften.«

Wieder beugte sie sich nieder und wackelte mit dem Po, die einzige Art und Weise, wie sie sich eine Bewegung aus den Hüften vorstellen konnte.

»Menschenskind, Melanie. Haben sie dir in der Schule das Hockeyspielen beigebracht?«

»Nun – ja. Ja, sicher.«

Er grinste höhnisch.

»Beweg dich – hmm, so.« Er griff nach der Muschel. Doch er bewegte sich nicht mehr wie eine Meereswelle. Er knackte wie eine Marionette. Er hatte vergessen, daß die Anmut seiner Bewegung dahin war. Er hielt inne, die Muschel in den Fingern drehend.

»Jedenfalls –«, sagte er. »Versuch's noch mal.«

Sie versuchte es.

»Besser. Vielleicht. Nun noch einmal. Ich bin der Schwan.«

Sie ging am Strand entlang und sammelte Muscheln. Finn stand auf Zehenspitzen. Sein Haar hing ihm ins Gesicht; sie konnte ihn kaum sehen. Er machte sausende Geräusche, um das Flügelschlagen nachzuahmen.

»Wenn du das hörst, kriegst du Angst. Du läufst ein paar Schritte.«

Sie lief ein paar Schritte.

»Gut.«

Er lief hinterher. Es war wie eine Scharade. Sie kicherte.

»Nein, sei nicht töricht! Denk daran, du bist ein armes kleines Mädchen und hast Angst.«

»Ich kann es nicht ernst nehmen.«

»Aber, Melanie, er setzt dich vor die Tür, wenn du nicht für ihn arbeiten kannst. Und was willst du dann tun?«

»Das würde er nicht«, sagte sie erstaunt. »Das könnte er nicht.«

»Doch, er könnte und würde es.« Er redete ernsthaft und vernünftig. »Wir könnten nichts tun für dich. Du würdest Hunger leiden.«

»Ich hasse ihn«, sagte sie. Sie hatte es nicht sagen wollen. Ihre Augen begegneten sich und schauten weg.

»Fang noch einmal an. Tu so, als ob. Spiel Theater.«

Diesmal ging es besser. Sie kniff die Augen zusammen und tat, als sähe sie den Abend kommen. Und tat, als könne sie die Möwen schreien hören und hörte das Knirschen des Sandes unter ihren Fersen und den Rhythmus der Flügel. So war es leicht, ängstlich dreinzuschauen und ein Stück weit zu laufen.

»Du rennst und stolperst, und ich werfe dich zu Boden.« Er unterdrückte ein Gähnen. »Leg die Muschel wieder hin, und wir machen es noch einmal von Anfang.«

Sie gehorchte. Die Möwen schrien, und der Sand verschob sich unter ihren Schritten, und der Schwan stieß herab, und es war einfach. Sie fuhr vor Finn zurück, und es war kein Theater mehr – sie stolperte über die Fransen des Teppichs. Sie verlor die Balance und klammerte sich an Finn, um nicht zu fallen, nur um ihn mit sich zu ziehen. Aneinander festhaltend – Melanie lachte – fielen sie in Zeitlupe zu Boden.

Aber Finn lachte nicht. Und Melanies Lachen versiegte, als sie sein blasses knochiges Gesicht sah, halb verdeckt von den Haaren, und nichts darin entdeckte, nicht das leiseste Lächeln, keine Regung von Zärtlichkeit, die bedeuten könnte, daß sie verschont würde. Er lag so dicht an ihr wie das Hemd an der Haut; und er roch nach Verfall, aber das machte nichts mehr. Erschauernd merkte sie, daß es nichts mehr machte. Sie wartete angespannt, daß es geschähe.

Eine nervöse, den ganzen Körper ergreifende Erregung befiel sie. Sie lagen zusammen auf den kahlen, splitterigen Dielen. Es gab keine Zeit mehr. Und keine Melanie. Sie war völlig still. Sie wuchs und verwandelte sich. Nichts hatte jetzt Wirklichkeit außer dem jungen Mann, den sie mit der ganzen Länge ihres Körpers berührte, ohne ihn anzufassen. Der Moment war ewig, zitterte endlos wie ein Tautropfen auf der Rose, der gleich fallen will. Widerwillig, langsam, zögernd legte er seine Hand auf ihre rechte Brust. Die Zeit begann mit einem Aufzucken wieder, beider Zeit. Sie atmete rasch und zischend aus. Er schloß seine atlantischen Augen. Er sah aus wie die eigene Totenmaske. Es brachte ihn um, aus sich herauszugehen, doch er mußte es.

»Jetzt fängt es an«, sagte sie zu sich selbst, laut und deutlich. Sie hörte ihre eigene Stimme, unbeirrbar, in ihrem Kopf. Keine abgebrochenen Anfänge mehr wie in dem alten Park, sondern der wahre Anfang eines tiefen Geheimnisses zwischen ihnen. Was würde er ihr tun, würde er gut zu ihr sein? Sie schaute mit einer Angst, die auch angenehm war, auf seine fleckige, narbige Hand hinab. Seine Arbeiterhand, die stark war und listig. Das Licht um sie schien zu ersterben, daß sie nur noch mit den anderen Sinnen sehen konnte.

»Nein!« sagte Finn laut. »Nein!«

Er sprang auf und lief durchs Zimmer. Er rannte in den Wandschrank und schloß die Tür. Aus dem Schrank kam gedämpft noch einmal der Ruf: »Nein!«

Die Spannung zwischen ihnen war mit solch rücksichtsloser Wildheit zerstört, daß Melanie erschöpft zurücksank und mit den Tränen kämpfte. Sie spürte noch seine fünf Fingerspitzen, fünf Punkte roter Glut, auf ihrer Brust. Aber er war fort. Ihr war kalt und schlecht.

»Nein!« – schwächer.

»Was hab ich falsch gemacht?« fragte sie die Tür zum Schrank. Keine Antwort. »Finn?«

Immer noch keine Antwort. Sie kam sich töricht vor, auf dem Boden liegend, der Rock über ihren Knien zerknittert. Sie konnte unter die Betten sehen; ein Paar Schuhe unter jedem, kein Staub. Das Zimmer war im Gegensatz zu Finn sehr sauber. Francies Schuhe glänzten blank, aber die von Finn waren mit Schmutz überkrustet – wo mochte er gewesen sein? War er allein durch den Park gegangen, hatte mit der zerbrochenen Königin geredet und der Steinlöwin den Kopf getätschelt? Seine Schuhe waren schräg abgelaufen.

Vielleicht, dachte sie, hat er nicht gewollt, weil ich ihm nie die Schuhe geputzt habe. Alles war möglich, wenn er sich in einem Schrank versteckte, um ihr zu entkommen.

Aus dem Schlüsselloch des Wandschranks stieg blauer Rauch auf. Sie war entsetzt, bis ihr klar wurde, daß er sich eine Zigarette angezündet hatte. Wahrscheinlich würde er in seiner engen Zelle ersticken. Oder sich wie ein buddhistischer Mönch selbst verbrennen, aber nur aus Versehen.

Ist er nicht ein *Dummkopf*, dachte sie. Sie fühlte sich sehr alt, aber nicht reif.

»Rauch nicht im Schrank«, sagte sie.

Eine neue Rauchwolke antwortete ihr. Vor sich hin schimpfend richtete sie sich mühsam auf, ging zum Schrank und öffnete die Tür. Der Wandschrank war gerade groß genug, daß er mit untergeschlagenen Beinen sitzend dort Platz hatte, sein Kopf in den nadelgestreiften Falten von Francies zweitbestem Anzug verborgen, der an einem Bügel hing. Es hingen auch ein paar gespensterweiße Hemden da. Auf einem Fachbrett oben im Schrank waren Bilder aller Größen und Formate gestapelt. Finns Hand, mit einer Zigarette zwischen den Fingern, tastete sich zwischen den Kleiderfalten heraus und klopfte Asche auf den Boden. Er sagte nichts. Sie betrachtete seine gekreuzten Fußsohlen.

»Finn«, sagte sie, »du hast einen Spreißel im linken Fuß.«

»Geh weg«, sagte er.

»Wenn du den Spreißel nicht rausholst, entzündet es sich. Wahrscheinlich muß man dir am Ende das Bein abnehmen.«

»Bitte. Geh weg.«

»Warum versteckst du dich im Schrank, Finn?« fragte sie, wie eine Mutter ratlos ein seltsames Kind fragt, am Ende eines langen schweren Tages.

»Weil es für mich keinen Raum gibt«, sagte er. Die Alice-im-Wunderland-Logik dieser Antwort war zuviel für sie; sie gab sich geschlagen und gestand ihre Niederlage ein.

»Ach, Finn, warum bist du vor mir weggelaufen?« Und die Worte kamen klagend, weinend heraus.

»Du bist zu jung«, sagte er, »um so etwas zu sagen. Du mußt es in einer Frauenzeitschrift gelesen haben.« Seine Stimme klang gedämpft aus den Sergefalten hervor, warm verpackt für eine Expedition in arktischer Kälte.

Sie schob die Kleider beiseite und sah ihn, ganz klein und unglücklich und zusammengeschrumpft, die Knie unters Kinn gezogen, in embryonaler Haltung. Er starrte sie aus zusammengekniffenen Augen wild an, wie eine in die Enge getriebene Siamkatze.

»Verstehst du«, sagte er, »er wollte, daß ich dich ficke.«

Sie hatte das Wort bis jetzt nur gelesen, in nüchternen,

aseptischen Druckbuchstaben, nie gehört, außer von wütenden Landarbeitern, die nicht bemerkten, daß sie vorbeiging. Sie war zutiefst beunruhigt. Sie hatte das Wort nie mit sich selbst in Verbindung gebracht; ihr Phantombräutigam hätte sie niemals gefickt. Sie hätten sich geliebt. Aber Finn – erkannte sie mit rascher Niedergeschlagenheit – hätte sie gefickt. Sie konnte es an der Art, wie er seine Zigarette auf dem Boden ausdrückte, ablesen.

»Es war seine Schuld«, sagte er. »Plötzlich habe ich alles vor mir gesehen, als wir da lagen. Er hat unsere Fäden gezogen, als wären wir seine Marionetten, und da war ich, drauf und dran, dich anzufassen, wie er's wollte. Er hat mir gesagt, ich soll Leda und den Schwan mit dir proben. Irgendwo, wo ihr ungestört seid. In deinem Zimmer von mir aus, sagt er. Geh rauf und probe mal eine Vergewaltigung mit Melanie in deinem Zimmer. Jesus. Er wollte, daß ich dir's besorge, und er hat die Bühne dafür hergerichtet. Ach, er ist böse!«

Melanie trat mit ihrer Schuhspitze gegen einen Astknorren in einer der Dielen. Sie bemerkte, daß die Spitze abgewetzt war und der ganze Schuh repariert werden mußte. Hatte der Haushalt Kredit bei einem Schuhmacher? Sie versuchte, sich auf dieses Problem zu konzentrieren, um nicht darüber nachdenken zu müssen, was Finn sagte.

»Nun«, sagte Finn, die Kleider auseinanderschiebend, um sich eine neue Zigarette anzuzünden, »ich mach da nicht mit, verstehst du? Ich tu nicht, was er will, auch wenn ich scharf bin auf dich. Also!«

Melanie gab den Versuch auf, an den Schuhmacher zu denken.

»Aber Finn, warum um alles in der Welt will er –«

»Um dich zu erniedrigen, Melanie. Er konnte deinen Vater nicht ausstehen, und er kann es nicht ausstehen, daß du und die beiden anderen Kinder eures Vaters seid; daß ihr auch die Kinder eurer Mutter seid, ist ihm egal. Ihr seid für ihn der Feind, der Toilettenpapier benutzt und Fischbesteck.«

»Wir haben nie ein Fischbesteck gehabt«, sagte Melanie.

»Und ihr seid alle so frisch und unschuldig, und deshalb muß man euch verändern und zerstören. Nun, Victoria ist jetzt Maggies Baby, und Jonathon arbeitet Tag und Nacht unter seiner Aufsicht, nur du bist jetzt noch übrig. Also denkt er, ich soll's dir machen, weil er mich auch verachtet und glaubt, daß ich der Abschaum der Gesellschaft bin. Er glaubt es wirklich. Ein dreckiger Penner, und er würde mich rauswerfen, wenn es nicht wegen Maggie wäre und wegen dem Malen, und ich würde ohnehin gehn, wenn Maggie nicht wäre. Und ich sollte dir's besorgen, weil du dir die Achselhaare rasierst, und vielleicht hättest du ein Kind gekriegt, und das hätte deinen Vater geärgert.«

»Mein Vater ist tot.«

»Das weiß er. Trotzdem, das ist ihm alles eins.«

»Ich rasier mich nicht unter den Achseln.«

»Das war bildlich gesprochen.« Sein Gesicht verzog sich zu einer Grimasse des Schmerzes oder des reinen Ekels, und er warf die Zigarette weg und vergrub den Kopf in den Armen. Sie verlagerte ihr Gewicht unsicher und verwirrt von einem Fuß auf den anderen. Sie faßte kaum, was er sagte. Verständnislos fragte sie: »Und willst du mich denn nicht haben?«

»Das hat damit nichts zu tun«, sagte er ärgerlich. »Außerdem – du bist zu jung. Das ist mir im Park klar geworden. Später vielleicht. Aber du bist zu jung.«

»Ich weiß«, sagte sie. »Das ist mein Fluch.«

»Ist es nicht schrecklich?« sagte Finn. »Das ist ein Irrenhaus hier. Er macht mich wahnsinnig.«

Er verbarg sich wieder zwischen den Kleidern, zerrte sie an den Bügeln hin und her. Der Stapel Bilder auf dem Brett geriet in Bewegung und fiel zu Boden. Melanie hob sie müde auf. Sie war vor Überraschung erschöpft. Zuerst das Triptychon mit den drei Sankt-Sebastian-Figuren, vollendet, bis zur letzten Speerspitze und zum letzten Blutstropfen. Sie schnitt ein Gesicht und schob es beiseite. Dann sah sie sich selbst und war gerührt.

Sie zog ihren schokoladenbraunen Pullover aus und war ganz verrenkt, ein ziemlich dünnes, aber hübsches junges Mädchen mit einem zarten, in sich gekehrten Gesicht, vor einer Wand dunkelroter Rosen. Ihre Tapete. Sie sah sehr blank gewaschen aus. Sie sah aus wie eine Jungfrau, die nach jeder Mahlzeit die Zähne putzt und es liebt, große Stücke aus rosigen Äpfeln zu beißen. Ihr schwarzes Haar fuhr ihr in ausholenden Art-Nouveau-Wirbeln um den Kopf. Das Bild sah aus, als habe Finn Kurvenlinien geübt. Es war so flach und verschlossen wie alle seine Bilder, eine Art asexuelles Pinup. Um den bloßen rechten Oberarm trug sie ein schwarzes

Band. Er sah sie nicht genauso wie sie selbst, aber es hätte viel schlimmer sein können.

Aber warum hat er den Trauerflor ins Bild gemalt? dachte sie.

Trotzdem freute sie sich.

»Hast du mich skizziert, durch das Guckloch, wenn ich mich ausgezogen habe?« fragte sie.

»Schau meine Bilder nicht an.«

»Ich räum sie nur weg.«

Dann sah sie das schreckliche Bild. Es war eine Hölle lodernder Flammen, durch die schwarze Gestalten huschten. Onkel Philip lag auf einem Holzkohlenrost wie ein gegrilltes Schweinekotelett. Er war nackt, dick und furchtbar. Sein Fleisch begann aufzuspringen und Blasen zu werfen, während das Fett in ihm kochte. Sein weißes Haar sproß in kleinen Flämmchen empor. Neben ihm stand ein Teufel in rotem Trikot mit Hörnern und einem Pfeilschwanz. Er hielt eine glühende Zange, mit der er Onkel Philips Hoden zwickte. Onkel Philips Gesicht war von einem feurigen Huf gebrandmarkt. Sein Mund war ein schwarzes schreiendes Loch, aus dem eine Schriftrolle mit den Worten »Vergib mir!« hervorkam. Der Teufel hatte Finns grinsendes Gesicht.

Dahin also ist das Grinsen gegangen, dachte Melanie. Er trägt es nicht mehr im Gesicht, er hat es auf den Karton gemalt. Finn würde nie wieder grinsen.

Aus Finns gemalten Lippen, die aus Feuer waren, kam ein einziges Wort: »Niemals!« Über dem ganzen Bild stand als Titel, auch in gotischer Schrift, in einem weißen Wappenschild: »In der Hölle findet jedes Unrecht sein Recht.« Das Vorbild des Gemäldes war Hieronymus Bosch. Melanie ließ das Bild mit einem Aufschluchzen sinken.

»Ich hab dir doch gesagt – nicht anschauen.«

»Du hast recht. Es ist ein Irrenhaus.« Sie fing an zu weinen.

Finn kroch auf allen vieren aus dem Schrank und umfaßte ihre Knie, seinen Kopf zwischen ihren Schenkeln vergrabend. Sie krampfte ihre Finger in sein Haar und sagte die Worte, die ihr durch den Kopf gingen, ohne nachzudenken; hätte sie überlegt, hätte sie sie nie ausgesprochen.

»Ich glaube, ich will in dich verliebt sein, aber ich weiß nicht wie.«

»Du redest schon wieder wie eine Frauenzeitschrift daher«,

sagte Finn. »Was du fühlst, kommt von der Nähe, weil ich da bin. Und jedenfalls bist du zu jung, wir haben doch schon darüber gesprochen. Und du würdest deine Zeit verschwenden, weil ich ihn doch dazu bringe, daß er mich ermordet.«

Der Gong zum Tee ertönte; irgendwie mußte die Mahlzeit durchgestanden werden – die Shrimps geknackt, das Brot gebuttert, die Milch und der Tee in die Tassen gegossen, Victorias Kuchen in Stückchen geschnitten werden, daß sie ihn ganz aufessen konnte. In der Glaskugel saßen sie alle monströs aufgebläht und aßen an einem verzerrten weißen Tisch, der sich unendlich erstreckte. Melanie hielt ihren Blick auf die Glaskugel gerichtet, damit sie Onkel Philip nicht ansehen mußte.

Der nächste Tag war Heiligabend, doch er unterschied sich nicht von anderen Tagen, nur daß im Laden viel, viel Betrieb war. Den ganzen Tag lang war er gedrängt voll, und Melanie und Tante Margaret wankten auf brennenden Füßen daher, als sie endlich das Schild an der Tür umdrehen konnten, daß es »geschlossen« hieß. Die Fächer waren beinahe leer, das Lager beinahe geräumt.

Selbst das Schaukelpferd und die Spielzeugmarionetten aus dem Schaufenster waren fort, nur die Plastikzweige waren zurückgeblieben. Geldscheine quollen aus der Kassenschublade. Sie hatten die letzte Rolle Geschenkpapier angefangen. Der Laden sah aus wie ein Feld am Morgen nach der Schlacht. Auf seiner Stange hockte in sich zusammengesunken der Sittich, als sei auch er von der Arbeit erschöpft.

»Nun«, schrieb Tante Margaret, »zumindest haben wir morgen einen Ruhetag.«

Wenn auch nicht mehr. Melanie kämpfte mit Selbstmitleid und Erinnerungen, als sie mit einem Buch in der Küche saß, während ihre Tante an den letzten Nähten ihres griechischen Gewandes arbeitete. Keine Stechpalmenzweige in der Küche, kein Mistelzweig über dem Lampenschirm. Kein Weihnachtsbaum mit kleinen bunten Lämpchen. Onkel Philip bekam Weihnachtskarten und Kalender von den Läden und Großhandlungen, mit denen er zu tun hatte, aber er warf sie weg, sobald sie eintrafen, so daß keine Kartengrüße auf dem Kaminsims standen. Nichts. Und das Haus war eigenartig kalt. Vielleicht war es aus Trotz besonders eisig.

Melanie fragte sich, ob sie wohl zur Kirche gehen würden,

in die Mitternachtsmesse, weil sie verworren dachte, sie müßten doch religiös sein, wenn sie so fest an die Hölle glaubten. Aber es ging zur üblichen Zeit ins Bett, und obwohl Francie sehr spät zurückkam, war er ein wenig betrunken und konnte also nicht in der Kirche gewesen sein. Sie hörte seinen unsicheren Schritt auf der Treppe, und er summte leise eine Hornpipe vor sich hin.

Finn mußte im Dunkeln wachgelegen haben, wie Melanie auch – die Wand zwischen ihnen wie Tristans Schwert –, denn sie konnte hören, daß Francie und er eine Weile leise miteinander redeten, wenn sie auch kein einziges Wort verstand. Dann kam ein wenig Licht durch das wieder freigelegte Guckloch, ein flackerndes, heimliches Licht. Und ihre Nase fing den Geruch von glostendem Holz auf. Sie verbrannten etwas. Schuldbewußt stieg sie aus dem Bett, um nachzusehen. Draußen war es kälter, als sie es für möglich gehalten hätte, die Temperatur Rußlands in seinen kältesten Nächten. Die Dielen berührten ihre ungeschützten Fußsohlen wie Schläge von Eis. Sie spürte am ganzen Körper eine Gänsehaut aufsteigen.

Das Zimmer der Brüder war voller Dämmerschatten; sie machte ihre beiden Gestalten mit Mühe aus. Sie kauerten zusammen mitten im Raum. Der Spiegel blitzte plötzlich im Licht eines Streichholzes auf. Francies Regenmantel glitzerte; er trug immer noch Mantel und Hut. Er kniete auf dem Boden und hielt mit einer Hand sein Gleichgewicht. In der anderen hielt er eine kleine geschnitzte Puppe mit einem Schopf gelblichweißen Haars aus aufgedröselter Schnur empor. Sie trug ein kleines elegantes weißes Hemd mit einer Schnürsenkelkrawatte. Tante Margaret mußte das Hemd genäht haben, es war so fein und winzig. Es mußte schwierig gewesen sein, es so klein zu machen.

Finn hielt sorgfältig Streichholzflammen an verschiedene Teile der Puppe. Sobald die Kleidung zu glimmen und zu glühen begann und das Holz darunter in Brand setzte, drückte er das Feuer mit den Fingern wieder aus und begann an einer anderen Stelle. Beide waren ganz still und beschäftigt, vertieft in ihre Arbeit. Sie sah, daß auch der Hund dabei war; er saß da und sah ihnen zu, ohne zu blinzeln. Wenn die Streichhölzer aufflammten, waren seine Augen glühende Himbeeren. Sein weißes Fell sah unnatürlich aus, absichtlich gebleicht, als Verkleidung. Finn hielt ein Streichholz an den Schritt der Puppenhose, und er und Francie lachten ganz leise. Die Jowles feierten Weihnachten auf ihre Weise.

Melanie ging zurück ins Bett und zog sich die Decke über den Kopf. Aber es war keine Wärme in den Kissen, und die Steinwärmflasche war inzwischen kalt geworden. Es war so kalt, daß sie dachte, der Schleim in der Nase müßte gefrieren und ihr Gehirn zu einem walnußförmigen Klumpen Eis werden. Sie hielt den Kopf unter der Decke versteckt, um nicht das magische Licht zu sehen.

8

Als Melanie schüchtern am Weihnachtsmorgen in der Küche das Parfüm überreichte, umarmte die Tante sie und küßte sie und freute sich so über das Geschenk, daß Melanie sich schämte, weil es nur so klein war.

Warum hab ich bloß nicht daran gedacht? fragte sie sich. Ich hätte ihr meine Konfirmationsperlen geben können. Ich brauche sie nicht und will sie auch nie mehr tragen, nach der Vorstellung morgen. Und ihr würden sie so gefallen!

Sie stellte sich vor, wie ihre Tante die Perlen mit ungläubigen, wie verwandelten Fingern berührte, die Kette mondglänzender Samenkörner an den armen Hals gedrückt. Die schönen Perlen, die soviel besser zum zarten Fleisch ihrer Tante paßten als das quälende Silber. Und ihre kostbaren Perlen waren das einzige Geschenk, das sie machen konnte, das wirklich zum Ausdruck bringen würde, was sie für ihre Tante empfand. Melanie würde sie ihr nächstes Weihnachten schenken, oder zum Geburtstag, wenn sie herausfinden konnte, wann der war.

»Ich wollte für euch alle Geschenke kaufen«, schrieb Tante Margaret mit ihrer Kreide. »Aber ich habe kein Geld, wie ihr wißt, und Philip –« Die Kreide sank ihr aus den Fingern.

»Das ist schon gut«, sagte Melanie mit aufwallender Liebe. »Ach, mach dir keine Sorgen.«

In ihrem eigenen Zimmer machte sie das einzige Weihnachtspaket auf. Mrs. Rundle hatte jedem von ihnen einen Pullover gestrickt – praktisches Grau für Jonathon, fruchtiges, leckeres Rosa für Victoria, und ein hübsches Himmelblau für Melanie – und sie in nettes Weihnachtspapier gesteckt. Melanie zog Victoria den neuen Pullover über den Kopf – ihn ihr anzuziehen, war wie einem widerstrebenden Kissen einen Bezug überzustülpen. Es gab dieses Weihnachten keinen prallgefüllten Nikolausstrumpf (keine Orange in der Ferse, keine Nüsse in den Zehen, keine Schokoladentafel, die oben herausschaute) für Victoria, es gab nichts außer dem Pullover und den Bonbons. Aber sie erinnerte sich nicht mehr an das letzte Weihnachten, und man hatte ihr dieses Jahr nicht gesagt, sie solle sich auf das Weihnachtsfest freuen, so daß sie den Mangel nicht empfand, wenn auch Melanie ihn für sie fühlte. Es schien ihr hart, dem Kind das zu nehmen. Aber der Pullover war nur wieder irgendein langweiliges altes Kleidungsstück für Victoria, und die Bonbons nahm sie ohne Neugier, möglicherweise in der Annahme, sie seien irgendwie ein Bestechungsversuch. Sie fing sofort an, sie zu essen, nachdem Melanie ihr die Dose aufgemacht hatte. Es war nicht gut für sie, so früh schon Bonbons zu essen, aber Melanie hatte nicht das Herz, ihr zu sagen, sie solle aufhören.

Der japanische Lampion sah an diesem Morgen wie eine Weihnachtsdekoration aus, er war so rund und blau und fröhlich. War er vielleicht einmal genau das gewesen, in ferner Vergangenheit, als die Flowers eine normale Familie waren? Sie mußten normal gewesen sein, als Melanies Mutter noch bei ihnen lebte. Exzentrische Lebensumstände waren bei ihr unvorstellbar. Und die niemals erwähnten Großeltern, wie waren die? Sie mußten doch Weihnachten gefeiert haben, als Mutter und Onkel Philip klein waren. Wenn Onkel Philip je ein kleiner Junge gewesen war. Es war schwierig, ihn sich klein vorzustellen, mit Schülermütze und kurzen Hosen, wie er mit Kastanien spielte und Comics las und Streichholzschachteln sammelte.

Aber – dachte Melanie mit plötzlichem Erschrecken – wenn nun Onkel Philip mit seinen Eisenfäusten gar nicht der Bruder meiner Mutter ist? Vielleicht hatte sich der dicke Mann irgendwann im Laufe der Jahre an die Stelle des Dünnen auf dem Hochzeitsphoto gedrängt. Ein fremder dicker Mann, ein Betrüger, der Philip Flowers Gesicht und Kleider trug, aber es gar nicht war.

Melanie wünschte, sie hätte statt dessen zur Familie ihres Vaters ziehen können. All die netten Leute auf der Hochzeitsphotographie, die zweifellos allesamt in eben diesem Augenblick Weihnachtsbäume schmückten und große Truthähne zubereiteten für ein großes Festessen. Aber wenn sie zu Tante Rose oder Tante Gertrude gekommen wäre, hätte sie nie Francie oder Tante Margaret kennengelernt oder Finn. Oder Finn.

Melanie zog ihren Pullover an. Die neue Wolle kitzelte, aber er war herrlich warm, mit einem hohen Kragen, der ihren Hals umschloß. Er schien sie mit mehr als seiner Wolle zu wärmen, als hätte Mrs. Rundle mit jeder Masche etwas von ihrer Liebe, schlicht und kraus, hineingestrickt. Sie war dankbar, denn das Haus war im tiefen Winter versunken. Die paar Elektroöfchen schienen die Kälte eher zu verschärfen als zu vertreiben. In diesen Dezembertagen war Tante Margarets spitze Nase immer ein wenig gerötet. Aber Melanie brauchte jetzt nicht einmal mehr eine Jacke über ihren junihimmelfarbenen Pullover anziehen. Sie würde Mrs. Rundle schreiben und ihr danken. Sie dachte an Mrs. Rundles haarige Leberflecke: Sie waren eine bedeutsame und schöne Erinnerung.

Zu ihrer Überraschung gab es ein besonderes Essen, Gänsebraten, der plötzlich mit einer Schüssel Apfelmus auf dem Tisch erschien wie der Geist der vergangenen Weihnacht. Tante Margaret mußte ihn heimlich selbst bestellt haben, als Überraschung. Onkel Philip, geizig wie Scrooge, runzelte böse die Stirn, als er ihn sah, und hieb das Tranchiermesser so wütend in den Bauch der Gans, daß die Fülle auf das gute Damasttischtuch herausspritzte und Tante Margaret sie mit einem Löffel zurückschaufeln mußte. Er griff die wehrlose Gans so brutal an, daß es schien, als wollte er sie noch einmal töten, vielleicht aus dem Gefühl heraus, der Metzger habe sein Geschäft nicht verstanden und Tante Margaret habe sie nicht heiß genug gebraten, um ihr wirklich den Garaus zu machen. Das dampfende Messer in der Hand, schaute er Finn nachdenklich an. Einen Moment lang befürchtete Melanie, er habe an der Gans nur den Todesstoß ausprobiert und würde nun, geübt, bei Finn weitermachen. Aber am Ende tat er Finn lediglich eine magere Portion Haut und Knochen auf den Teller, die Finn mürrisch mit der Gabel hin und her schob, ohne davon zu essen. Onkel Philip langte mit großem Appetit zu und nagte die Knochen ab wie Heinrich der Achte. Es war eine düstere Tafel, und sie blieben nicht lange bei Tisch.

Und in ganz London sahen sich jetzt Männer und Frauen mit bunten Papierhütchen die Ansprache der Königin im Fernsehen an, knackten Walnüsse und tranken sich mit Portwein zu. Es war kaum zu glauben, daß in diesem Haus Onkel Philip und Finn und Jonathon sofort in die Werkstatt zurückgingen, sobald die Mincepies mit Kognakbutter lustlos verzehrt worden waren. Tante Margaret holte nach dem Abwasch das Chiffongewand hervor, um die letzten Stiche an den Kreuzbändern auf der Brust zu tun. Victoria spielte mit einem Topf, den sie mit einem Kochlöffel bearbeitete. Sie hatte schon Kognakbutter an ihren rosa Wollbündchen. Sie trommelte einen Wirbel und schrie laut dazu. Melanie bekam Kopfweh.

Das Haus ist voller Spielsachen, und Onkel Philip gibt Victoria nicht einmal etwas, mit dem sie still spielen kann, dachte sie ärgerlich. Sie versuchte, das Gewand nicht anzusehen, weil es sie an den unbekannten und gleichgültigen Schwan denken ließ, der ihr am kommenden Tag Gewalt antun sollte. Der bloße Gedanke an den Schwan erschreckte sie. Der Nachmittag war zum Ersticken. Victoria schlug auf ihren Topf ein und sang, was ihr aus verschiedenen Liedchen einfiel, und Tante Margaret streichelte ihr liebevoll den Kopf. Sie waren so glücklich zusammen. Melanies Kopfschmerzen wurden stärker. Sie ging leise auf ihr Zimmer, aber Francie spielte langsame Weisen, und Motive seiner Melodien tapsten auf kleinen, weichen, melancholischen Füßen um sie herum, und sie dachte, das Herz müsse ihr brechen. Sie wußte nicht, was sie mit sich anfangen sollte. Sie zupfte die welken gelben Blätter von der Geranie und zerrieb sie zu duftendem Staub zwischen ihren Fingern. Sie starrte ihre Hand an. Vier Finger, ein Daumen. Fünf Fingernägel.

Das ist meine Hand. Meine. Aber wozu ist sie gut? dachte sie. Was hat sie zu bedeuten?

Ihre Hand schien ihr wunderbar und erstaunlich, ein Objekt, das nicht ihr gehörte und das sie nicht zu gebrauchen wußte. Die Finger waren Leute, die Mitglieder einer Familie. Der Daumen war Vater, kurz und stämmig, wahrscheinlich ein Mann aus dem Norden, mit breitem, bestimmten Akzent, und der Zeigefinger die Mutter, eine schlanke, großgewachsene Dame aus dem Mittelstand, die gelegentlich etwas »empööhrend« fand und beim Dessert die Orangen mit dem Obstbesteck aß. Hatte er über seine soziale Stellung hinaus geheiratet, kühn geworden durch sein Geld, der Neureiche? Er hatte die aufrechte, trotzige Haltung eines Mannes, der seinen eigenen Weg gegangen ist. Und drei hübsche Kinder, zwei schon groß, ein Junge und ein Mädchen, und eins, das gerade in die Pubertät kam. Sie bewegte die Hand, und die Familie führte bereitwillig ein Tänzchen für sie auf. Dann überlief sie das Entsetzen.

Ich muß verrückt werden! In diesem verrückten Haus wurde sie, wie Finn es von sich gesagt hatte, langsam wahnsinnig. Sie schlug sich die Vorhänge um den Kopf, um Francie nicht spielen zu hören und nicht zu sehen, wie das Zimmer dunkler wurde, wie alles sich dem morgigen Tag näherte. Sie fühlte, wie die Weltkugel dem neuen Tag entgegenwirbelte und sie, unendlich klein, zornig, widerwillig, mit sich trug. Sie sah sich selbst winzig auf dem Klassenzimmerglobus stehen, und wie er sich im weiten, schweigenden Raum drehte, und wieder spürte sie sich am Rande des Wahnsinns. Aber gab es das, daß man mit fünfzehn, beinahe sechzehn den Verstand verlor? Nun, sie war dann wohl die erste, etwas Einzigartiges. Ein Schwan hing über ihrem Haupt, wie das Damoklesschwert, folgte ihr überallhin, wohin sie – unbedeutend wie ein Staubkorn – von schrecklichen Winden kreuz und quer verweht wurde.

»Ach, ich darf mich vor dem Schwan nicht fürchten. Es ist doch nur eine Scharade.«

Aber es war nicht eigentlich der Schwan, vor dem sie sich fürchtete, sondern daß sie sich dem Schwan hingeben mußte.

Als sie am nächsten Tag frisiert und ihr das Gewand angelegt wurde, füllte sich Victoria die klebrigen Hände mit Chiffon und rief: »Schöne Dame! Schöne Dame!«

»Meinst du wirklich?« fragte Melanie sehnsüchtig, als zählte Victorias Meinung oder als könnte Schönheit sie beschützen. »Ja«, sagte Victoria mit Nachdruck, rund wie ein Apfel in ihrem obstfarbenen Pullover. Tante Margaret, die die Blumen in Melanies Haar steckte, nickte so kräftig, wie ihr Halsschmuck es zuließ. Sie trug ihr gerade herabfallendes graues Kleid und sah aus wie eine dorische Säule. Aber ihr Haar war nicht ganz so fest hochgespießt wie sonst, wenn sie ihre besten Sachen trug, und eine Locke fiel ihr unordentlich neben das Ohr, was ihr ein widersprüchliches, leichtsinniges Aussehen verlieh. Sie war wohl zu sehr in Gedanken gewesen, um sich richtig zu frisieren. Sie und die anderen waren so reinlich und sonntäglich gekleidet, so nett und proper angezogen, daß Melanie sich ungebührlich vorkam, wie ein Varietégirl, das in Netzstrümpfen zum Abendmahl geht. Jetzt war sie also im Schaugeschäft.

»Ich habe nicht richtig geprobt«, sagte sie zitternd.

»Du wirst es sehr gut machen«, sagte Francie. »Werd nicht nervös, Mädchen, der Vorhang geht gleich auf.«

»Ach, Francie«, sagte sie und schluckte.

Er tätschelte ihr ermutigend den Chiffonpopo. »Hunde, die bellen, beißen nicht.«

Sie hatte das schon einmal über Onkel Philip gehört, aber sie glaubte es nicht. Es gab ihr einen Stich, als sie daran dachte, was er wohl tun würde, wenn sie nicht gut spielte, dachte an ihr frisches Blut in einer Lache auf der kleinen Bühne. Aber als er sie sah, schien er hinlänglich zufrieden, zumindest mit ihrem Aussehen; er musterte sie von oben bis unten und sagte: »Na gut. Geh hinter den Vorhang.« Er wirkte riesig in seinem Smoking und den gestreiften Hosen, ein Stier. Vielleicht war er ein Stier. Mit feuersprühenden Nüstern würde er sich in den stiergestaltigen Jupiter verwandeln, und, alle Mythen durcheinanderwerfend, Melanie als Europa durch das gemalte Meer forttragen, wo Delphine sich tummelten. Sie war nervös und stellte sich alles mögliche vor.

Es waren diesmal nur drei Stühle aufgereiht, da Melanie nicht mehr im Publikum saß. Das Schild »rauchen untersagt« hing wieder am Vorhang, aber ein neu entworfenes Plakat verkündete: »GROSSE WEIHNACHTS-SONDERVORSTELLUNG – Kunst und Natur verbünden sich mit Philip Flower, um Ihnen ein Einzigartiges Phänomen vorzustellen.« Und Onkel Philip, umgeben von einem zwergenhaften Reigen hüpfender junger Mädchen, hielt an Fäden einen schönen Schwan in die Höhe.

Die Bühne war ein säuberlich gezimmerter Guckkasten mit einer roten Seite und einer Meeresseite und einem Rahmen oben mit der Beleuchtung, wo Finn grimmig hockte wie eine Kröte. Sein Gesicht war böse, ausdruckslos und übellaunig. Sie konnte den Schwan nirgendwo sehen. Er mußte in den Kulissen sein. Die Bühne war mit unzähligen Muscheln aller Formen und Größen bestreut, Miesmuschelschalen, große, runde, perlenschimmernde Muscheln, kleine, scharf-spitzige Muscheln. Auf der anderen Seite des Vorhangs, in einer anderen Dimension, nahmen Tante Margaret und die Kinder ihre Plätze für die Vorstellung ein. Melanie stand mitten auf der Bühne. Sie kam sich töricht vor.

»Zieh deine Treter aus, du blöde Kuh!« Onkel Philip stieg an einer kurzen Leiter zu Finn hinauf. Melanie trug immer noch die schweren Schnürschuhe, die sie angezogen hatte, um nach unten zu gehen. Sie mußten zusammen mit ihrem Gewand absurd aussehen. Sie schlenkerte sie von den Füßen und warf sie in die Kulissen. Sie fühlte sich sehr viel entblößter ohne ihre Schuhe.

Das Licht durchlief eine kaleidoskopische Serie von Verwandlungen, als würde Finn die ganze Skala seiner Effekte durchprobieren. Sie versuchte, ihre Nerven dadurch zu beruhigen, daß sie an etwas anderes dachte, etwas Angenehmes, kuschlige Kätzchen, Kartoffelküchlein zum Tee; aber eigenartigerweise brachte sie der Gedanke an solche Dinge an den Rand der Tränen. Sie sagte im Kopf das Einmaleins auf, damit die Zeit verging. Über ihrem Kopf raschelten und murmelten Finn und Onkel Philip.

»Musik!«

Außerhalb der roten Wand begann Francie, einen Querschnitt aus ›Schwanensee‹ zu spielen, im Stil eines sonntäglichen Wunschkonzerts im Radio. Was denn sonst, dachte sie und unterdrückte ein plötzlich aufsteigendes Kichern, was denn sonst? Es war beruhigend, sich Onkel Philips Geschmack überlegen zu fühlen. Er schätzte offenbar Tschaikowsky, denn er nickte im Takt mit dem schweren Kopf. Er raschelte mit dem Regiebuch in seiner Hand und las:

»Leda sammelt Muscheln am Strande in der sinkenden Dämmerung; sie ahnt nicht, daß der allmächtige Jupiter sie zur Geliebten erwählt hat.«

Finn knipste einen Schalter an, und die Bühne füllte sich mit bräunlichem Abenddämmer. Ein Scheinwerfer durchbohrte Melanie. Onkel Philip zischte: »Fang an, du da, wie heißt du gleich?«

Sie zog ihren Rock hoch und legte Muscheln hinein, sich neigend und aufrichtend, neigend und aufrichtend, begleitet von dem Scheinwerfer, während der Vorhang sich teilte. Da stand Francie mit der Fiedel unter dem Kinn. Da saßen ihre Tante und ihr Bruder und ihre Schwester, und alle applaudierten. Es war wie das Schultheater. Sie war um diese Zeit vor einem Jahr ein Engel im Krippenspiel an der Schule gewesen, auch in einem weißen Gewand, aber mit einem Pappheiligenschein auf dem Kopf. Sie las ihre Muscheln auf.

Aber was soll ich mit den ganzen Muscheln tun? dachte sie. Sie wußte die Antwort, als Onkel Philip unerwartet mit einem Filzschlegel auf ein Blech schlug, Donner nachahmend; erschrocken ließ sie alle fallen. Und dann kam der Schwan.

Er war beinahe so groß wie sie, ein eiförmiges Sperrholzgebilde, weiß angestrichen und mit aufgeklebten Federn bedeckt. Sein langer Hals mußte wohl aus Gummi sein, da er sich krümmte und schwankte, wie mit seltsamem Eigenleben begabt. Kopf und Schnabel jedoch waren aus Holz geschnitzt, die Augen schwarzes Glas. Der Schnabel war mit Goldfarbe bemalt. Die Flügel waren nach dem Prinzip von Flugzeugmodellen konstruiert, aber gekrümmt: sich wölbende Streben aus dünnem Holz mit einer alles bedeckenden Hülle aus gefiedertem weißem Papier. Die schwarzen Füße waren unter den Leib gezogen. Es war eine groteske Parodie eines Schwans, die Edward Lear hätte entworfen haben können. Es glich in nichts dem wilden phallischen Vogel ihrer Vorstellungen. Es war plump, grobschlächtig, exzentrisch. Sie mußte beinahe wieder lachen, als sie seinem unbeholfenen Vordringen zusah. Aber sie lief vor ihm davon, wie es von ihr erwartet wurde; sie trat auf Muscheln, die ihr die bloßen Füße ritzten.

Seine Flügel flatterten, weil Onkel Philip die Fäden zog. Er folgte ihr und reckte seinen törichten Schnabel nach rechts und nach links. Das kleine Publikum applaudierte wieder. Der Schwan senkte die Füße – ein Flugzeugmodell, das zur Landung ansetzt. Das ist schlau gemacht, dachte Melanie. Er landete mit einem leichten Aufschlag auf seinen zwei Schwimmfüßen, die aus schwarzem Plastik waren. Sie hielt inne; sie wußte nicht, was sie jetzt tun sollte. Er watschelte zielsicher auf sie zu. Sie betete um ein Stichwort. Onkel Philip las mit lauter Stimme:

»Leda versucht, vor der himmlischen Heimsuchung zu fliehen, doch seine Schönheit und Majestät strecken sie zu Boden.«

Nun, da muß ich mich hinlegen, dachte sie und ließ sich – nachdem sie hastig mit dem Fuß ein paar Muscheln beiseitegefegt hatte – auf die Knie nieder. Wie das Schicksal oder die Uhr rückte der Schwan vor, und seine Füße klatschten, klatschten, klatschten über die Bretter. Sie dachte an das Trojanische Pferd, auch hohl und aus Holz – wenn sie ihre Rolle nicht gut spielte, dann ging vielleicht eine Falltür an der Flanke des Schwans auf, und eine bewaffnete Meute winziger Onkel Philips, alles aufgezogene Automaten, brach hervor und fiel über sie her. Diese Möglichkeit schien ihr real und entsetzlich. All ihre Lachlust erlosch. Sie nahm sich selbst wahr wie in einer Halluzination – sie war nicht mehr sie selbst, war aus ihrer Identität gerissen, sah dieser ganzen Theaterphantasie von einem anderen Ort aus zu. Und in dieser Phantasie war alles möglich. Selbst daß der Schwan, der lächerlich künstliche Schwan, zu Wirklichkeit würde und jenes Mädchen in einem Schneesturm weißer Federn vergewaltigen würde. Der Schwan ragte vor dem schwarzhaarigen Mädchen auf, das Melanie war und doch auch nicht. Sein leerer Leib war weiß und hell wie eine Meringue, sein Kopf fuhr auf seinem elastischen Hals nach da, nach dort. Die Musik schluchzte einem qualvollen Höhepunkt entgegen.

Sie hatte die Schwanensee-Musik zuletzt vor einigen Jahren gehört, auch an Weihnachten, in einem roten Plüschfauteuil in der Covent-Garden-Oper, als ihr Vater sie zum Schuljahresschluß zur Belohnung ins Ballett mitgenommen hatte. Die weißen Gestalten wirbelten und drehten sich um sie her. Sie hatte sich eine Zeitlang für Ballett interessiert. Jetzt stand sie selbst mit einem künstlichen Schwan auf der Bühne. Der Schwan drückte seinen Bauch gegen ihre Füße. Sie spürte es. Nach oben schauend, konnte sie sehen, wie Onkel Philip seine Bewegungen lenkte. Sein Mund stand vor angestrengter Konzentration offen. Sie bemerkte, daß das Gewebe seiner schwarzen Krawatte an manchen Stellen im Licht glänzend aufblitzte. Sie bewegte sich unruhig unter dem raschelnden Schwan, dessen Schwingen nun heftig schlugen, ihr Haar zerzausten. Eine Margerite wehte davon. Sie konnte von diesem Punkt an nichts mehr sehen außer dem mehlweißen Glanz des Scheinwerfers.

»Der allmächtige Jupiter in Gestalt des Schwans vollzieht seinen Willen.« Onkel Philips Stimme, tief und feierlich wie die Töne einer Orgel, bewegte sich dunkel und sonor durch das Seufzen der Fiedel. Der Schwan tat einen plumpen Sprung vorwärts und saß auf ihren Lenden. Sie stemmte sich mit aller Macht dagegen, um ihn abzuschütteln, aber die Schwingen umgaben sie auf allen Seiten wie ein Zelt, und der Kopf sank nach vorn und schmiegte sich an ihren Hals. Der vergoldete Schnabel grub sich tief in das weiche Fleisch. Sie schrie, sich dessen kaum bewußt, daß sie schrie. Sie war vollständig von dem Schwan bedeckt bis auf die strampelnden Füße und das schreiende Gesicht. Der obszöne Schwan hatte sie bestiegen. Sie schrie wieder. In ihrem Mund waren Federn. Sie hörte, wie sich der Vorhang unter Beifallklatschen mit schleifendem Geräusch schloß, und dachte, es sei das Meer.

Nach einer Lücke in ihrem Bewußtsein merkte sie, daß Finn neben ihr kniete und ihr den Rock über die Knie herunterzog. Der leidenschaftliche Schwan hatte ihr das Kleid halb vom Körper gerissen. Finns Gesicht war finster entschlossen. Sie sah ihn an wie einen Fremden, in seinem karierten Wollhemd und seiner abgewetzten Kordhose, unrasiert. Er hat hübsche Ohren, dachte sie; sie waren ihr zum ersten Mal aufgefallen. Es waren kleine und wohlgeformte Ohren. Sie versuchte sich zu erinnern, wo sie ihn schon einmal gesehen hatte; das Gesicht kam ihr bekannt vor. Aber es war zu schwierig, und sie gab es auf. Sie sah sich nach dem Schwan um. Er war von der Bühne gezerrt worden. Er hing an seinen Schnüren, ein rührender Anblick, nun, da seine Antriebskraft dahin war, leise hin und her pendelnd.

»Es ist alles gut«, sagte Finn. »Das Stück ist vorbei.«

Da erkannte sie Finn. Natürlich – er malte Sachen, und er war ihr Freund, was immer das heißen mochte. Sie zog Melanie wie einen Mantel wieder an, ganz langsam. Onkel Philip kam schnaubend und prustend die Leiter heruntergestiegen und befahl Finn grob, sofort wieder an die Beleuchtung zu gehen.

»Du hast übertrieben!« sagte er zu Melanie und versetzte ihr einen Schlag mit dem Handrücken ins Gesicht. »Du warst melodramatisch. Puppen übertreiben nicht. Du hast die Poesie verdorben.«

Mit brennendem Gesicht sagte sie: »Der Schwan hat mich erschreckt.« Aber er hörte sie nicht. Er rückte seine Krawatte zurecht. Helligkeit überflutete die Bühne. Sie, Onkel Philip und der Schwan bekamen begeisterte Ovationen. Es schien Stunden zu dauern – sie verneigte sich und knickste und fing Papierrosen auf, die ihre Tante ihr zuwarf, bis ihr Onkel schrie: »Licht im Saal!« und der Vorhang sich zum letzten Mal schloß. Er schaltete sein bleckendes Lächeln sofort ab. Er legte seine Arme um den Hals des schlaffen Schwans.

»Gut gemacht, mein Alter«, sagte er zu ihm. Der hölzerne Kopf baumelte.

»Ist noch etwas?« fragte Melanie. Sie zitterte, und ein Schwindelgefühl ergriff sie nun, als es mit all ihren Ängsten und Erwartungen plötzlich vorbei war.

»Nichts. Hau ab.«

Sie sammelte ihre Schuhe auf und ging. Tante Margaret und Francie küßten sie, und Francie sagte: »Du warst gut, wirklich gut.« Es war alles vorbei. Sie hatte ihr Debut hinter sich. Sie war wieder am Leben. Ihr Haar war voll Federn, und sie war staubig. Sie kämmte sich und holte die Margeriten und Federn aus dem Haar, zog ihren Alltagsrock an und den neuen Pullover, der freundliche Arme um sie legte. Doch fühlte sie sich noch immer fern, abgelöst.

Zum Tee gab es Baumkuchen mit einem Rotkehlchen aus Zucker obenauf. Victoria nahm es und aß es auf. Der Kuchen schien Melanie äußerst exotisch und unwirklich, eine Illusion. Sie aß ihre Scheibe, ohne etwas zu schmecken. Die Gesellschaft um den Teetisch herum war so verzerrt und fremd wie ihr winziges Abbild in der Glaskugel. Sie sah zu, wie Onkel Philip vier grüngeränderte Tassen Tee leerte, und dachte daran, wie sich die Flüssigkeit in seinen Nieren langsam zu Urin verwandeln würde; es war wie ein alchimistischer Prozeß, die Transmutation einer Flüssigkeit in eine andere. Er konnte auch Holz in Schwäne verwandeln. Schokoladenguß hing an seinem Schnurrbart – wie würde er ihn verwandeln? Sie wartete gespannt. Sein Schweigen hatte Fülle, hatte Höhe und Gewicht. Es reichte von hier bis zum Himmel. Es füllte den Raum. Es war schwer wie der Saturn. Sie aß am selben Tisch mit diesem elementaren Schweigen, das einen zu Nichts zerdrücken konnte.

Doch ihre Augen kehrten immer wieder zu dem verzerrten Bild in der Glaskugel zurück. Die Verzerrung schien plausibel. Melanie fragte sich, was wohl der wahre Teetisch war und was das Abbild. Der Schokoladenguß an ihrem Messer war kein empirischer Beweis; der lackierte Stechpalmenzweig aus Papier auf dem Kuchen war auch künstlich. Alles wurde von der in Onkel Philip personifizierten Schwere zu Papiersilhouetten flachgepreßt, während er aß. Sie hatte das Gefühl, keinen Schatten mehr zu werfen.

Sie konnte sich nachher nicht mehr erinnern, wie der Abend verlaufen war, aber irgendwie mußte er vorbeigegangen sein, denn sie lag dann im Bett, hauste in einem grauen Niemandsland zwischen Schlaf und Wachen. Victoria, die glückliche Victoria, die noch in jenem Land lebte, wo Milch und Honig flossen, in einem Eden, dessen Schlangen alle noch in der Zukunft schlummerten, die bewußtseinslose Victoria schlief wie ein Klotz, aber Melanie hörte ein Kratzen an der Tür. Sie glaubte nicht daran und tat so, als schliefe sie schon in ihrem gestreiften Bettzeug zuhause, und vor dem Fenster blühte der Apfelbaum weiß vor Reif. Trotzdem ging das Kratzen weiter. Sie öffnete die Augen.

Ein Finger Mondlicht schob sich durch den Vorhang und ruhte auf dem Fußende ihres Bettes, einen Hügel erhellend, in dem sie nach einem Moment erleichtert ihre Füße erkannte. Kratzen, Krabbeln an der Tür, dann ein Flüstern: »Ich bin es, Finn. Ich will mit dir sprechen.«

Sie lag in Lavendellaken, und Finn wollte mit ihr sprechen. Sie versuchte, die Logik dieses Zusammenhangs zu erkennen, aber es gelang ihr nicht.

»Komm rein, wenn du magst«, sagte sie und ließ sich mit der Strömung treiben.

Aber war es Finn oder nicht? Es war zu dunkel, um etwas zu sehen, und das Flüstern war anonym, ein metallisches Kratzen.

Es war ein beunruhigender Moment, als die Schattengestalt durch das Zimmer zu ihrem Bett kam, lautlos, wie durch Wasser watend. Aber der Atem war der von Finn. Er mußte es sein. Er klang wie eine singende Säge. Es konnte nicht zwei Menschen geben, die so atmeten. Er kauerte sich neben das Bett. Er roch wie Finn. Es konnte nicht zwei Menschen geben, die so rochen. Aber es war noch ein wildes Aroma der Nacht an ihm, und sein Atem roch nach Schnaps, wenn Finn auch nicht betrunken schien. Seine Zähne klapperten so laut, daß es klang, als spielte er auf den Löffeln. Sie war beunruhigt, daß es Finn war, und beunruhigt über seinen Zustand.

»Was ist mit dir, Finn?«

»Oh, Melanie, oh –« Seine Zähne klapperten so sehr, daß er nicht zusammenhängend sprechen konnte. Sein ganzer Körper bebte. Sie berührte seine Stirn, die vor Fieber glühte. Er fuhr zurück, als schmerzte ihn die Berührung.

»Du bist krank!«

»Ich weiß nicht. Nein«, sagte er und biß die Zähne zusammen.

Krank und elend kam er zu ihrem Bett geschlichen. Das Wie oder Warum war ihr gleichgültig. Hier war er. Was nun?

Eine welke Blüte fiel in diesem Augenblick von der Geranie, mit leichtem, papiertaschentuchweichem Geräusch. Eine Blume weniger.

»Melanie«, sagte er, »hör zu, kann ich ein klein wenig zu dir hinein kommen? Ich fühle mich furchtbar.«

Als sie so alt war wie Victoria und nachts Gespenster sah, lief sie immer mit wehendem Nachthemd ins Zimmer der Mutter und kuschelte sich in den behaglichen Zwischenraum zwischen den Eltern und schlief sicher, vom Fleisch geschützt, das auch ihr Fleisch war.

»Aber – oh, also gut, ja.« Sie zog die Decken schützend um sich, aber sie konnte ihm nicht sagen, er solle gehen. Er war vollständig bekleidet. Er schleuderte die Schuhe von den Füßen, eins, zwei, und stieg zu ihr ins Bett. Er brachte einen nassen, schlammigen Hauch des Draußen mit. Seine Socken waren feucht.

»Ich bin ganz voll Erde«, sagte er. »Ich weiß nicht, wie wir es Maggie mit den Laken erklären sollen. Bitte, Melanie, würdest du mich festhalten, bis es mir besser geht?«

Es war eine ehrliche und einfache Bitte. Sie hielt ihn fest, bis seine Zähne nicht mehr aufeinanderschlugen. Sie wußte nicht, was sie denken sollte. Die Begegnung schien zur Unwirklichkeit des ganzen Tages zu gehören, aber irgendwie schien sie in der Nacht eher normal, als sei so etwas schon viele Male geschehen. Die Messingknöpfe seiner Feuerwehrjacke drückten sich gegen ihre Rippen.

»Wo bist du gewesen?« fragte sie endlich.

»Im Park.«

»Was hast du denn da gemacht, um Himmelswillen, mitten in der Nacht?«

»Ich war bei einem Begräbnis.«

»Von wem?« fragte sie, augenblicklich auf einen Tod vorbereitet.

»Es war der Schwan.«

»Wie war das?«

»Der Schwan. Ruhe in Frieden. Der Schwan.«

»Du hast«, wiederholte sie langsam, um sich selbst darüber klarzuwerden, »den Schwan begraben.«

»Ja, das hab ich.« Seine Stimme war seltsam leicht und gewichtslos. »Zuerst habe ich ihn in der Werkstatt zerstückelt. Ich bin hinunter und habe ihn mit Maggies kleinem Beil zerhackt, mit dem wir Feuerholz machen. Ich hab ihn in kleine Stücke zerhackt. Das ging ganz leicht.«

»O Finn – nein, das hast du nicht.«

»Doch.«

Das Flüstern verstummte für eine Weile. Die Vorhänge blähten sich im Nachtwind. Nun, da ihre Augen sich an das Dunkel gewöhnt hatten, konnte sie sein Gesicht auf dem Kissen neben ihr in undeutlichem Umriß ausmachen, aber nicht mehr.

»Finn, wie ungeheuerlich!«

»Es ist eine Geste.«

Wieder fielen sie in einen Brunnen des Schweigens und tauchten schließlich auf.

»Ganz allein!« sagte sie staunend und stellte sich ihn in der Werkstatt vor, die so voll von Onkel Philips Gegenwart schien, umgeben von abgetrennten Gliedmaßen und wachsamen Masken.

»Nun, verstehst du, Francie ist fort und spielt die Fiedel. In Kilburn ist ein irisches Fest, die ganze Nacht. Sonst wäre er mitgekommen, nehme ich an. Und so mußte ich zu dir kommen, weil Francie fort ist. Ich mußte, weißt du, jemand haben, weil mir so schlimm zumute war, als ich nach Hause kam.« Er bewegte sich behaglich. »Es ist jetzt viel besser. Lieber Gott, ich dachte, ich werde nie mehr froh. Ich brannte und fror zur gleichen Zeit. Es war wie der Tod.«

Es gab genügend Platz für beide im Bett, aber sie blieben nahe beisammen.

»Der Mond scheint ein wenig«, sagte er. »Ich hab überall auf der Straße Federn verstreut. Ich habe einen Mann mit seinem Hund gesehen und hab mich vor Schreck in einer Hecke versteckt. Wer führt um diese Zeit denn noch seinen Hund aus? Der spinnt wohl.«

»Aber warum wolltest du den Schwan zerstören?«

»Ich bin im Bett gelegen, und auf einmal dachte ich: Jetzt tu' ich's. Ich weiß nicht warum. Es kam mir einfach so: Ich bring seinen Schwan um. Ich hab einen Zug aus Francies Flasche genommen, um mir Mut zu machen.«

»Er wird dich umbringen«, sagte sie. Er gab keine Antwort. Victoria lachte leise im Schlaf. Melanie wiederholte: »Er wird dich umbringen«, und dachte: Natürlich, er will, daß ich das sage.

»Wir werden unsere Karten auf den Tisch legen, er und ich.«

»Ach, du bist dumm!«

»Nicht so laut. Du weckst das Kind auf.«

»Ich glaube, wenn es um Onkel Philip geht, bist du nicht ganz richtig im Kopf.«

»Nörgel nicht an mir rum«, sagte er, als seien sie schon lange Zeit verheiratet. »Nörgel nicht an mir rum, wenn ich eine solche Nacht hinter mir habe. Gott behüte mich vor den Gefahren der Nacht.«

Das Bett bewegte sich. Sie zog sich instinktiv zurück, weil sie glaubte, er wolle sie berühren, und ein Schock durchlief sie, als ihr klar wurde, daß er ein Kreuz schlug. Sie wußte nicht, was sie davon halten sollte. Er mußte eine furchtbare Erfahrung hinter sich haben – die Nacht mußte wie die Brautkleidnacht gewesen sein. In dem alten Park war Finn in den Wäldern der Nacht gewandert, wo nichts und niemand sicher ist. Ich war auch schon an diesem Ort, dachte sie. Sie hätte für sie beide weinen können.

»Ich habe den Schwan gleich bei der Königin begraben«, sagte er beiläufig mit seiner unkörperlichen Stimme. »Meinst du, das war nett von mir? Ich hab wohl gemeint, sie könnten sich Gesellschaft leisten.«

»Nun«, sagte sie, »dieser Platz ist so gut wie ein anderer.«

»Ich bin mir nicht sicher, warum ich überhaupt in den Park bin, wo ich den Schwan auch in die Mülltonne hätte werfen können. Irgendwie schien es mir das beste, ihn im Park zu begraben. Weißt du auch, daß ich beinahe wahnsinnig war im Park? Es war so schlimm, Melanie... die Steinlöwin hat mich verfolgt. Ich war ganz sicher. Ich hörte sie knurren. Und die Königin stand aufrecht auf ihrem Sockel. Da ist's mir ganz anders geworden, das kann ich dir sagen. Ich hab sie von weitem gesehen, aber sie muß mich bemerkt haben und hat sich rasch wieder hingelegt. Sie lag auf jeden Fall da, als ich hinkam. Das Weibsstück. Außerdem hat es sich so angehört, als spielte jemand ganz leise Ziehharmonika. Das hat mich mehr erschreckt als alles andere.«

»Was hat er gespielt?« fragte sie.

»Du machst dich lustig über mich«, sagte er vorwurfsvoll.

»Nein.«

»Und ich hatte den Spaten mitgenommen, um dem Schwan

ein Grab zu schaufeln, und er ist mir immer hingefallen. Immer wieder ist er mir aus den Fingern geglitten, als wollte er nicht mitkommen. Und der Schwanenhals wollte sich nicht abhauen lassen – die Axt prallte ab. Er schaute immer wieder aus meinem Regenmantel heraus, als ich ihn druntergeknöpft habe, damit man ihn nicht sieht, und er hat sich ständig umgesehen, als ich ihn zusammen mit den übrigen Stücken vom Schwan und dem Spaten weggeschafft habe. Ich hab die Arme voll gehabt, das kann ich dir sagen. Für einen Passanten hätte ich wie ein Exhibitionist ausgesehen, wenn da so der Schwanenhals rausschaut. Ich war immer ganz verlegen und habe nachgesehen, ob meine Hose auch zu ist.«

Er redete und redete. Er sprach nun so unbekümmert wie früher. Noch freier.

»Du mußt eine schlimme Nacht hinter dir haben, armer Finn.« Es war für sie beide ein arger Tag gewesen. Sie hatte das Gefühl, daß ihre Erfahrungen auf irgendeine Weise parallel liefen. Sie verstand, wie außer sich er gewesen war. »Armer Finn.«

»Ach, es war ein Vergnügen, den Schwan zu zerstören.«

»Ich wünschte, du hättest es nicht getan.«

»Er war über dir«, sagte Finn. »Er hat dich geritten. Ich hab's auch für dich getan, weil er dich geritten hat.«

»Er hat mir nichts getan.«

»Außerdem hat Philip Flower ihn so geliebt.«

»Was wird nun geschehen?«

»Ich kann's nicht sagen«, meinte er. »Nur vermuten.«

Sie lagen friedlich im Bett wie ein Ehepaar, das ein ganzes Leben lang ruhig zusammen im Bett gelegen hat. Es schien das Selbstverständlichste von der Welt, ein Kopfkissen mit Finn zu teilen, aber wenn sie die Augen schloß, war Melanie in dem weißen Iglu der Schwanenflügel. Der Schwan war zu groß, zu machtvoll, um mit einem Mal aufzuhören zu existieren.

»Es war ein lächerliches Ding, der Schwan«, sagte sie. »Aber so viel Arbeit steckte darin.«

»Er war selbst darin, er hat sich selbst hineingelegt. Deshalb mußte der Schwan fort. Ach, ich bin müde.«

»Dann schlaf.«

»Er wird durchs Fenster geflogen kommen und mir erscheinen.«

»Unsinn, du Dummer.«

»Du bist streng mit mir«, protestierte er.
»Weil ich eben vernünftig bin.«
»Vielleicht.«
»Zieh deine Socken aus, Finn. Sie sind naß. Du wirst dich erkälten.«

Ein kleines Erdbeben rüttelte das Bett, als er gehorchte.

»Das Gras war naß und kam höher als meine Schuhe und hat mir die Socken naßgemacht. Es war sehr lang, das Gras. Nachts kommt es einem länger vor. Warum?«

»Ich weiß nicht. Mir ist es auch schon aufgefallen.«

Dann legten sie sich zur Ruhe, um miteinander zu schlafen. Er schnarchte, was nur zu erwarten war, da er ja durch den Mund atmete, aber Melanie gewöhnte sich bald daran. Sie fing an zu träumen.

Sie träumte, sie sei Jonathon. Sie war sich den ganzen Tag ihrer selbst so unsicher gewesen, daß es beinahe eine Erleichterung war, zu entdecken, daß sie in Wirklichkeit Jonathon war. Sie sah die Welt wie stets und doch anders, durch eine flaschenglasdicke Brille, und spürte ihre Knie ganz bloß unter dem Saum der kurzen grauen Hose und über dem juckenden Druck der Kniestrümpfe an ihren Sockenhaltern. Und sie hörte den hartnäckigen Ruf der See. »Ich muß nun wieder hinab zur See.« Der Zug war sehr stark, wie die Unterströmung einer Welle. Die Welt wurde undeutlich, gesehen von kurzsichtigen Augen; sie war der fledermausblinde Jonathon, der in seinem kleinen Eisenbett in der weißgestrichenen Höhle hoch oben im Häuserkliff schlief, und die See schlug gegen den Fuß der Mauer, wo der Hinterhof sein müßte. Er lauschte den singenden Wassern und den kreischenden Möwen, bis er es nicht mehr aushielt dazuliegen und aufstand.

Natürlich trug er seinen weißen Schlafanzug mit dem Rennwagenmuster, ein wenig ausgeblichen von der Wäsche, mit dem Zeichen der alten Wäscherei vom Land immer noch im Kragen. Er zog seine Schuhe an und auch seine graue Flanelljacke mit dem Schulabzeichen auf der linken Brust, um sich vor dem salzigen Biß der Luft zu schützen. Er nahm die Brille vom Stuhl neben dem Bett. Vorsichtig öffnete er die Tür zum Korridor.

Im Oberlicht gefangen, blinzelte ihm der Mond durch die Wolken zu, die rasch über ihn hinwegzogen. Jonathon stahl sich vorsichtig hinunter. Er begann zu verschwimmen: Wie in einem Film, dessen Projektor nicht richtig läuft, fand sich Melanie seiner Gestalt übergeblendet, die beiden Figuren auf denselben Füßen die Treppe hinabschleichend. Und die eine Hälfte dieser siamesischen Zwillinge fuhr beim Vorübergehen an all den geschlossenen Türen zusammen und stellte sich hinter jedem Schlüsselloch ein forschendes Auge vor. Aber Jonathon war es gleich, und bald verschwand das Bild Melanies. Er ging durch den Laden, wo das Mondlicht auf dem blankpolierten Holz glänzte und der Sittich aus reinem Silber war, und in die Werkstatt hinunter, wo es heller Tag war, wie er es geahnt hatte.

Tageslicht durchströmte den ganzen Raum; es kam von der Bühne, deren Vorhänge aufgezogen waren, und Finns gemalter Strand glitzerte, und all die kleinen Wellen trugen Schaumkronen. Der Himmel war blau, und die Sonne schien. Es war ein herrlicher Tag. Jonathon sah zu, wie das gemalte Wasser zerfloß und sich wandelte. Es sprühte und strudelte an die sandige Küste, wo Glimmer aufblinkte, und weit draußen spielten fröhlich die Delphine, im Wasser Saltos springend. Als sie ihn sahen, riefen sie: »Hallo, Jonathon! Jonathon ist endlich da!« mit hohen, nasalen Stimmen. Er hatte immer gewußt, daß Delphine sprechen können. Er hatte es in einem Buch aus der Leihbibliothek gelesen. Der Sand knirschte unter seinen Füßen, wie wenn man Cornflakes kaut. Er ging am Meer entlang, eine frische Brise schlug ihm gegen die Brillengläser. Das Theater war fort; er sah sich nicht um, wie oder wohin es verschwunden sein mochte.

Er kam zu einem kleinen Ruderboot, das auf den Strand gezogen worden war, ein Paar Ruder schon bereit in den Klampen. Er zog es zum Wasser hinab, schob es hinaus, bis es schwamm, und stieg hinein. Im Bug stehend, suchte er den Horizont ab, die Hand über den Augen, um sicher zu sein, daß das Schiff da war. Das Schiff war bereit, davonzusegeln. Mit leisem Plätschern ruderte er darauf zu. Als er näher kam, wurde eine Strickleiter über die Seite geworfen. Er hörte einen Pfiff: Man bereitete sich darauf vor, ihn mit dem gehörigen Signal an Bord des von ihm kommandierten Schiffes zu pfeifen, was nur recht und billig war. Seine Brille beschlug sich mit Gischt. Ungeduldig nahm er sie ab und warf sie ins Wasser, denn nun brauchte er sie nicht mehr. Sie sank und hinterließ eine Spur von Bläschen an der Oberfläche, die rasch zerging.

Melanie erwachte. Das Zimmer war wie im Nebel verschwommen, und ihre Hände schmerzten, als hätte sie gerudert. Sie schüttelte sich das blinkende, blendende Licht aus den Augen. Sie war endlich wieder Melanie. Ihre Hände entspannten sich. Es war Morgen.

Victoria saß auf dem Boden neben dem Bett und schaute sie fragend an. Irgendwie war sie aus ihrem hohen Bettchen geklettert. Ihr Nachthemd war ganz nach oben gerutscht, und ihr kleiner Pfirsichpo saß auf den blanken Dielen.

»Komm zu mir ins Bett, bevor du dir den Tod holst, so halbnackt, Victoria.«

»Warum ist *er* bei dir im Bett?«

Melanie hatte Finn vergessen. Sie drehte sich um. Er schlief mit der Wange auf seiner schmutzigen Hand, die Jacke bis zu den Ohren hochgezogen. Er sah im Schlaf lieb aus und kindlich. Er schnarchte immer noch.

»Es war ihm nicht gut«, sagte Melanie aufs Geratewohl, »heute nacht.«

»Ich verstehe, ich verstehe«, sagte Victoria. Erwachsenensprache nachplappernd, zufriedengestellt. Melanie lud sie wieder zu sich ins Bett ein.

»Ich will Tante Marg'ret!« sagte Victoria und zog sich trotzig das Nachthemd ganz aus. Nackt wie ein Fisch sprang sie durchs Zimmer und sang: »Tante Marg'ret! Tante Marg'ret!«

»O sei doch still, Victoria!«

Finn reckte sich verschlafen im Bett auf. »Mensch, bring doch mal das Kind zum Schweigen, Melanie!«

Sie hätten seit Jahren verheiratet sein können; Victoria ihr Baby. Melanie hatte eine prophetische Vision, als Finn in seiner unglaublichen Jacke neben ihr saß, unrein in den reinen Bettlaken, gähnend, daß sie das rote Kathedralengewölbe seines Rachens sehen konnte und all die gelben Zähne wie ungewaschene Chorknaben. Sie wußte, daß sie eines Tages heiraten und ihr ganzes Leben zusammensein würden, und immer würde Schmutz und Chaos und Schäbigkeit und Unordnung um sie sein, immer und ewig. Und weinende Babys und die Wäsche, die gewaschen werden wollte, und Toast, der anbrannte – für den Rest ihres Lebens. Und niemals Glamour oder Romantik oder das Besondere. Nichts Besonderes. Nur Chaos und Kinder mit roten Haaren. Sie schrak zurück.

»Nein!« schrie sie so laut, daß Victoria stehenblieb und zu

heulen begann, völlig schockiert von dieser Leidenschaftlichkeit. »Nein, ich will dich nicht, Finn!«

»Laß gut sein«, antwortete Finn mit einer Spur seiner alten Sorglosigkeit. »Ich hab dich ja noch nicht gehabt.«

»Das meine ich ja gerade«, sagte sie verzweifelnd. »Du bist immer... verdreckt.«

Er warf Victoria ein Päckchen Kaugummi zu.

»Da kau mal drauf rum«, riet er. Sein Schielen war heute morgen besonders schlimm. Er zog Melanie zärtlich am Haar. Auch er wußte es. Sie waren aneinander gebunden, ob sie wollten oder nicht; er wartete nur seine Zeit ab. Er zog stärker, als sie keine Antwort gab.

»Was ist denn? Was hast du denn, Mädchen?«

»Ist »Mädchen« ein irischer Kosename?« fragte sie, für den Augenblick abgelenkt.

»Oh, das ist auf den Britischen Inseln eigentlich allgemein üblich, glaube ich. Was ist denn los, hm? Hast du nicht geschlafen?«

Niedergeschlagen, weil all dies so unausweichlich schien, ließ sie sich gegen seine Schulter sinken. Victoria stopfte Kaugummi in sich hinein. In einem Winkel ihres Bewußtseins wünschte sich Melanie, er würde ein wenig überrascht sein, würde zeigen, daß er es zu schätzen wußte; statt dessen legte er den Arm um sie, mit einfacher Zärtlichkeit.

»Ich habe«, sagte sie langsam, zögernd, »einen ganz merkwürdigen Traum gehabt.«

»Tatsächlich?«

»Ich hab geträumt, ich wäre Jonathon...« Der Traum stand klar vor ihr, ominös, bedeutungsvoll. Sie dachte, das Bett schaukele wie ein Boot, aber es war nur Finn, der sich unter dem Arm kratzte. Er hatte keine Scham. Sie würde sich daran gewöhnen müssen.

»Was hast du geträumt, Mädchen?«

»Daß Jonathon fortsegelt. Es war sehr stark. Als wäre ich er.«

»Aber nur ein Traum.«

»Ja«, sagte sie unsicher.

»Einmal«, erzählte er, »hab ich geträumt, ich sei tot und käme in den Himmel. Der war wie ein Vergnügungspark, mit Spielautomaten und Flippern.«

»Und war das ein Vorzeichen?«

»Ich weiß nicht. Vielleicht. Am nächsten Tag hat mich eine Biene gestochen.«
»Was?«
»Deshalb stehen meine Augen falsch. Es war im Waisenhaus bei all den Nonnen, nachdem meine Mutter gestorben ist. Ich nehme an, deshalb werde ich wohl vom Himmel geträumt haben. Aber es war der Himmel eines Siebenjährigen, mit Türkischem Honig, und ich hab meine Mutter, sie ruhe in Frieden, im Augenblick vergessen, wo ich zu flippern angefangen habe.«

Er zog ein zerknittertes Päckchen Zigaretten heraus und zündete sich eine an.

»Und die Biene...«
»Ich hab allein im Garten gespielt, weil alle beim Beten waren. Ich hab eine Rose gepflückt, und eine Biene ist herausgeflogen. Sie war zornig. Ich hatte sie bei ihren Geschäften gestört, als sie gerade für die Befruchtung gesorgt hat. Sie hat mich ins rechte Auge gestochen. Ich hatte Glück, daß ich die Sehkraft nicht verloren habe.«

»O weh«, sagte sie. »War es schlimm?«
»Ich weiß nicht mehr. Sie waren sehr nett und haben mir jede Menge Gummibärchen und Gewürzäpfel und Heiligenbildchen gegeben, während ich wieder gesund wurde. Gibt es hier irgend etwas, was ich als Aschenbecher benützen kann?«
»Nein.«
»Oh. Na gut, nehm ich meinen Schuh.«
»Es ist Zeit, aufzustehen«, sagte sie und schob die Bettdecke weg. Er blieb liegen und sah ihr zu, rauchend. Sein Schielen kam ihr nicht mehr so arg vor, seit sie wußte, woher es kam. Sie dachte an den kleinen roten Finn, der die Hand vertrauensvoll nach der Rose ausstreckte, und dann der in den Augen explodierende Schmerz, während die Nonnen auf den Knien lagen und an Golgatha dachten.

»Es tut mir so leid mit dem Schielen«, sagte sie.
»Ich bin daran gewöhnt. Ich würde mich sonst nicht wiedererkennen.«

Sie knöpfte ihre Schlafanzugjacke auf und empfand eine kurze Unruhe, als sie herausschlüpfte; dann dachte sie: Nun, er hat mich oft genug ohne Kleider gesehen. Ohnehin schien er ihre Nacktheit gar nicht zu bemerken; er lag da, rauchte und tat die Asche in seinen Schuh unter dem Bett. Sie zog den blauen Pullover an und begann, Victoria anzukleiden. Eine Yacht war auf die unbenutzte Tasche von Victorias Nachthemd gestickt.

»Aber ich kann mir nicht helfen«, sagte sie, »ich glaube, mein Traum hat etwas zu bedeuten. Ich hoffe, mit Jonathon ist alles in Ordnung. Ach, Finn, ich hoffe es!«

Er antwortete nicht.

»Finn?«

Sein Gesicht war starr vor Schrecken.

»Jesus«, sagte er. »Ich hab letzte Nacht den Schwan getötet, oder? Ich muß total betrunken gewesen sein.«

9

Melanie spülte sich mit kaltem Wasser die Reste dieser absurden Nacht aus den Augen. Der eisige Schock des Wassers tat ihr gut, obwohl ihr der Atem wegblieb – es berührte sie, es war greifbar. Wasser ist Wasser. Mit Wasser kann man nicht streiten. Es ist da. Sie hob ihr tropfendes Gesicht von dem hustenden Wasserhahn und sah, daß Onkel Philips Gebiß fehlte. Das Glas war da, das milchigtrübe Wasser war da, Teilchen zersetzter Nahrung, die aus den Zwischenräumen der Zähne gespült worden waren, bildeten immer noch am Boden des Glases einen weißen Niederschlag, aber die käsige Plastikgrimasse selbst war irgendwo anders. Also war Onkel Philip schon auf und unterwegs, obwohl es noch so früh war. Die Disney-Fische tummelten sich mit größerem Eifer auf dem Plastikvorhang, weil Onkel Philips Gebiß nicht da war. Ein weißes Haar hing im Sprung des Waschbeckens, und das Handtuch war klamm. Hatte er sich gewaschen und gestriegelt und war allein irgendwohin gegangen? War dies eine Möglichkeit? Sie prüfte sie, während sie sich die Zähne putzte, weiß ausspuckte und gurgelte.

Ein neues Gestell war eigens für die drei neuangekommenen Zahnbürsten der Kinder an die Wand geschraubt worden. Sie sah mit einer gewissen Erleichterung, daß die von Jonathon immer noch ihren struppigen, die Borsten spreizenden Kopf stolz hochhielt, trotz des Traumes. Wenn er wirklich weggegangen wäre, hätte er wahrscheinlich die Zahnbürste mitgenommen. Wenn auch (sie verschluckte ein Stückchen Zahnpasta – Pfefferminzeis – in ihrer Besorgnis) nicht unbedingt. Aber nun, das Gesicht in gutem, nüchternem Wasser gewaschen, war sie bereit, über ihren Traum zu lachen. Sauber und wieder gefaßt erwartete sie kaum mehr, Finn im Bett zu finden, als sie in ihr Zimmer zurückkehrte, und zuerst konnte sie ihn nicht sehen. Sie dachte: Gott sei Dank, ich bin wieder normal.

Victoria, nur zum Teil angezogen, war wieder in ihr Bettchen geklettert und schaute böse durch das Gitter, mit jeder Hand einen Stab umklammernd. Die rosa Spalte ihrer

Weiblichkeit lächelte zwischen ihren hockenden seidigen Schenkeln hervor.

»Liebe Zeit, wie unanständig, Victoria.«

Victoria fuhr fort, böse dreinzuschauen, und beachtete sie nicht.

»Der böse Finn ist immer noch im Bett.«

Er war also wirklich dort gewesen und war es immer noch. Tief verkrochen, bildete seine zusammengekauerte Gestalt einen kleinen Grabhügel auf der weiten Ebene des Bettes. Sie zog die Decken weg. Er war fest in sich zusammengerollt, wie ein Weißfisch, den man mit dem Schwanz im Maul serviert. Es fehlte nur eine Garnitur aus Petersiliensträußchen und Zitronenscheiben.

»Finn? Finn!«

»Ich sammel meine Kräfte«, sagte er. Seine Augen waren fest geschlossen.

»Onkel Philips Gebiß ist nicht im Badezimmer.«

»Damit er mich besser fressen kann. Es ist in seinem Mund, natürlich.«

»Vielleicht ist er auf einer Geschäftsreise?«

»Sehr wahrscheinlich, sehr wahrscheinlich. Er ist zeitig auf, um mir hinterherzutoben.«

»Ich dachte, du wolltest ihm gegenübertreten.«

»Ja, aber ich bin jetzt wieder bei Sinnen.«

»Vielleicht nimmt er sich einfach einen freien Tag?«

»Wenn alle meine Vielleichts heim ins Nest geflogen kämen, dann würde ich in diesem Augenblick auf meinem Hof in Galway mein Schwein füttern.«

Schwärme von braungefiederten Vielleichts schlugen zerfetzte, törichte Schwingen gegen die Fensterscheiben. Sie konnte ihr Glucken und Kreischen hören. Aber diese eine traurige nasse Henne flatterte tatsächlich ins Haus. Ein Wunder. Tante Margarets Haar wehte als rote Freudenfahne. Onkel Philip hatte Jonathon in der violetten Morgendämmerung mit zu einem Treffen von Modellschiffbauern an einem künstlichen kleinen See in der Nähe von London genommen.

»O je«, sagte Melanie, die Jonathon gerne berührt hätte, um sicher zu sein, daß es nur ein Traum war. Doch der Ausflug hörte sich so unwahrscheinlich an, daß es wahr sein mußte. Das Unternehmen hatte etwas Anstrengendes, was Onkel Philip gefallen würde. Und in der Küche herrschte so festliche Stimmung, daß Melanie all ihre Zweifel rasch vergaß. Selbst der Speck in der Pfanne hüpfte und knisterte vor Vergnügen, daß Onkel Philip nicht da war. Eine Scheibe Toast fing Feuer und brannte mit fröhlicher Flamme, und es war keine Katastrophe, zu welcher er es gemacht hätte, sondern ein Witz.

»Ihr hättet länger schlafen können«, schrieb Tante Margaret an die Tafel. Sie trug nicht ihre guten Sachen, und ihre Strümpfe waren durchsiebt mit Löchern, aber sie war irgendwie wunderschön, ihr Lächeln gelöst, und ihre Bewegungen waren sicher und sanft, nicht rasch und ruckend wie die eines hungrigen Wintersperlings, wie unter Onkel Philips Blick. Sie saßen um den Tisch und wischten Eidotter mit Brotrinden auf. Onkel Philips ominöser Stuhl stand leer, der bloße Rahmen einer Drohung, der tödliche Platz der Tafelrunde.

»Was soll's«, sagte Finn. »Ich setz mich in seinen Stuhl.«
Tante Margarets Hand flog an ihren entsetzten Mund.
»Nichts dabei, Maggie. Er kann mich nicht verschlingen.«
Er saß am Kopf des Tisches wie der Anführer eines Narrenfestes, bei dem sich die ganze Welt verkehrt, und fütterte den Hund mit Marmeladebroten, die dieser zu genießen schien. Bald wirkte es ganz normal, Finn dort sitzen zu sehen.

»Finn ist Papa«, sagte Victoria mit Befriedigung.
»Noch nicht«, sagte Finn. »Aber das erste nennen wir Leda.«

Melanie verschluckte sich. Draußen – möglicherweise auf dem Treppenabsatz – drängte sich ungeduldig ein Trupp schwatzender, rothaariger, schielender Kinder, die sich um den Vortritt in ihren Bauch stritten. Francie schlug ihr fest auf den Rücken, und bald hatte sie sich hinreichend erholt, um ihr Frühstück zu beenden. Es wäre schade gewesen, dem Frühstück keine Gerechtigkeit widerfahren zu lassen, denn es war üppig. Speck und Eier und Pilze und Tomaten und Brot und kalte Kartoffeln in ausgelassenem Fett gebraten. Tante Margaret hatte offenbar alles, was sich braten ließ, aus dem Speiseschrank in die Pfanne getan. Dazu weiße Bohnen aus der Büchse, die Francie besonders gerne mochte. Rostfarbene Tomatenflecken tauchten auf seiner Krawatte auf, die heute festliche Seide war, mit kleinen Vögeln bemalt. Es mußte ein Geschenk von jemand sein. Sie nahmen sich Zeit für das Frühstück und aßen alle eine Menge, selbst Tante Margaret.

In Onkel Philips Armstuhl schien Finn größer und bedeutender als sonst.

»Heute«, sagte er, »sollten wir den Laden nicht öffnen.«
Der Stuhl verlieh ihm Autorität. Alle starrten ihn an.

»Ihr müßt wissen«, fuhr er fort und zündete sich eine Sweet Afton mit großer Rhetorengeste an, »ich habe gestern nacht seinen Schwan zerstört.«

Das Schweigen gerann wie das Fett, das auf den Tellern kalt wurde.

Beinahe bewundernd flüsterte Francie: »Du verrückter Hund.«

Tante Margaret, ihrer Schönheit beraubt, preßte Victoria an die Brust, als wäre sie ein Schild, ein Talisman. Victoria strampelte ungehalten.

»Also machen wir heute den Laden nicht auf. Wir feiern ein Fest. Wir halten Totenwache für den Schwan. Mit Musik und Tanz. Nein, Tanz nicht.«

»Du hast seinen Schwan zerstört«, sagte Francie ehrfürchtig. Sein Mund öffnete sich weit, und er zeigte alle seine Zähne, wie eine alte lückenhafte Mauer. Er lachte brüllend, rollte auf seinem Stuhl hin und her und rief immer wieder: »Er hat's getan! Finn hat's getan! Gut so, Finn! Guter Junge!« Er lehnte sich über den Tisch, daß die Teller klirrten und das Marmeladenglas umfiel, und griff nach Finns Hand, schüttelte sie und lachte, bis ihm die Tränen über die rauhen Wangen tröpfelten.

Tante Margaret erweichte nach und nach unter dem Gelächter. Die Sonne ging in ihrem Gesicht auf. Zum ersten Mal, seit Melanie sie kannte, schien sie die Möglichkeit zu erwägen, daß es für sie eine eigene Zukunft geben könnte, wo sie kommen und gehen konnte, wie sie wollte, die Kleider tragen, die ihr gefielen, und vielleicht sogar ihre verschlossenen Lippen öffnen und sprechen. Oder singen. Und sie öffnete den Mund, weil sie vergaß, daß sie stumm war; ihre Lippen zitterten und schlossen sich wieder zu einem Lächeln.

Sie machten alle zusammen den Abwasch, kichernd und sich mit Wasser bespritzend. Ein Seifenschaumfest. Die Bläschen schwebten in der Luft und platzten feucht und buntschimmernd. Victoria kugelte auf dem Boden herum und haschte sie, ehe sie verschwanden. Während sie die Tassen abtrockneten, nahm Finn nachdenklich Onkel Philips eigene

Tasse von ihrem Haken im Schrank. Sie war so hübsch, mit ihren Buchstaben aus kleinen Rosen. Er wog sie in der Hand.

»Jesus, Maria und Joseph«, sagte er. »Heute werde ich erwachsen.«

Er hob den Arm, zielte und warf die Tasse nach der Kuckucksuhr. Die kleine Tür flog auf. Der Kuckuck kam heraus und rief vierzehn Uhr, rief fünfzehn Uhr, rief sechzehn Uhr. Melanie hatte die Brüder noch nie so sehr lachen sehen. Francie hing, ein halb eingerissener Turm, heulend und mit dem Schluckauf kämpfend über dem Ausguß. Finn wälzte sich auf dem Boden und hielt sich den Bauch. Victoria ließ sich anstecken und lief Amok; sie kollerte beinahe von Tante Margarets Schoß vor Heiterkeit. Melanie hielt das Ganze für nicht sehr komisch, obwohl sie froh war, den Todeskampf der Kuckucksuhr zu sehen. Der ausgestopfte Kuckuck schrie einunddreißig Rufe und zuckte dann in die Uhr zurück. Die Tür schlug mit nervösem Beben hinter ihm zu. Das Ticken hörte auf.

»Die Zeit ist vorbei«, sagte Finn.

Der Tag erstreckte sich vor ihnen, und es gab nichts zu tun. Es war wie der erste Ferientag – und genau das war es auch. Draußen war schönes Winterwetter. Die Kanten der Gebäude traten klar und schattenlos hervor, und es war kein Rauch in der Luft. Der kleine Hinterhofgarten versuchte so zu tun, als sei Frühling, und konnte es kaum erwarten, seine Blätter hervorzustrecken. Finn öffnete das Küchenfenster und lehnte sich über den Sims hinaus, tief Luft holend. Melanie hatte noch nie erlebt, daß dieses Fenster geöffnet worden war.

»Ich kann das Meer riechen«, sagte er. »Es muß von Brighton zu einem Tagesausflug heraufgekommen sein.«

»Ach, Finn«, sagte Melanie unruhig, »kannst du wirklich das Meer riechen?« Denn sie erinnerte sich an ihren Traum und an die Wellen, die gegen die Mauer des Erdgeschosses geschlagen waren.

»Nun, eigentlich nicht«, gab er zu. »Ich bin nur etwas überschwenglich. Weißt du was – ich werde mich jetzt waschen.«

Und er tat es. Er wusch sich mit herrlicher Gründlichkeit mit dem Wasser aus unzähligen Kesseln, und er wusch sogar sein Haar und bat Tante Margaret, es ihm mit ihrer Zackenschere ein wenig zu kürzen. Als er sauber war, war Melanie überwältigt: Er sah aus wie aus Elfenbein und Gold gemacht, wie eine kleine kostbare Statuette, eine Schachfigur. Er ging in sein Zimmer und wühlte nach einem frischen Hemd; üppig angetan in einem weißen mit gefältelter Brust kam er zurück – das Hemd zu einem Abendanzug, aber für ihn etwas zu groß.

»Ich hatte keine eigenen sauberen, da hab ich mir eins von Philip geborgt.«

»Ich bin sicher, er würde es dir nicht verweigern«, sagte Francie.

Tante Margaret sah nicht einmal ängstlich drein. Sie liebkoste leicht seine Schulter und schrieb: »Nichts wird mehr sein wie zuvor.«

Was bedeutete das? Aber es gab keine Zeit, darüber nachzudenken. Sie gingen alle auf ihre Zimmer, um ihre besten Sachen anzuziehen, weil Finn sauber war. In ihrem Zimmer (der Abdruck seines Körpers war immer noch auf dem ungemachten Bett zu sehen) holte Melanie ihr hübsches grünes Kleid hervor und hielt nachdenklich inne, das Kleid in der Hand. Sie konnte den Gedanken nicht ertragen, wie Tante Margaret das fürchterliche graue Kleid aus dem Schrank zog und es anlegte, nicht heute. Sie würde ihr das eigene Kleid geben. Sie hatte noch genug andere, und selbst wenn das nicht der Fall wäre, konnte sie vom Fett der fünfzehn (beinahe sechzehn) Jahre schöner Kleider leben. Es fiel ihr noch etwas ein: Sie nahm das rote Maroquinkästchen mit, in dem ihre Konfirmationsperlen lagen. Wenn du schenkst, schenke richtig. Vielleicht wäre es ohnehin gut, alle Besitztümer abzulegen, so, wie es vielleicht am besten wäre, ihr Gedächtnis und ihre Träume herauszuschneiden, oder sie in kaltem Wasser fortzuwaschen.

Sie klopfte an die Tür von Tante Margarets Schlafzimmer, unten am Treppenabsatz, und ihre Tante öffnete. Sie trug ein weißes Baumwollunterkleid. Ihre Oberarme hatten vor Kälte eine Gänsehaut.

»Ich möchte…«, sagte Melanie und hielt inne, weil sie nicht wußte, wie sie das Kleid verschenken sollte. Ihre Tante zog die roten Augenbrauen besorgt in die Höhe und winkte sie in den Raum. Melanie war noch nie hier gewesen und trat mit seltsamem Schrecken ein.

Neben einem Wandschrank war ein Safe tief in die Mauer eingelassen – er stand nicht am Fußende des Bettes, wie sie es sich vorgestellt hatte. Das Bett war sehr breit und hing tatsächlich auf der einen Seite etwas durch – auf der von Onkel Philip, ging man nach dem gestreiften Pyjama, der auf der Überdecke lag. Die Patchwork-Decke war sehr alt, verblaßt und unansehnlich, und sie paßte nicht in den aggressiv kahlen Raum. Sie dachte sich, daß sie wohl Tante Margaret gehörte und mit ihr vor langer Zeit aus Irland gekommen war. Neben dem Bett stand ein einfacher Holzstuhl, darauf ein Wecker. Der Wecker hatte sehr deutliche schwarze Zahlen und oben eine Metallklingel, die versprach, einen mit klirrendem Knurren zu wecken. Sonst lag nichts auf dem Stuhl. Von der Decke hing eine Glühbirne mit einem rosa Plastikschirm, und auf dem Boden lag ein Quadrat einfachen braunen Teppichs, so abgewetzt, daß man den Stramin erkennen konnte. Der Kaminsims war leer bis auf eine Photographie. Es war dasselbe Photo von der Hochzeit ihrer Mutter, das auf dem Kaminsims von Melanies Eltern gestanden hatte, ehe sie es zerriß.

»Oh«, sagte Melanie. Da war ihre Mutter in Weiß, da ihr Vater, die Familie ihres Vaters und Onkel Philip. Die Photographie steckte in einem schmalen Messingrahmen. Melanie setzte sich auf das Bett.

»Es spukt in diesem Haus«, sagte sie.

Tante Margaret kritzelte auf einen Block: »Was meinst du?«

»Das Photo. Es hat mich durcheinandergebracht. Es ist gleich wieder gut.«

»Du Armes. Es muß dich traurig gemacht haben.« Tante Margaret fegte das Photo vom Kaminsims weg, versteckte es.

Tante Margarets baumwollenes Unterkleid hatte breite Träger und verdeckte ihren Busen weit zum Hals hinauf, aber man konnte immer noch die tiefen Salzfässer am Halsansatz sehen. In ihrem Kleidchen sah sie aus wie ein Kind aus einem Flüchtlingslager, nur Gliedmaßen und Augen. Die Schranktür schwang auf, und man sah das Kleid, grau und aufrecht wie Lots Frau, nachdem sie sich umgedreht hatte. Melanie spürte, daß sich in ihr eine abergläubische Furcht vor dem grauen Kleid formte. Wenn Tante Margaret es anzog, würde nichts gutgehen; die Gestalten auf der Photographie könnten zu leben anfangen. Onkel Philip könnte mit einem Maschinengewehr nach Hause kommen.

»Hier«, sagte sie und schob ihrer Tante das eigene Kleid

hinüber. »Ich dachte, Grün paßt gut zu dir wegen deinem Haar.«

»Für mich?« schrieb Tante Margaret. »Zum Ausleihen?«

»Zum Behalten, wenn du magst.«

Melanie half ihrer Tante wie eine Zofe, rückte das Kleid auf den Schultern zurecht, richtete den Rock und machte hinten den Reißverschluß zu. Ihre Tante stand stocksteif und ließ sich von Melanie anziehen. Sie sah selig aus. Ein Engel hätte nun eintreten können, mit einer langen weißen Lilie und einer besonderen Botschaft von Gott, und es wäre nicht überraschend gewesen.

»Wo ist dein Kamm, Tante Margaret?«

Auf einem Bord im Schrank, neben einem wirren Haufen von Haarnadeln. Melanie nahm alles mit und fing an, Tante Margarets Frisur zu ordnen; sie ließ sie sich auf den Stuhl setzen und legte ihr, wie es sich gehörte, ein Tuch um die Schultern.

Wie schafft sie es nur allein mit ihrem Haar ohne Spiegel? dachte sie.

Und es schien besonders hart, daß ihre Tante sich jetzt nicht selbst sehen konnte, in dem dunkelgrünen Kleid, von dem sich ihr Haar mit üppiger, frischer Röte abhob und neben dem ihre Haut weißer schien als Meeresschaum. Ihr Haar war so seidig und schlüpfrig wie das der fünfjährigen Victoria, und es entkam immer wieder den Haarnadeln und glitt Melanie aus den Fingern, und sie brauchte lange, bis sie es gewickelt und hübsch auf dem Kopf der Tante festgemacht hatte. Und dann dachte sie: Nein, heute soll es ganz anders sein. Und sie zog die Haarnadeln wieder heraus und ließ das Haar in einem Regen von Funken offen fallen. Ein Feuerwerk, aber der 5. November war schon lange vorbei. Rot auf Grün, Rot auf Grün – Weihnachtsfarben, wie die Stechpalme, die eine Beere hat so rot wie Blut. Melanie trat zurück, um das Ergebnis zu betrachten.

Liebe Zeit, dachte sie, bin ich so dünn? Denn das dunkelgrüne Kleid paßte ihrer Tante wie angegossen, nahm den Vertikalen ihres Körpers die Starre und verlieh ihr eine gotische Anmut. Ein die Konturen verwischender Daumen schien dunkelgrün über ihre hervorstehenden Hüftknochen hinweggegangen. Und dann das Feuerwerkshaar! Melanie fühlte sich wie die nette Freundin in den Hollywoodfilmen, die endlich die unattraktive Stenotypistin dazu überredet hat, die Brille abzunehmen und es mal mit Make-up zu versuchen. Es war so einfach. Tante Margaret war schön, jung und schön, und sie lachte und spreizte sich wie ein glücklicher Vogel mit neuem Gefieder.

»Das Kleid steht dir wirklich«, sagte Melanie. »Und wie es dir steht. Bitte nimm es an, von mir, ich hab so viele.« Hatte, zumindest.

Tante Margaret fand schließlich die Sprache wieder und schrieb: »Ich leihe es mir von dir, nur für heute. Solange Philip weg ist. Ich kann es nicht annehmen von dir.«

»Nein. Nimm es für immer. Und die hier.« Die Perlen. Und Tante Margaret weinte und wollte sie nicht nehmen. Melanie legte sie ihr um den Hals und duldete keine Ablehnung. Laß alles dahingehen.

»Ich wollte mein Silber tragen«, schrieb Tante Margaret, und herabgefallene Tränen verwischten die Schrift auf ihrem Block.

»Es ist nicht das Rechte für heute.«

»Ich borge mir die Perlen, Melanie.«

Melanie zuckte die Achseln. Sie wollte sie weggeben, endgültig, selbst wenn ihre Mutter irgendwo im Zimmer aus einem Bilderrahmen hervorsah. Sie fühlte sich jung und tapfer, die Reliquien herzuschenken. Und die Perlen ruhten so schön, schmiegten sich an das Fleisch ihrer Tante, welches denselben Glanz hatte wie sie. Sie hoffte, ihre Tante würde sich im Lauf des Tages so an die Perlen gewöhnen, daß sie schließlich dächte, sie hätten schon immer ihr gehört.

»Was ziehst du an, Melanie?«

»Hosen«, sagte Melanie.

»Du hast wirklich schöne Beine«, sagte Finn. »Steht dir gut.«

»Ich habe schon ewig keine Hosen mehr getragen.«

»Wegen Philip.«

»Und er ist nicht da.«

»Ganz recht.«

Francie saß in der Küche mit seiner Fiedel in der einen Hand und einer zur Hälfte leeren Flasche Whisky in der anderen.

»Jesus«, sagte er zu Finn, »du hast dich letzte Nacht nicht schlecht an meinem Scotch bedient.«

»Es war schließlich Weihnachten«, sagte Finn. »Außerdem war ich mitten in der Nacht plötzlich durstig.«

»Das sehe ich«, sagte Francie mit halbem Spott. »Du mußt betrunken gewesen sein wie ein Bürstenbinder, als du dein Beilchen geschwenkt hast.«

Er fing an, sein Instrument zu stimmen. Tante Margaret kam durch die Küchentür, ihre Flöte in der Hand, mit Melanies Kleid und Perlen und ihrem eigenen herrlichen Haar. Francie ließ den Bogen sinken.

»Das ist recht«, sagte er. »So bist du schön.«

»So erinnere ich mich an dich«, sagte Finn. »In Irland. Als Mutter am Leben war.«

Die Vergangenheit, die sie teilten, erstand greifbar zwischen ihnen, die Jahre zusammen, das alte Zuhause, die Eltern. Die Frau im Zimmer der Brüder: die Mutter. Wie war ihr Name? Wie hatte sie mit ihnen geredet und ihnen gezeigt, daß sie sie liebte, und was für vertraute Namen, Kosenamen, hatte sie für sie? Wie war sie gestorben? Hatten sie das rote Haar von ihr, oder welche Farbe hatte das Haar der Mutter gehabt? Und wie hatte sie es getragen? Alles, was Melanie von ihr kannte, war ihr wachsames Gesicht und wie sich ihre toten Augenlider anfühlten – ein Gefühl, das aus Francies Erfahrung über Finns Erzählung in Melanies Fingerspitzen übergegangen war. Melanie wollte ihre ganze Vergangenheit, jedes kleinste Stückchen, teilen. Sie wollte wissen, wann Francie angefangen hatte, die Fiedel zu spielen, und wer zuerst Finn Farben zum Malen gegeben hatte. Und wie hatte Tante Margaret Onkel Philip kennengelernt? Welcher fatale Tag war das gewesen? Und ihr Vater, wer war das? Alles wollte sie – die kleinen Scherze der Familie, die Liebesbriefe der Eltern vor der Heirat (wenn sich die Eltern welche geschrieben hatten), abgetrennte Locken geliebten Haares, Geburtsanzeigen aus vergilbten alten Regionalzeitungen. Sie hatte das Gefühl, sterben zu müssen, wenn sie nicht alles wissen konnte.

»Wie war deine Mutter?« fragte sie Finn, als Anfang.

»Wie eine Mutter.«

Er trank wieder Scotch. Bald würde er sentimental werden. Aber er grinste sie nicht an; sie war froh, daß sein Satyrgrinsen auf dem Gesicht des Teufels im Bild sicher war und sie nie mehr verlegen machen würde. Francie und Tante

Margaret fingen an, Jigs und Reels zu spielen. Francie schlug mit dem Fuß den Takt.

»Tanz doch mal eine Runde, laß uns was sehen, Finn«, sagte Francie.

»Meine Tage als Tänzer sind vorbei.«

»Niemals.«

»O doch, vorbei. Ich bin aus großer Höhe herabgestürzt, und ich habe einen Schwan zerhackt, deshalb werde ich nie wieder tanzen. Außerdem bin ich beinahe schon Familienvater.« Und er zog Melanie an den Haaren, die offen hingen, weil es ein Feiertag war.

»Du machst bloß Spaß«, sagte sie zweifelnd. Er umarmte sie. Sie konnte sich nicht an seinen Seifengeruch gewöhnen.

»Das Schicksal hat dich in meine, mich in deine Arme geworfen!« sagte er.

»Du bist betrunken.«

»Ich rechne damit, daß ich es in absehbarer Zeit sein werde.«

»Du bist wieder ganz der Alte.«

»Nein. Übertreiben wir nicht.«

Und er strengte sich an, glücklich zu sein. Es war nicht spontan, er mühte sich zu sehr. Er tat Melanie leid, und sie kam näher zu ihm. Sie saßen zusammen auf dem Tisch. Francies Whisky war beinahe leer.

Victoria war aufgeregt, überdreht; in ihrem geblümten Kleidchen und mit einer rosa Schleife im Haar hörte sie nicht auf, mit schriller Stimme zu schreien, hüpfte durch die Küche von einem Schoß auf den anderen und zerrte allen an den Kleidern. Aber es störte niemand. Sie machten zu viel Lärm, um sie zu hören. Francie und Tante Margaret spielten, aneinandergelehnt, wie ein einziger Musikant, ließen die Küche im Takt erzittern. Sechsachteltakt, Neunachteltakt, Zwölfachteltakt. ›Jetzt rollt das Faß herein‹, ›Im Schankraum‹, ›Der Stuhl des Earl‹, ›Der Morgentau‹, ›Kitty ist zum Melken‹, ›Der Wanderer durch Galway‹, ›Reise nach Athlone‹, ›Die Pfeife am Herd‹, Melodie nach Melodie nach Melodie. Der Hund saß auf dem Teppich und klopfte im Takt mit seinem Schwanz auf den Boden. Immer einmal wieder spielte Finn die Löffel, bis sie ihm aus den Händen fielen. Er und Melanie saßen auf dem Tisch, und gelegentlich liebkoste er sie. Sie ließ es geschehen, weil sie nicht wußte, wie sie ihn hätte hindern sollen, und sich nicht sicher war, ob sie ihn hindern wollte. Als die Pubs wieder aufmachten, ging Finn aus dem Haus und kam mit vielen Flaschen Guinness klappernd zurück, obwohl Melanie nicht klar war, woher er das Geld hatte.

»Ich hab Guinness geholt, um zu beweisen, daß wir Iren sind«, sagte er.

Francie und Finn drängten Melanie, ein paar Schlucke von dem dickflüssigen Zeug zu trinken. Francie war höchst lebhaft, wie ein Junge, und Tante Margaret schien jünger als Melanie, denn sie war sorgloser. ›Wenn du krank bist, willst du dann Tee?‹, ›Die Jungs von Mallow‹, ›Da geht sie hin‹ – Jigs und Reels, eins, zwei, da gehen sie hin!

»Es ist viel schöner ohne Onkel Philip«, sagte Melanie, die anfing, vergnügt zu sein.

»Wenn er zurückkommt, verpaß ich ihm eins«, sagte Finn. »Francie wird seine Aufmerksamkeit ablenken, und ich verpaß ihm eins. Dann verlassen wir alle zusammen das Haus, während er stöhnend am Boden liegt. Das wird's ihm zeigen! Es wird ganz einfach. Ich hätte nie gedacht, daß es so einfach sein wird.«

Melanies Kleid, von Tante Margaret getragen, war von der Farbe der Tannenwälder. Sie saß auf dem obersten Ast eines glücklichen Baumes, spielte Flöte mit Francie, und Victoria purzelte auf dem Boden herum. Unten lag der Laden noch in seiner Heiligabend-Unordnung, und darunter wiederum war die Werkstatt, der Boden noch mit abgefallenen Federn bedeckt, aber in der Küche war eitel Freude. (»Soldatenvergnügen«, »Die Katze unterm Tisch«, »Der flotte Paddy« – die Melodien, die sie kannten, nahmen kein Ende.) Kronkorken und leere Flaschen lagen überall auf dem Boden. Die Luft war dick und blau vor Zigarettenrauch. Wenn sie hungrig waren, aßen sie kalten Gänsebraten und kalte Fülle und Käse und Brot und Mincepies, und die Musik ging weiter. Finn gab Victoria unklugerweise etwas Guinness, und plötzlich sank sie auf den Teppich hin, den Kopf zwischen den Pfoten des Hundes, und wußte von nichts mehr. Das Zimmer fing an, liederlich und chaotisch auszusehen.

»Ich werde deine Jugend und Unschuld respektieren, Melanie«, sagte Finn. »Hab da keine Angst.«

»Warum hast du mich dann im Park geküßt, als ich es nicht wollte?«

»Du hast nicht gewußt, daß du es nicht willst, bis ich es getan habe«, sagte er.

Sie dachte: Na, jetzt ist er bestimmt schon zur Hälfte hinüber.

»Sieh mich an«, sagte er und drehte sich herum, daß sie ihn anschaute.

»Warum?«

»Sieh mich an.«

Sie schauten einander an. Versuchte er, sie zu hypnotisieren? Wie im Park sah sie sich in den schwarzen Pupillen seiner Schielaugen. »In deinem Aug' mein Angesicht erscheint/Und im Gesicht zeigt sich das laut're Herz.« John Donne (1572-1631), auch Jack Donne genannt, auch bekannt als der Dekan von St. Paul's. Im Schulbuch mit den Gedichten, zwischen einer Auswahl aus Shakespeare und Alexander Popes ›Lockenraub.‹ Wie all die jungen Mädchen John Donne liebten. Und John Donne glaubte, daß sich die Seelen vermengen, wenn die Strahlen der Blicke sich wie Fäden aneinanderheften, sich verschlingen wie die Marionettenschnüre in der Nacht des Sturzes. Sie schaute in Finns Gesicht: Da war sie, zweifach gespiegelt.

»Ich will mich nicht drängen lassen«, sagte sie verzweifelt.

Er lehnte sich vor und legte einen Finger an ihre Lippen.

»Psst.«

Die Musik hatte aufgehört, während sie einander angeschaut hatten. Fiedel und Flöte lagen auf dem Boden. Francie und Tante Margaret umarmten sich. Es war eine Umarmung Liebender, welche die Welt auslöschte, als geschähe sie um Mitternacht auf einem Hügel, mit einem sausenden Wind in den Zweigen über ihnen. Bruder und Schwester knieten. Das Zimmer war voller Frieden. Der Zigarettenrauch glänzte und zerfloß. Der weise Hund und sein Porträt sahen sie ohne Tadel an.

»Komm«, sagte Finn, »wir stören hier.«

Melanie sah mit großen Augen ernst drein. Sie ließ sich von ihm aus der Küche ziehen, und er schloß die Tür hinter ihnen. Draußen war es kalt. Finns weißes Hemd schwamm durchs Dunkel wie ein Eisberg. Er nahm seine Feuerwehrjacke von der Garderobe und knöpfte sie zu. Er war ganz nüchtern. Vielleicht hatte er nur betrunken getan.

»Es ist Inzest«, flüsterte Melanie. »Wie die Könige und Königinnen im alten Ägypten.«

»Ja«, sagte Finn.

»Ich habe es nie geahnt«, sagte sie.

»Nein«, sagte er.

»Ich dachte, sie hätte dich am liebsten, weil du der Jüngste bist.«

»Könntest du endlich still sein?« sagte Finn.

Sie gingen nach oben in sein Zimmer. Melanie war froh, daß sie Mrs. Rundles Pullover trug, gestrickt von ihren Häuslichkeit erschaffenden Händen, aus der Wolle von dummen kleinen Schafen, die gewöhnliches Gras fraßen und traditionellerweise »Mäh, Mäh« machen. Sie setzte sich auf Finns Bett. Sie war still, sie schwieg. Er lag rauchend auf Francies Bett.

»Sie lieben sich. Sie haben sich schon immer geliebt. Begreifst du?«

»Ja«, sagte sie mit sehr leiser Stimme.

»Sie bedeuten einander alles. Deshalb sind wir hiergeblieben, weil Francie und Maggie...« Er stockte.

»Aber sie ist viel älter«, sagte Melanie. »Sie ist doch sicher viel älter.«

»Glaubst du, daß das eine Rolle spielt?«

»Wohl nicht«, sagte sie nach einer kleinen Pause.

»Bist du jetzt schockiert, ein Mädchen aus gutem Hause wie du?«

Sie dachte einen Augenblick lang nach.

»Es ist mir noch nie begegnet«, sagte sie. »Inzest nicht. Nicht in meiner Familie.«

Francie und Tante Margaret in der ältesten aller Leidenschaften verschmolzen, drunten auf dem Boden neben dem Gasherd, zwischen den leeren Bierflaschen, die schmutzigen Teller vom Essen noch auf dem Tisch, Käsekrümel, abgenagte Gänseknochen, und an der Wand die Kuckucksuhr, die nicht mehr geht.

»Und Onkel Philip...«

»Ist ein Hahnrei«, sagte Finn grimmig. »Durch seinen eigenen Schwager, den er nie verdächtigt hätte.«

»Ich habe Tante Margaret meine Perlen gegeben«, sagte Melanie.

»Willst du sie zurück?«

»Nein. Ich liebe sie.« Es war wahr. Während sie sprach, spürte sie die Liebe, warm und voll Verstehen, in sich. Und sie liebte Francie auch, da war nichts zu machen. »Perlen sind Tränen der Fische«, fügte sie zusammenhanglos hinzu.

»Wie war das?«

»Die Tränen der Fische. Perlen. Man sollte nicht denken, daß Fische weinen können. Es ist mir plötzlich eingefallen.«

»Das ist unser Geheimnis«, sagte Finn, den weinende Fische nicht interessierten. »Du kennst jetzt das Innerste unseres Herzens, das, was uns anders macht als die anderen Leute, Francie und Maggie und mich.« Er trat seine Zigarette auf dem Boden aus.

Die frühe Nacht senkte sich auf die Dächer, und die Lichter gingen an in den Häusern gegenüber, den seltsamen Häusern, wo die Menschen keine Geheimnisse hatten. Melanie saß auf Finns Bett und er auf dem von Francie, und das Geheimnis füllte den ganzen Raum zwischen ihnen und um sie herum. Es war da mit hieratischer, archaischer Gegenwart. Inzest, beschworen unten auf dem abgeschabten Teppich, beschworen oben in dem ruhigen Zimmer.

»Ich hoffe, Victoria wacht nicht auf«, sagte Melanie.

Trotz der Dämmerung konnte sie im Kamin ein verkohltes Holzstück sehen, alles, was von dem Ritual des Heiligabends übrig war. Sie starrte auf das Holz, als sei es das bedeutsamste Objekt, das sie je erblickt hatte, als würde es zu ihr von Vergangenheit, Gegenwart und Zukunft zu reden beginnen und von einem großen Sinn und Plan, von einem Ganzen, in dem der Inzest einen erklärbaren Ort hatte. Aber es war nur ein Stück verkohltes Holz.

Es war gegen halb sechs (Teezeit an einem Winternachmittag, britischste Zeit des Tages und Jahres), als sie das erste Krachen hörten.

»Oh, nein«, sagte Finn und ließ seine Zigarette fallen. »Nein!«

Wieder ein Krachen und der Schrei einer Frau, hoch und klar bis zur obersten Grenze der Hörbarkeit hinaufsteigend und dann ersterbend. Und danach eine brüllende Stimme. Sie konnten deutlich hören, was sie sagte, sie war so laut.

»Du Dreck! Du Abschaum!«

Melanie sprang über den Abstand zwischen den Betten in Finns Arme. Sie vergrub ihren Kopf in seiner Jacke und sagte:

»Rette mich, rette mich.« Die heruntergefallene Zigarette gloste auf dem Bettlaken.

»Ich dachte, ich wär's, den er umbringt«, sagte Finn, »und er auch, wir haben es immer voneinander gedacht. Aber wir haben uns getäuscht.«

Denn Onkel Philip war nach Hause gekommen und hatte seine Frau in den Armen ihres Bruders gefunden. Dies war der Endpunkt, auf den die Zeit zuströmte; dies war das Ziel des Rennens, bei dem sie rote Farben trugen.

»Beschütz mich«, sagte Melanie und hielt Finns Jacke fest, als ertränke sie.

»Ist gut«, sagte Finn abwesend. »Sei ganz ruhig, ist schon gut.«

Das Krachen ging weiter, und Schreie.

»Er zerschlägt das Geschirr«, sagte Finn fassungslos. Erstaunen machte ihn zu einer Marmorstatue. Er schien sich nicht bewegen zu können.

»Rette mich«, sagte Melanie.

Die Tür des Zimmers flog auf, und Tante Margaret rannte herein, in einem roten Schleier zerzausten Haares, das schöne grüne Kleid halb von den Schultern gefetzt, eine weinende Victoria in den Armen. Ein Sturm kam in das Zimmer. Der Teppich hob sich vom Boden in der Windsbraut, die sie mitbrachte.

»Geht«, sagte sie. »Jetzt.« Sie konnte reden. Die Katastrophe hatte ihre Zunge gelöst. Ihre Stimme war dünn, aber fest. »Geht, solange noch Zeit ist. Ich sorge dafür, daß die Kleine in Sicherheit ist. Was auch geschieht, sie wird sicher sein.«

»Wo ist Francie?«

»In Ordnung. Aber wir müssen bleiben und unser Geschäft mit Philip an ein Ende bringen.« Mit ihrer Stimme hatte sie ihre Stärke wiedergefunden, einen verletzlichen, aber dauerhaften Mut wie ein Seidengespinst. An ihrem Hochzeitstag mit Stummheit geschlagen, fand sie ihre alte Stimme wieder am Tag ihrer Befreiung.

»Maggie, liebste Maggie –«

»Schau nach dem Mädchen. Geht jetzt. Philip sammelt Holz und zündet es an. Er wird das Haus in Brand setzen.«

»Küß mich«, sagte Finn über Melanies Kopf hinweg. »Gott weiß, was geschehen wird.«

Sie küßte seinen Mund. Melanie erinnerte sich später stets

an die würdevolle Förmlichkeit, mit der sie sich küßten, wie Generäle eines Heeres, die sich am Vorabend einer Schlacht grüßen, in der wohl einer von ihnen fallen wird, und später schien es ihr, als hätte sie die beiden in Feuerschein gerahmt gesehen, aber sie wußte, daß sie sich das eingebildet haben mußte. Ihre Tante war eine Göttin des Feuers; ihre Augen brannten, und ihr Haar umflackerte sie. Sie und Finn lösten sich langsam voneinander. Sie legte Melanie einen Augenblick lang die Hand auf den Kopf und lief dann hinaus. So hatte Melanie nie Gelegenheit, sich von Victoria zu verabschieden. Der Lärm von unten schwoll an. Nun wurden Möbel zertrümmert. Melanie roch Qualm, aber es war Finns vergessene Zigarette, die das Laken versengte. Finn nahm das Bild seiner Mutter vom Kaminsims und steckte es in die Tasche.

»Zeit zu gehn«, sagte er.

Am Fuß der Treppe, auf dem Absatz vor der Küche, lag eine Barrikade aus zerschlagenen Stühlen aufgetürmt. Philip Flower zog einen Tisch durch die Tür, um ihn dazuzuwerfen. Das geblümte Tischtuch schlug ihm noch trostlos um die Beine, und die Reste ihres Essens prasselten auf den Boden, als der Puppenspieler zerrte und zog.

»Fangt sie wie Ratten und Feuer dran!« schrie er mit wahnsinniger Wonne. Es war Wonne. Sie würden alle verbrennen, und es würde ihm eine Wonne sein, zuzusehen. Das Blut sah aus seinen Augen. Er trug noch immer seinen Mantel und den vertrauten breitkrempigen Hut. Er war zu groß und böse, um wahr zu sein, dachte Melanie, während aus der Küche ein lautes Knistern und der Geruch von Holzrauch kamen.

Als sie unsicher auf der Treppe standen, kam der weiße Hund aus dem Eßzimmer geschossen, kletterte über die Barrikade und lief an ihnen vorbei die Treppe hoch, keuchend, mit pochenden Flanken. Trug er ein Blumenkörbchen im Maul oder nicht? Aber er war zu schnell vorüber, als daß Melanie sicher sein konnte. Philip Flower stürzte den Tisch hinter den Stühlen um, sah Finn, kläffte vor Haß und warf sich auf die Barrikade, die mittlerweile beachtlich war. Während er sich verbissen hochzuziehen versuchte, stieß er hervor: »Wenn ich dich in die Finger kriege, Finn Jowle – ihr steckt alle zusammen drin, habt euch bei ihr abgewechselt –«

»Lügner«, sagte Finn. Er nahm Melanie bei der Hand, und sie stolperten wieder die Treppe hinauf.

»Das Oberlicht«, sagte Finn, der bleich war, aber ruhig, als wäre dies alles schon vor langer Zeit irgendwo geprobt worden. »Wir gehen aufs Dach.«

Das Knistern und Krachen war nun überall um sie. Onkel Philip schien eine ganze Schweineherde braten zu wollen.

»Mit dem ganzen Holz im Keller steht das Haus bald lichterloh in Flammen. Wir müssen uns beeilen.«

Eine der finsteren Türen von Blaubarts Schloß sprang auf, als sie vorbeigingen. Francie kam heraus; er trug eine Eisenstange.

»Viel Glück«, sagte Finn.

»Oh, sei vorsichtig!« rief Melanie.

»Gott behüt euch«, sagte Francie. Er war in Hemdsärmeln. Unter seinen Achseln sah man schwarze Ringe Schweiß. Er ging die Treppe hinunter und sie gingen hinauf.

Finn hievte Melanie durch das Oberlicht und zog sich dann selbst hinauf auf das hohe, windige Dach, zu den ersten Sternen und den Schornsteinen. Sie ruhten sich eine Weile aus.

Sally flieg um den Mond herum
Sally flieg um die Sterne
Sally flieg um den Schornstein her
Sally fliegt ja so gerne
Huuuiiiiiiii!

Als sie ein ganz kleines Mädchen war, sagte ihr Vater das Melanie vor, und wenn das »Huuiiii!« kam, dann nahm er sie an der Taille und wirbelte sie durch die Luft. Sie und Finn saßen mit wirbelnden Köpfen zwischen den Schornsteinen und hielten sich an den Händen.

Melanie dachte: Jetzt, wo wir all das geteilt haben, können wir nie wie andere Leute sein. Wir können nur wie wir selbst sein und eins wie das andere. Wir haben jetzt nur uns.

Laut sagte sie: »Ich habe schon einmal alles verloren.«

»Ich auch«, sagte Finn.

»Aber da sind mir noch Bruder und Schwester geblieben. Wo ist Jonathon?«

»Ich weiß es nicht. Wenn du wieder bei Atem bist, Melanie, müssen wir weitergehn. Das nächste Haus hat eine Feuerleiter, und über das Dach kommen wir leicht hinüber.«

Es war das Haus mit dem bankrotten Juweliergeschäft. Die

rostigen Metallstufen klirrten unter ihrem Schritt. Die Räume über dem Laden waren leer, könnten aber schon bald voll Feuer sein. Nach einigen Sekunden standen sie bis zu den Knien im Gras des vernachlässigten Gartens. Es war voller Blechdosen, Marmeladengläser, Müll, über die Mauer geworfen.

»Wir müssen die Feuerwehr anrufen. Neun-neun-neun. Feuer. Einen Krankenwagen«, sagte Finn. »Polizei. Hilfe für uns.«

Das Haus brannte wie eine große Chrysantheme, ganz golden.

»Aber andrerseits«, sagte Finn beinahe wie zu sich selbst, »hat wohl schon jemand die Feuerwehr angerufen.«

Fenster öffneten sich auf allen Seiten, und besorgte Köpfe wurden herausgestreckt, die im Chor ihrer Aufregung Ausdruck gaben. Es war Nacht. Aus dem Haus brachen Flammen. Ein Mann, der ein paar Meter von ihnen entfernt in der Gasse stand, sagte düster: »Kann nichts mehr am Leben sein da drin.«

»Glaubst du, sie sind alle verbrannt?« sagte Melanie zu Finn.

»Ich glaube, Francie und Maggie und die Kleine sind in Sicherheit. Und der Hund ist ein alter Hund und kennt sich aus.«

»Das glaubst du nicht. Du hoffst es nur. Und der arme sprechende Vogel...«

»Armer Joey«, sagte Finn. »Philip hat ihn gekauft.«

Sie sahen den Flammen zu.

»Meine Jacke«, sagte Finn mit einem erstickten Laut, halb Gelächter, halb Schluchzen. »In diesem Zusammenhang recht komisch, meine Feuerwehrjacke.«

»Ich hab mich oft gefragt, wo du sie herhast.«

»Einfach von einem Basar.«

»Oh.«

Ein Boden brach im Haus ein; ein Schwall von Flammen zuckte empor. Alles brannte, alles, Spielzeug und Puppen und Masken und Stühle und Mrs. Rundles Weihnachtskarte mit all ihrer Liebe und Lampenschirme, die im Feuer zersprangen, und der Boiler im Bad zerschmolz, und die Plastikvorhänge des Badezimmers zertropften zu nichts, als das Feuer an ihnen leckte. Herr Bär brannte, ihren Schlafanzug im Bauch.

»Meine ganzen Bilder«, sagte Finn schwach. »Was immer sie taugen mochten.«
»Sogar mein Teddy«, sagte sie.
»Was?«
»Mein Bär. Er ist weg. Alles ist weg.«
»Nichts mehr da außer uns.«
In der Nacht, in dem Garten sahen sie sich mit ungläubiger Ahnung an.

Angela Carter

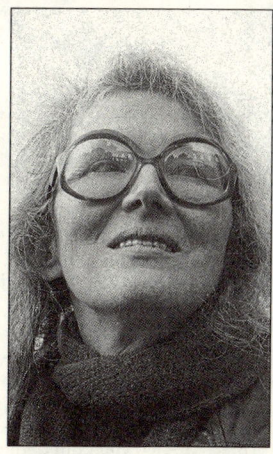

Roman. Aus dem Englischen
übersetzt von Joachim Kalka.
228 Seiten, Linson,
ISBN 3-608-05531-3

»Diese intelligente Autorin, die
mit Phantasie und Sprachkraft
einen magischen Realismus à
l'anglaise zusammenbraut, sieht
die Wirklichkeit am liebsten ver-
fremdet.
Dabei werden Ort und Zeit der
erzählerischen Laune ebenso
untergeordnet wie das reichhal-
tige Rohmaterial aus Traumbil-
dern, Populärmythen und sexuellen Rollenklischees. Angela
Carter ist nicht zu klassifizieren.
Ihre stilistische Klasse dient
einem fortlaufenden Projekt: der
Demontage der gesellschaftlichen
Leitbilder des zwanzigsten Jahr-
hunderts.« (FAZ)

Helden und Schurken
Roman. Aus dem Englischen
übersetzt von Joachim Kalka.
230 Seiten, Pappband
ISBN 3-608-95628-X

»Die Geschichte der Professoren-
tochter Marianne, die eines Tages
die umzäunte Enklave der Ver-
nunft verläßt, um zu den Barba-
ren zu gehen, ist eine Satire auf
Rousseaus ›edlen Wilden‹ und auf
jegliche Art von Ethno-Kitsch,
eine Kritik an patriarchalischen
Riten, ein farbiges, von keinem
Realismus gebändigtes Stück
Erzählliteratur.« (FAZ)

Die infernalischen Traum-
maschinen des Doktor
Hoffmann
Roman. Aus dem Englischen
übersetzt von Joachim Kalka.
337 Seiten, Pappband
ISBN 3-608-95282-9

»Ein Supertrip für Büchernarren.«
(Der Spiegel)

Nächte im Zirkus
Roman. Aus dem Englischen
übersetzt von Joachim Kalka.
434 Seiten, Pappband
ISBN 3-608-95359-0

»Ein Leckerbissen für Träumer
und Fantasy-Freaks, für Femini-
stinnen und sanfte Machos, für
die Bewunderer von Fellini und
die Liebhaber der Commedia
dell'Arte.« (Welt am Sonntag)

Klett-Cotta
Postfach 10 6016, 7000 Stuttgart 10

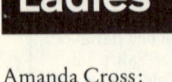

dtv Crime Ladies

Amanda Cross:
Albertas Schatten

Kate Fransler, Literaturprofessorin und Amateurdetektivin, neugierig und intellektuell, scharfzüngig und durch nichts aufzuhalten, setzt sich auf die Spuren von Alberta Ashby, der auf mysteriöse Weise verschwundenen Nichte einer bekannten englischen Schriftstellerin.
dtv 11203

Li Ang:
Gattenmord

»Am ... ermordete die 20jährige Chen-Lin Shi in der Hafenstadt Lucheng ihren 40jährigen Ehemann mit dessen Schlachtermesser.« Diese kurze Zeitungsnotiz veranlaßte die Schriftstellerin Li Ang, die Hintergründe der Tat mit literarischen Mitteln zu untersuchen.
dtv 11213

Suzanne Prou:
Die Freunde des Monsieur Paul

Wer ist Monsieur Paul, zu dem sich der junge, etwas naive Buchhändler Pierre so unwiderstehlich hingezogen fühlt? Hat er wirklich mit dem ungeklärten Mord an Pierres Onkel zu tun? Ein Psycho-Thriller der klassischen französischen Schule.
dtv 11251

Amanda Cross:
Gefährliche Praxis

Als Kate Fransler von einer Studentin nach einem Psychoanalytiker gefragt wird, nennt sie ihren Ex-Liebhaber und jetzigen guten Freund Bauer. Eines Tages findet man die Studentin erstochen auf seiner Analysecouch ...
dtv 11243

dtv Crime Ladies

Amanda Cross:
In besten Kreisen

Unter den Fittichen der Literaturprofessorin Kate Fransler fühlen sich die New Yorker »Stadtratten« auf dem Lande ausgesprochen wohl. Der ländliche Friede wird jedoch jäh gestört, als tödliche Schüsse eine Bauersfrau aus der Nachbarschaft niederstrecken.
dtv 11348

Rosamond Smith:
Der Andere

Molly Marks muß erfahren, daß ihr Geliebter einen Zwillingsbruder vor ihr verheimlicht. Fasziniert und schockiert versucht sie, das Geheimnis der beiden Brüder zu ergründen, und wird dabei zum Opfer eines grausamen Spiels.
dtv 11370

Joan Smith:
Schmutziges Wochenende

Kaum ist Loretta in Paris, gibt es Trouble: Erst wird sie von einem abscheulichen Typ angemacht, dann findet sie in der Wohnung, wo sie übernachten will, einen schlafenden Fremden. Schließlich entdeckt sie einen Haufen blutbesudelte Laken. dtv 11387

Suzanne Prou:
Die Schöne

In der Nähe eines kleinen südfranzösischen Dorfes wird die unbekleidete Leiche eines jungen Mädchens gefunden. Ihre Identität wird nie aufgeklärt, ihr Mörder nie gefunden. Da taucht eines Tages eine junge Frau auf, die der Toten auf fatale Weise ähnelt.
dtv 11349

Frances Fyfield:
Schatten im Spiegel

Die rothaarige Sarah hat nichts gegen Männer, aber sie hat was gegen Charles Tysall. Irgendwie machen ihr seine Annäherungsversuche Angst. Tatsächlich scheint seine Bekanntschaft gerade rothaarigen Frauen schlecht zu bekommen...
dtv 11371

Fay Weldon im dtv

Die Teufelin
Die loyale, aber leider ziemlich unattraktive Ruth erträgt lange die sexuellen Eskapaden ihres Mannes. Irgendwann ist sie allerdings mit ihrer Geduld am Ende. Sie dreht den Spieß um und plant einen Rachefeldzug. Das erste, was in Rauch aufgeht, ist das Eigenheim. dtv 11132

Herzenswünsche
Was Helen und Clifford aus der großen Liebe machen (natürlich eine Scheidung und diverse andere Dinge und noch eine Scheidung und die eine oder andere Karriere) und wie ihre verlorene Tochter Nell viel schöner und klüger wird, als es ihre Eltern verdient haben. dtv 11197

Du wirst noch an mich denken
Ein Mann und drei Frauen, die Geschiedene, die Neue und die Halbtagssekretärin – aus dieser nicht ungewöhnlichen menschlichen Konstellation macht Fay Weldon eine rasante psychologische Studie über Schein und Sein; mit einer Komik, die manchmal mörderisch ist. dtv 11225

Kleine Schwestern
Zusammen mit dem Antiquitätenhändler Victor, ihrem zwanzig Jahre älteren Liebhaber, fährt Elsa für ein Wochenende aufs Land. Der Besuch bei Victors reichen Freunden wird für Elsa zu einer Tour de force durch Liebe, Lügen, Sex und andere Ungeheuerlichkeiten. Aus Prinzen werden Frösche, und nichts bleibt, wie es war. dtv 11305

Frau im Speck
Aus einer von Wohlstandsspeck, Diätkuren und den üblichen Midlife-crises-Affären bedrohten Ehe hat sich Esther in eine schmuddelige Souterrainwohnung geflüchtet. Was sie dort tut? Sie ißt, und zwar alles, was fett macht. Eine »beste Freundin« taucht auf und spielt den »rettenden Engel«... dtv 11378

Sterndame
Sandra geht mit ihrem Ehemann auf eine Party und verläßt dieselbe mit einem anderen. Das Pikante am vorliegenden Fall: Die Dame ist eine prominente Fernseh-Astronomin, der Gatte ein bekannter Anwalt, und der »Neue« Boss einer Jazz-Band, übrigens ebenfalls verheiratet. dtv 11426